IHR PERSÖNLICHES LESEEXEMPLAR

Wir bitten die Kollegen von der Presse darum,
dieses Buch nicht vor dem
27. August 2016 zu besprechen.

Wir sind sehr an den Meinungen der
Buchhändlerinnen und Buchhändler interessiert.
Bitte senden Sie Ihre Leseeindrücke an
buchhandelsstimmen@klett-cotta.de

JASMIN RAMADAN

HOTEL JASMIN

TROPEN ROMAN

Tropen
www.tropen.de

Die Überschrift »In The Deathcar« auf S. 257
stammt von Goran Bregović und Iggy Pop.

Printed in Germany
Umschlag: Herburg Weiland, München
unter Verwendung einer Illustration von © Stephan Walter
Gesetzt in den Tropen Studios, Leipzig
Gedruckt und gebunden von CPI – Clausen & Bosse, Leck
ISBN 978-3-608-50142-1

Für meine Mutter

Maybe That Spider Knows Something
That I Don't Know

Devendra Banhart: »Little Yellow Spider«

ERSTER TEIL

BALANCE

Am späten Nachmittag seines dreiundzwanzigsten Geburtstags entschied Roland Tarpenbek, seine Mutter als vermisst zu melden.

Etwas Mächtiges hatte die Nacht zuvor auf ihn eingehämmert, hatte sich dann in seinem Schlaf breitgemacht und war nun ausgeschlafener als er selbst. Liebeskummer war es dieses Mal nicht. Todmüde rang er nun mit Kopfschmerzen, und schwindelige Bilder blinkten auf wie Leuchtreklamen, sobald er die Augen schloss. Er legte sich auf den Bauch, schob die Hände unter das Kinn und starrte auf eine kleine dicke Spinne, die unter seiner kaputten Nachttischlampe baumelte. Der Gedanke, er könnte sie mit zwei Fingern zerquetschen, führte dazu, dass er sich wie ein gewalttätiges Kind fühlte.

Er hatte diese Art von Kind stets gefürchtet und sich schon als Siebenjähriger gefragt, woraus die Lust am Vernichten des harmlos Lebendigen erwächst. Man solle nicht psychologisieren, das sei so beknackt wie ungeübt auf Stelzen gehen, sagte Yolanthe immer, und was sie sagte, hielt er für wahr, weil er sie liebte, sie ihn aber nicht.

Yolanthe telefonierte lautstark vor seiner Zimmertür und steigerte sich gerade bis in die Vollen. Unermüdlich schritt sie hin und her, obwohl die Dielen knarrten und sie wusste, dass er seinen Schlaf brauchte, und dann brüllte sie: »Bleib mir vom Hals mit deiner Schönrederei! Das war kein Zufall, das war Provokation!«

Nachdem sie in Rolands Geburtstag reingefeiert hatten, war Yolanthe nach nur zwei Stunden Schlaf wieder aufgestanden, was nicht ungewöhnlich war. Selbst nach tagelangem Schlafentzug war sie bei Laune, stand pfeifend auf der Leiter, arbeitete bis in die Nacht an ihren Skulpturen, und man sah ihr nichts an.

Fasten, Essigkuren oder maßloses Schlemmen, Rauchen und Saufen, nichts setzte ihr sonderlich zu. Mal war sie dick, mal dürr, und nie verlor sie auch nur ein Wort darüber. Entweder würde sie plötzlich tot umfallen oder ewig leben. Um beide Möglichkeiten machte sie sich auch nach ihrem Vierzigsten keine Gedanken.

Roland drehte sich auf den Rücken, faltete die Hände über der Brust und stellte sich vor, er läge in einem Sarg und brächte den Sarg zum Schweben – und kurz war alles schön.

Yolanthe knallte die Tür ihres Zimmers zu, trat trotz Eiseskälte hinaus auf den Balkon, wippte in einem schwarzen Unterkleid auf und ab und dirigierte mit ihrer Zigarette die Stadt.

Nachdem Roland mit einem Feuerzeug bloß den Fensterrahmen getroffen hatte, verzog er sich unter die Decke und umarmte seine Knie. Aus dieser Position heraus musste er prompt dreimal niesen, wodurch der Kopfschmerz nachließ und nur noch ein Pochen zurückblieb. Vor Glück über das Abklingen des Schmerzes streckte er sich so ausgiebig, dass ihm die Ohren rauschten, und da kam ihm die folgenschwere Nacht im vergangenen Sommer wieder in den Sinn: Um Mitternacht, beim Anstoßen auf Yolanthes vierzigsten Geburtstag, war Roland im Gejohle plötzlich bewusst geworden, dass seine Mutter für immer aus seinem Leben verschwinden müsse, damit es für ihn vorangehen könne mit bald dreiundzwanzig Jahren. Bei diesem Gedanken hatte sich sein Gesicht zunächst auf eine irre Art schief angefühlt. Aber dann spürte er, wie das Blut durch seinen Körper schoss, er wurde hellwach und sah alles glasklar. Danach hatte er tagelang gute Laune, pervers gut.

Das Schiefe-Gesicht-Gefühl markierte ab dieser Entscheidung noch häufig Rolands neurotische Momente, schien aber niemandem aufzufallen. Ohnehin umgaben ihn meist Leute, für die Macken, die das Rampenlicht suchten, als Ausdruck originärer Intelligenz galten. Nie handelte es sich dabei um Freunde, jedoch meist um gute Gesellschaft.

Rolands tiefe Verbundenheit galt in entschiedener Weise ausschließlich Yolanthe.

Sie stellte eine Flasche Wasser neben die Matratze. Ihre Füße steckten in seinen blauschwarz gestreiften Wollsocken. Dann schlich sie auf Zehenspitzen wieder hinaus und setzte ihr Telefongespräch fort.

Er folgte dem Klang ihrer Stimme wie früher stundenlang den Nachrichten im Radio, den sich wiederholenden Informationen eines Tages, liebevoll vorgetragen von gut ausgebildeten Sprechern. Rolands Anflüge von Tatendrang wurden stets gedrosselt, wenn er im Dämmerzustand den rotierenden Splittern aus aller Welt lauschte – ohne einen fertigen Gedanken, ohne Erkenntnis, Sorge oder Empörung. Die Gewöhnung an den Klang der Informationen ließ ihren Gehalt seicht werden wie den von Café-Musik, die nicht stört.

Aber damit war es vorbei, seit im Radio über seine Mutter berichtet worden war. Da hatte er das Radio mitten in der Meldung aus- und nie wieder eingeschaltet. Seitdem schlief er schlecht, und man sah es ihm an. Der Mangel an Erholung verschaffte sich zudem über nervige Beschwerden Aufmerksamkeit. An den Fersen, der Nasenspitze oder den Ohrläppchen ziepte es mitunter ganztägig.

Warum konnte nicht alles bleiben, wie es war? Alles mit Yolanthe. Im Atelier oder auf dem Hof, im Kiosk, auf den Märkten, im Park und in der Bahn, in den Straßen, auf den Bänken, in den Bars, den Fressbuden, bei Lesungen, im Schaukelstuhl oder auf dem Sofa in der Küche, beim Konzert, im Club oder auf dem Fahrrad und manchmal in seinem oder ihrem Bett. Zwischendurch Geldverdienen. Je nachdem. Der Kopf brauchte ja Zucker. Jeden Tag neuen Zucker. Alles ging vorüber. Alles war feierlich. Er hatte Bausteine im Kopf, Bausteine für alles, denn er wusste, was Glück war.

Sie hatten letzte Nacht Brausepulver in Wodka aufgelöst. Im Mund. Sauer macht lustig. Er drehte sich auf die Seite und summte die Melodie von »Little Yellow Spider«, griff nach dem Minzöl neben der Matratze, inhalierte, wandte sich wieder Yolanthes Sound zu, nahm ihn mit in den Beginn eines Traums und erwachte, weil ihm beide Arme unter dem Kopf eingeschlafen waren. Ohne Freude an der Ironie dachte er an seinen strengen Vorsatz, wieder zum Stift zu greifen. Morgen erwartete ihn der erste Tag nach seinem Geburtstag, das verpflichtende Datum zum Neustart. Allerspätestens am 7. Dezember! Dieses Mal unaufschiebbar. Hatte er sich immer wieder befohlen. Aber schon die Vorstellung, sein Skizzenbuch zur Hand zu nehmen, widerte ihn an. Warum sollte er seine gramvollen Bildchen erneut irgendwem zumuten, indem er sie ausstellte? Vor einem Jahr hatte er Vorfreude und Stolz empfunden, als seine erste Eröffnung bevorstand. Lächerliche Zuversicht.

Yolanthe stand täglich auf ihrer Leiter, schliff an einem Giganten und fragte nie, ob ihre Arbeit ihm gefiel. Er wusste nicht viel über sie, aber dass sie sich oder andere nicht allzu viel fragte, das schon. Roland hatte mindestens ein halbes Jahr nicht mehr gezeichnet. Nicht einmal mehr in das bescheidene Notizbuch für unterwegs. Lange schon lag es ganz unten im Rucksack und war einmal durchnässt worden, als er ihn versehentlich in einer Pfütze abgestellt hatte. Seitdem moderte es aufgequollen vor sich hin.

Seit er dieses Bild mit dem Balken über den Augen seiner Mutter in der Zeitung gesehen hatte, fiel ihm alles schwer, und das Bild wurde überdeutlich in seinem Kopf, sobald er selber etwas Neues schaffen wollte. Es ließ sich nie ausblenden, wenn er zeichnen wollte. Er hätte nur dieses Bild aufs Papier bringen können. In Variationen. Aber er wollte Christiane nicht zum Objekt machen, das taten schon genug andere. Medienvertreter jeden Niveaus stellten sie aus und verurteilten die Tat explizit. Niemand stellte die Frage nach der Wahrheit, alles war bereits zu Ende erzählt. Sie wurde sogar auf den Titelseiten präsentiert und die Sensationsgeschichte dazu. Seine gut erkennbare Mutter mit einem schwarzen Balken über den Augen erschien ihm als perfekte Illustration des persönlichen Horrors – die misslungene Ausblendung seinerseits.

Schuldgefühle hatten sich verdoppelt, anstatt sich zu relativieren, und alle konnten nun an seiner Geschichte teilhaben.

Er musste mit jemandem reden, mit jemandem, den er nicht kannte, der nicht leicht zu schocken war und der ihn nicht verurteilte. Er wollte noch immer ein guter Sohn sein, das bekam er nicht aus sich raus. Er müsste ja nicht direkt von seinem Experiment erzählen. Die Mutter zu löschen. Aus den Augen, aus dem Sinn. Das wäre zu persönlich.

Er hatte sie nie wieder sehen wollen. Und dann durften alle mal gucken und sich verstörende Informationen reinziehen. Wochenlang hatte er überlegt, wie er ihr beibringen sollte, dass sie besser ohneeinander dran waren, ohne seine Mutter dabei allzu sehr zu verletzen. Hin- und hergewälzt hatte er seinen Plan und nach den richtigen Worten gesucht, als würde er mit einem Mädchen Schluss machen. Irgendwann schien ihm die Angelegenheit umsetzbar. Auch dem Gefühl nach stimmig. Da hatte es für den Moment gepasst.

Warum bloß hatte Yolanthe seine Lage nicht bemerkt? Wieso interessierte sie es nicht, dass ihm mittlerweile nichts mehr gelang. Zunehmend interesselos war sie ihm gegenüber, auch sexuell. Verständlich. Er kam sich ja selbst nur noch vor wie ein verfaulter Sack Haut. Ein Nichtsnutz. Nein, schlimmer. Ein Nachmacher. Hatte heimlich mit dem Schreiben begonnen. Weil Nil Rashad schrieb. Roland wünschte sich, dass er aus der WG auszog. Wegen Yolanthe. Bisher hatte Nil zwei Bände mit Kurzgeschichten und einen Band Lyrik veröffentlicht – mit mäßiger bis keiner Beachtung. Nil war nun Ende dreißig, und sein erster Roman, ein Thriller, würde bald bei einem sogenannten Publikumsverlag erscheinen. Roland hatte das Manuskript im Schaukelstuhl gefunden und es in einer Nacht verschlungen.

Es gab bereits eine Ankündigung auf der Verlagsseite. Mit einem Foto, auf dem Nil rüberkam wie ein lässiger Pharao. Sein linker Mundwinkel schien zu zucken, wenn Roland nur lang genug draufstarrte.

Nun hatte Roland ebenfalls begonnen, an einem Langtext zu arbeiten, den er Roman nannte und der überwiegend aus Substantiven bestand, vor allem Neologismen, die er nicht einmal selber verstand. Auf eine schlüssige Handlung verzichtete er. Atmosphärisch arbeitete er dafür präzise, indem er sein Befinden sprachlich auf den Punkt brachte, obwohl es in ihm meist kreuz und quer und nervös fahrig zuging.

Erst hatte er seinem Werk den Titel *Impotent* verpasst. Aber das war ihm dann doch zu platt vorgekommen – obwohl er eben nicht seine Sexualität meinte, sondern seinen alltäglichen Empfindungsspielraum.

Alles war erschlafft, nicht zu fassen oder abwesend, bis auf die Gefühle für Yolanthe. Weswegen er sein Buch schließlich auch nach ihr nannte. Allerdings kam sie nicht darin vor, denn sie war zu perfekt für eine Romanfigur.

Yolanthe verschaffte sich mit einem Tritt nach seiner Tür Zugang, trug auf einer Seite ein massives Brett, übersät von Marshmallows und unzähligen Teelichtern, in der Mitte lag ihr Telefon und spielte ein Lied von Devendra Banhart. Mit der anderen Hand hielt sie zwei karierte Tassen an den Griffen. Kaffee schwappte mit jedem Schritt auf die Dielen.

»Little Yellow Spider« war das Lied, mit dem die Bar unten im Haus alle Tage den Rauswurf ankündigte. Zum Glück war heute früh kein Koks mehr übrig gewesen – so hatten sie zu Hause nur noch ineinander verschlungen auf dem Küchensofa gelegen.

Nil war noch immer nicht nach Hause gekommen. Mit Maribel, dieser Fotografin aus Valencia, war er noch weitergezogen und hatte Roland »alt« genannt, weil er sich zum Ende hin mit letzter Aufmerksamkeit zu langsamer Musik einfach nur unterhielt. Und Yolanthe hatte Nil ein Schnapsglas voll mit Fernet Branca nachgeworfen, vermutlich, weil sie in ihn verliebt war.

Nun brach bereits die nächste Dämmerung an, und Yolanthe grillte friedlich in sich versunken einen Marshmallow an einem Holzspieß über den Teelichtern, und Roland fragte, was er ihr eigentlich bedeute. Sie grillte noch eine Weile weiter, und dann sagte sie, als sei nichts dabei, Roland sei eine von den wenigen Personen, mit denen sie sich auch nüchtern nie langweile.

Am liebsten hätte er mit Yolanthe Schluss gemacht. Aber es gab ja nichts, was er beenden konnte. Es hatte keinen Namen.

Und er konnte sich auch keine andere Wohnung leisten. Die Wahrheit war, selbst stinkreich würde er nicht woandershin wollen. Denn er hatte keine Vorstellung davon, welche Frau er lieben könnte, wenn er nicht Yolanthe liebte.

Manchmal, in letzter Zeit, hatte sie ihn selbst in Nils Abwesenheit einen ganzen Tag nicht beachtet. Aber dann, immer wieder, kurz bevor er zu erfrieren drohte, zog sie ihn zurück ins Wunderland ihrer zwanglosen Geborgenheit.

Er stopfte sich kalte Marshmallows in den Mund, spülte mit einer ganzen Tasse Kaffee nach, und Yolanthe grillte in aller Ruhe einen längst karamellisierten Schaumgummi weiter und weiter. Als er verbrannte, sich die schwarze Schicht schon krümmte, merkte sie an: »Schmeckt am besten so heiß und flüssig. Tut ein bisschen weh im Mund, aber es lohnt sich.« Sie hielt Roland den Spieß hin.

Er schüttelte den Kopf, und seine Tränen tropften ihr auf die Hand. Yolanthe setzte sich hinter ihn, umschlang ihn fest mit Armen und Beinen, küsste ihn sanft auf den Nacken, fuhr mit der Zunge über seine Halswirbel, aber als er sich umdrehte, um sie zu küssen, rückte sie von ihm weg. Da stand er auf, knallte die Tür hinter sich zu und ging sich die Zähne putzen.

Yolanthe folgte ihm und blieb im Türrahmen des Bads stehen, sagte mit dieser ihr eigenen betörenden Eindrücklichkeit im Ton, er solle heute Nacht bis zum Morgengrauen nackt Devendra Banhart hören und sonst nichts, das würde ihm guttun. »Zusammen mit mir«, fügte sie nach einer Folterpause hintenan, schnalzte und zwinkerte.

Ihr Angebot, das Koffein und die geballte Süße der Marshmallows verpassten Roland schließlich den nötigen Schwung zu einer längst überfälligen Entscheidung, was diese Angelegenheit mit seiner Mutter betraf.

Trotz der vereisten Pflastersteine hielt Roland konzentriert das gewählte Tempo, balancierte mit äußerster Körperspannung und – da er nur Jeans und auf die Schnelle kein Shirt angezogen hatte – schwitzte den wollgefütterten Edel-Parka von Nil in Nullkommanichts unanständig ein. Einige Minuten später erreichte er strammen Schrittes sein Ziel. Die nächste Dienststelle der Polizei.

SCHWELLUNG I

Auch an diesem feierlichen Dezemberabend quälte sich der diensthabende Polizist wie immer mit Träumen von einer Motorradtour durch Arizona und seinen körperlichen Unzulänglichkeiten herum. Vollgestopft mit Zimtsternen und Dominosteinen saß er vor dem Notizblock, den ihm seine Frau schon vor Wochen aufgedrängt hatte. Damit er seine Wünsche notierte. Edgar Lehmstedt zeichnete stattdessen einen Kaktus. Den konnte er schon seit der Jugend wie im Schlaf. Einen aus der Wüste Arizonas. Der Zettel war dafür viel zu klein.

Er hielt sich den Bleistift mit der frisch gespitzten Seite an die Stirn, stach sich immer wieder einen kleinen Schmerz in die Haut und stellte sich vor, wie die Linien wie im Zeichentrick über den Zettel hinaus verliefen. So wuchs der Kaktus über die Tischplatte und schoss dann die Tischbeine hinab, tanzte über das graugesprenkelte Linoleum, kringelte sich, warf Blüten – und da öffnete jemand dem Kaktus die Tür. Lehmstedts Linien entschwanden in die Nacht, und ein kalter Luftschwall prallte auf Lehmstedt. Nun aufgerichtet in Erwartung eines heißen Falls.

Der Junge überragte ihn bestimmt um einen Kopf und sagte leise: »Moin.« Der braune Wuschelschopf verströmte den typisch modrigen Geruch sanierungsbedürftiger Spelunken der alternativen Szene von nebenan. Lehmstedt spannte kurz den Hintern an und wies dem Jungen mit einem zackigen »Bitte schön« den beigefarbenen Hartplastikstuhl vor seinem Schreibtisch zu. In diesem Moment machte sich Lehmstedts Schwellung wieder bemerkbar. Die des großen Zehs mit dem eingewachsenen Nagel unter der Lammwollsocke.

Dunkel angelaufen war die Stelle im Nu, als der Dezember angebrochen war. Kalt war es geworden, wie bestellt und mit einem Schlag, die Heizungen waren angesprungen, und seine Wunde hatte sich über Nacht verfärbt. Lehmstedt hatte auf etwas Ernstes gehofft, aber es blieb bloß bei der Verfärbung, und der begleitende Schmerz, an den er sich längst gewöhnt hatte, wich einer nicht unangenehmen Spannung.

Er beugte sich tief zu Boden, denn sein Stift rollte unter den Tisch. Er hatte gar nicht bemerkt, dass er runtergefallen war.

Lehmstedt wurde das Atmen schwer, der dicke Bauch drückte ihm auf die Lungenflügel. Er hielt die Luft extrastark an und sehnte eine ewige Ohnmacht herbei. Bevor er im Ganzen zu stocken begann, machte er sich gerade und öffnete die Schleusen wieder. Er musste woandershin zum Sterben, er wollte schwitzend in die Fremde hineinsterben. Aber nun. Nikolausabend. Dienst schieben. Die Glieder abwechselnd steif oder schlaff. Stunde um Stunde. Organe und Gedanken beiseite. In die vertraute Form des Fristens zurück. Aufrecht im Bürostuhl. Das Leben, das ist kein Gedicht, ich erfülle meine Pflicht, sagte er sich jetzt und stets. Zum Henker mit dem Aufruhr, bleiben wir christlich in der Substanz, sagte er sich jetzt und stets, gähnte, und sein Herz setzte unbemerkt einmal aus.

Für einen Mann habe er schwaches Gewebe, hatte seine Frau letztes Jahr unterm Tannenbaum diagnostiziert. Hatte ihm in den

Unterarm gekniffen und den blassen Wulst festgehalten. Vorm neuen Schwiegersohn. Der einen weinroten Pullover trug und nach einer Muskelsalbe roch.

Seine Frau hatte Pullover und Geruch mit Gehabe gelobt und dann wegen des kaputten Heizkörpers im Bad mit Lehmstedt gestritten. Bald hatte er ihr recht gegeben und auf Liebe gehofft.

Wenn er von Arizona träumte, leuchtete er im Inneren orangerot. Ganz so wie früher das TV-Gerät, bei dem sich die Farbregulierung nicht mehr bedienen ließ und das er vermisst hatte, als sie nach fast einem Jahr ein neues angeschafft hatten.

Dieser langgezogene Bengel auf dem Stuhl ihm gegenüber hatte eben gesagt, er wolle seine Mutter anmelden. Da musste Lehmstedt was falsch verstanden haben. Er steckte sich also erst einmal den Zeigefinger ins Ohr und stocherte und rüttelte, dann wollte er sich die Angelegenheit vom jungen Herrn Tarpenbek in angemessener Weise vornehmen. Leider aber lag hier gar kein ordentlicher Fall vor. Da habe er keine Befugnis, etwas zu unternehmen, sagte er dem Jungen und dachte an den letzten Dominostein in der Schublade vor seinem Hosenstall.

Der junge Mann, von dessen trist-bläulich umschatteten roten Augen ihm noch desolater wurde, pulte an seinen großen rissigen Lippen. Schöne Lippen!

Lehmstedt bekam augenblicklich einen heißen Kopf, und sein rechtes Augenlid begann zu zucken, der Zauber schöner Lippen junger Männer ging ihn doch nichts an. Gott bewahre! Sein exaltiertes Gedärm performte ein verräterisches Glucksen. Übertönend und kumpelhaft riet er dem Jungen, sich beizeiten mal auszuschlafen, und erkannte ihn plötzlich wieder. Vom Sehen von nebenan. Von einer Führung durch das Viertel dieser Leute, dieser Linken, dieser Künstler.

Lehmstedt hatte sich bemüht, durch reges Umherschauen und

angedeutetes Nicken in alle Richtungen und durch kurze, aber entschlossene Augenkontakte und ein spitzbübisches Lächeln den Eindruck von Toleranz zu verströmen. Und doch fragte er sich beim Betrachten der abnormen Verkleidungen von Menschen und Gebäuden immerzu, ob eigentlich alle Künstler verlotterte durchgeknallte arme Schlucker und/oder zu ausgeschlafene rein sexuell attraktive Linke waren.

Jetzt drängte es ihn wieder im Kopf, dass er vielleicht mal eines seiner bewegten blühenden Kakteenbilder heimlich bei Nacht auf eine Wand sprühen könnte, in buntscheckigen Ranken über ein ganzes frisch saniertes Haus und dann noch weiter. Dann könnte er sich über selbige Pflanze bis nach Arizona hin durchhangeln. Und wie Faye Dunaway unter einer rotglühenden Sonne jeden weiteren Tag seines Lebens verstreichen lassen. Bis die blonde Sirene ihn fast vollständig ausgesaugt hätte. Nur sein Innerstes hätte sie übrig gelassen. Urlebendig und winzig würde seine geheimste Beschaffenheit lautlos davongeweht und als fruchtbarster aller Flugsamen davongetragen. Aber wohin?

Lehmstedt fühlte sich seiner Fantasie jeweils an dieser Stelle nicht länger gewachsen, und dann überkam ihn ein mächtiger Grusel über sich selbst, und er verwarf abermals die Träumerei über die grenzenlose Weite des Lebens. Sonst würde ihm noch irgendwas Schlimmeres passieren als sein Selbsthass. So wie der Frau Tarpenbek vielleicht. Man konnte nicht einmal erahnen, auf welche Abwege sie sich begeben hatte. Ein kleines Mädchen zu demütigen. Noch dazu ein Negerkind. Vermutlich hielt sie sich vor Scham versteckt. Man könnte es ihr nur wünschen.

Der hübsche Junge, Roland Tarpenbek, schien keinen angemessenen Kontakt zur Mutter gepflegt zu haben. Lehmstedt dachte an seine Tochter. Ob sie ihn vermissen würde, wenn er in der Wüste verlorenging?

»Hat Ihre Mutter mal von Arizona gesprochen?«

Roland Tarpenbek verknautschte die Stirn und schaute drein, als ob überkandidelte Gedanken nun auch ihm den Weg verstellten. Da winkte Lehmstedt ab und klärte zum Schein, er habe da was verwechselt. Eine unangekündigte Reise sei aber dennoch nicht völlig von der Hand zu weisen. Roland Tarpenbek fiel ihm hastig ins Wort: »Meine Mutter lehnt das Reisen in fremde Länder ab. Sie hasst es, sich nicht auszukennen. Wir verbrachten höchstens ein paar Ferientage in Finkenwerder. Da kannte sie sich aus, weil ihre Oma dort gelebt hat. Ihre Oma hat sie irgendwie sehr gemocht, wenn sie mal was von der erzählt hat, wurde sie so … weich und traurig. Ich mochte das, wenn sie von ihr erzählt hat, ganz einfache Sachen, so vom Apfelpflücken und Einkochen.«

Lehmstedt hörte gar nicht hin und machte sich seine Gedanken.

Vermutlich hatte Frau Tarpenbek einfach genug gehabt, vielleicht hatte das verkiffte Söhnchen ihr noch immer auf der Tasche gelegen. Die Frau hatte sogar noch vor kurzem eine E-Mail abgesetzt. Und nur weil sie ein wenig ausgeflippt und in die Schlagzeilen geraten war, war sie nicht gleich als Selbstmörderin einzustufen. Er selber brachte sich ja schließlich auch schon seit Jahren nicht um.

Was wollte der Junge eigentlich von ihm? Sollte er ihn einfach mal in den Arm nehmen? Weil bald Weihnachten war? Suchte dieser Junge autoritäre, gar väterliche Nähe? In einer haltlosen Situation? Einen Freund? Einen Helfer …? Einen Polizisten? Ach ja. Jetzt flippen auch schon die Entspannten aus, dachte er, und aus seinem Bauch tönte es erneut. Von dieser Etappe seiner Schicht hatte Lehmstedt nun genug.

Mit der flachen Hand haute er zweimal kräftig auf die Tischplatte, teilte dem jungen Herrn Tarpenbek mit, dass die Polizei in diesem Fall nichts unternehmen werde, und wünschte noch einen schönen Nikolausabend. Der Junge stand auf, warf den Stuhl um, trat danach und verschwand grußlos in die Nacht.

Mit Freude empfing Lehmstedt den nächsten Kälteschwall, folgte ihm und rauchte draußen ohne Jacke eine schöne Zigarette. Dann mit schön-kribbeligem Schwindel zurück am Tisch riss er den Zettel mit seiner Zeichnung vom Notizblock seiner Frau, zerknüllte ihn und aß ihn auf. Bis auf weiteres schlug er sich mit seiner Peristaltik herum. Dann und wann galoppierte eine Herde Wildpferde durch seine Gehörgänge.

Roland derweil bei einem Abstecher auf dem Weihnachtsmarkt, kaufte Fressalien, bis alle Taschen des Parkas voll waren und das Geld aus.

Hamburger Speck, gebrannte Mandeln, Liebesäpfel und Schmalzgebäck, die große Tüte, prall fetttriefend, kaum in seinem Besitz, riss sie ein. Er drückte das heiße Bündel unter dem Parka direkt über dem Herzen fest auf die nackte Haut.

Die Angelegenheit war fürs Erste erledigt, und jetzt würde er noch einmal versuchen, seine Übernächtigung ohne die seit Tagen wachsende Beunruhigung auszukurieren. Geburtstag feiern. Im Bett neben Yolanthe nur der Unendlichkeit von Devendra Banhart folgen. Kopflos mit warmen weichen Gliedern. Entgiftung und Zärtlichkeit.

Und morgen dann würde er Nils Parka in die Reinigung bringen. Da hatte er Manieren, so war er von Christiane erzogen worden. Er schaute auf sein Handy, unzählige Geburtstagsgrüße von lauter Leuten und bemühte Kombinationen von Emoticons. Er kopierte allen ein »Danke« rein.

PLATANEN

Roland hatte mehrfach geklingelt, er stand vor der verschlossenen Tür der Detektei Laila Voss im Souterrain eines zweistöckigen Altbaus und vernahm ihr dunkles Räuspern. Obwohl die Tür über keinen Spion verfügte, fühlte er sich beobachtet.

Mehrfach sprach sie das Wort Stachelbeere laut und überdeutlich aus, was natürlich überhaupt keinen Sinn ergab. Er wandte sich zum Gehen, da und mit Hauruck öffnete ihm die Detektivin. Und noch bevor Roland sich vorstellen konnte: »Nicht über die Stachelbeeren wundern, bitte! Das waren bloß Sprachübungen. Ich war mal am Theater. Damit schalte ich mich noch immer ein, bevor was losgeht.«

Roland starrte auf ihren Bauchnabel und fragte sich, wie alt sie war, und sie zog den roten eingelaufenen Wollpulli tiefer, die Hüftjeans höher und band die blausilbernen Haare zu einem hohen Seitenzopf.

»Bitte, kommen Sie rein, junger Mann mit Lehrer-Umhängetasche.«

Roland schlängelte der barfüßigen Detektivin hinterher durch den ewig langen klamm-modrig und ozeanisch nach Raumspray riechenden Flur, der mit Holzkisten, Kartons, leeren Garderobenständern, in Folie verschweißten Spiegeln und zwei Plastikpalmen zugestellt war. Das Zimmer am Ende des Flures, das Voss betreten hatte, war unerwartet breit, und er verharrte im Türrahmen, blieb vor dem Bild wie aus einem Zerrspiegel stehen. Eine Ohnmacht meldete sich an, aber das Hirnschwanken verging so schnell, wie es aufgetreten war. Seine Augen stellten allerdings beunruhigend lahm wieder auf scharf, und Voss nahm hastig etwas vom Tisch, das vielleicht ausgesehen hatte wie eine Glaskugel. Schnell verbarg sie es unter dem mit einem schwarzen Stoff überworfenen Schreibtisch.

Wie hieß dieser Stoff noch? Yolanthe hatte ihn mal meterweise bei einer Installationsreihe verwendet und im Laufe der Vorbereitung enervierend oft dieses Wort ausgesprochen, bis er es nicht mehr hören konnte, bis er eifersüchtig auf diese Plastikplane war. Warum kam er jetzt nicht drauf? Da war es wieder: Molton hieß das Zeug, zu dem Yolanthe eine Art Schaffensfetisch entwickelt hatte. Platanen hatte sie ihre Installation genannt, bei der in Molton eingeschnürte Figuren unter buntgefleckten Plastikbäumen gebaumelt hatten. Ein Mädchen war rückwärts und heulend wieder rausgegangen, weil sie es so beängstigend fand, und war deshalb ausgelacht worden, woraufhin Yolanthe alle rauswarf und die Eröffnung für beendet erklärte.

Voss stellte Roland einen weißen Plastikstuhl hin und ließ sich auf einem zerschlissenen Ledersessel nieder. Ganz gerade saß sie da, mit den Unterarmen symmetrisch auf dem Molton, und schloss die Augen. Vor ihr stand eine riesige Plastikschale Farmersalat einer Discounter-Eigenmarke. Ein Esslöffel steckte tief drin, mehrere zerknüllte Küchentücher lagen daneben. Unter einer Kinderschreibtischlampe stand ein hohes Trinkglas, in dem ein Rest purpurroter Flüssigkeit leuchtete.

Roland tippte auf die Lehne des Stuhls und stammelte wie am ersten Tag seines Schülerpraktikums im Baumarkt vor knapp zehn Jahren: »Ähm, ich weiß nicht, ob das hier das Richtige ist für mich.«

Sie atmete laut ein, öffnete die Augen und erwiderte: »Bitte entschuldigen Sie, Herr Tarpenbek, und seien Sie nicht so sensibel, ich habe gnadenlos ausgeschlafen, bin noch keine Stunde auf den Beinen. Setzen Sie sich doch endlich hin, das macht mich ganz nervös, wie Sie da hinter dem Stuhl lungern. Möchten Sie einen Kaffee, Hagebuttentee, Gin?« Sie deutete auf ihr Getränk.

Er blieb stehen, und sie fügte hinzu: »Vertrauen, mein Lieber, geht immer in Vorkasse. Ich bin keine Hexe. Aber wenn doch, dann erinnern Sie aus Ihren Kinderbüchern sicher noch, dass es auch gute gibt und Ihnen das helfen könnte.«

Sie grinste, funkelte mit den Augen wie Yolanthe, und kurz war ihm, als säße ihm die Geliebte leibhaftig gegenüber, und ihm fiel ein, wie ihr in den Wochen, als er ihr zum ersten Mal nachlief, gerade die blauen Haare rauswuchsen und sie immer diese knallgrünen Kontaktlinsen getragen hatte zu dieser Zeit.

»Sie träumen ja, wie schön!« Verschmitzt sah sie ihn an.

»Was? Nein, ich hab nur überlegt … Einen Kaffee bitte.«

Laila Voss nickte, stand auf und zog die Jalousien am verhedderten Band mit lautem Quietschen ein Stück nach oben, öffnete die Terrassentür, wedelte drei Schübe Luft herein und verschwand nach nebenan.

Roland lauschte dem Nieselregen und seinem Misstrauen.

Die übernächtigte Privatdetektivin mit seltsamen Frühstücksgewohnheiten hatte er auf die Schnelle im Internet gefunden. Er wusste nicht mehr, warum er überhaupt so dringend nach einer Frau gesucht hatte, hielt es nun ohne Begründung für einen Fehler und überlegte aufzustehen und zu gehen, ohne sich zu erklären, und während er überlegte, begann Voss in der Küche einen Schlager zu singen, den er kannte, aber nicht wusste woher. »Der Teufel hat den Schnaps gemacht«. Udo Jürgens, ach ja, dachte er, irgendwie witzig der Text, sogar gut, der Text, eigentlich genial … Und dann verfiel er dem Rauschen des Nieselregens, bis Voss ihm einen Bierkrug Kaffee hinstellte, sich ein Küchentuch in den Ausschnitt steckte und ihr Farmersalat-Hagebuttentee-Gin-Frühstück fortsetzte. Mit vollem Mund sagte sie: »Brunch!«

»Guten.«

»Verzeihen Sie mein Benehmen, aber die Zeit rennt, und ich brauche was im Magen, ein Auto fährt auch nicht ohne Benzin.«

»Schon okay. Ich bin nicht in Eile, essen Sie ruhig auf.«

»Nein, nein, geht schon wieder, das Hirn läuft. Hatten Sie Streit mit Ihrer Mutter?«

»Woher wissen Sie, dass es um meine Mutter geht?«

»Nur so eine Eingebung, habe das manchmal, kann es aber immer schlechter regulieren, je mehr Erinnerungen ich anhäufe. Bin ja nicht mehr die Allerjüngste. Deshalb esse ich auch nur noch im Urlaub Fleisch, andere DNA wirkt wie eine Funkstörung … Schon Gelatine … Meine Fähigkeiten reduzieren sich sofort, wenn eine Spur Tier im Magen ist.«

»Was meinen Sie mit Fähigkeiten?«

»Ach, nichts.«

»Sind Sie Hellseherin oder so?«

»Wäre doch spitze, oder?« Sie grinste. »Ich habe mit der Schauspielerei aufgehört, weil ich wusste, das wird nie was. Insofern schon.«

»Aber als Detektivin taugen Sie was?«

»Natürlich, ich bin die Beste, deswegen sitzt du ja hier, du hast einen guten Instinkt, Junge, du bekommst zu viel mit, darunter leidest du.«

»Psychologin sind Sie auch?!«

»Ist das jetzt so wichtig? Was ich alles bin oder auch nicht? Es soll doch um dich gehen und um deine Mutter.«

»Ich mag es nicht, von Erwachsenen geduzt zu werden.«

»Dann bitte ich um Verzeihung und frage Sie: Warum glauben Sie, ist Ihre Mutter nicht mehr erreichbar?«

Roland nippte an dem Kaffee.

»Das kann ich mir nicht erklären. Deswegen bin ich ja hier.«

»Haben Sie etwas damit zu tun?«

»Was glauben Sie?«

»Ja, haben Sie. Aber ich weiß nicht, inwiefern.«

Roland nickte und trank Kaffee.

»Ist nur Instant, bitte entschuldigen Sie, Herr Tarpenbek. Aber immerhin Espresso.«

»Kein Problem, ich bin da anspruchslos, Hauptsache wach.«

»Warum haben Sie dann das Gesicht verzogen?«

»Ist noch heiß.«

»Unmöglich, mein Wasserkocher spinnt, kocht nicht mehr, geht vorher aus, etwa bei siebzig Grad. Außerdem verzieht man bei Verbrennung nicht das Gesicht, man gibt irgendein Geräusch von sich.«

»Aua.«

»Sie sind mir ein Schelm, Herr Tarpenbek, und Sie hassen meinen Kaffee.«

»Ja, aber ich trinke ihn trotzdem.«

»Wie Sie wollen. Wann haben Sie Ihre Mutter zum letzten Mal gesehen?«

»In der Zeitung im September.«

»Ach, Herr Tarpenbek, Sie wissen doch, wie ich das meine.«

»Ja … Das ist schon letzten Sommer gewesen. Ich hatte den Kontakt zu ihr abgebrochen.«

»Und da wundern Sie sich, dass Sie nun keinen Kontakt mehr haben?«

»Es war nicht das erste Mal, dass ich sie nicht mehr ertragen konnte. Sie hat es die letzten Male aber nicht akzeptiert.«

»Und nun hat sie akzeptiert, und es passt Ihnen nicht?«

»Es ist etwas anderes. Sie ist verschwunden.«

Sie zog eine Augenbraue hoch wie Yolanthe, wenn er versuchte, sie zum Lachen zu bringen.

»Jetzt haben Sie aber an eine andere Frau gedacht.«

Roland erschrak.

»Was meinen Sie?«

»Liebeskummer. Oder sind Sie schwul?«

»Nein, also na ja, ich habe mal einen Mann geküsst.«

»Aber da waren Sie betrunken.«

»Stimmt. Hat das hier irgendwas zu suchen?«

»Nein, wobei alles, was Sie anbelangt, wichtig ist, Sie sind ja nun mein Fall. Ich interessiere mich für alle Details einer Geschichte. In erster Linie jedoch für Ihre Mutter. Wie heißt sie und was stimmte nicht mit Ihrem Verhältnis zueinander?«

Roland starrte in seinen Kaffee. »Christine ist ihr Name und ich habe mich in ihrer Nähe meist irgendwie falsch gefühlt. Aber darum geht es doch nicht, das ist doch keine Therapiesitzung hier.«

»Was meinen Sie mit falsch, Roland?«

»Falsch, anders als sie mich haben wollte.«

»Hatten Sie manchmal Lust, sich etwas anzutun?«

»Nein.«

»Ihr?«

»Nein! Ich hatte manchmal Träume und habe mich hinterher mies gefühlt. Aber warum sollte ich ihr etwas angetan haben?«

»Nichts für ungut. Was ist mit Ihrem Vater?«

»Kein Vater.«

»Doch, sonst gäbe es Sie nicht.«

»Christiane hat nie darüber gesprochen. Ich habe mal meine Patentante Lerke gefragt. Die hat gesagt, sie wisse auch nichts, niemand weiß was. Lerke wusste nur, dass Christianes Eltern sie meinetwegen rausgeworfen haben. Ich habe keinen Vater und Oma und Opa auch nicht. Ist aber okay.«

»Sie sehen, nun ja, exotisch aus. Diese dunklen Locken, die fast schwarzen Augen, die langen Wimpern, die markant slawischen Züge.«

»Sie sehen auch nicht aus wie eine durch und durch Deutsche.«

»Oho, wie sieht denn eine solche durch und durch Deutsche aus?«

»Wie Tante Lerke. Aber so meinte ich das nicht. Ihre Haut ist braun, und in einer Woche ist Weihnachten.«

»Eher ein bisschen gelbstichig. Der Winter steht mir nicht, da haben Sie schon recht. Aber, Herr Tarpenbek, wir wollen das an dieser Stelle nicht vertiefen. Die Zeit läuft, und Sie haben mir noch nicht einmal von dem Vorfall erzählt.«

»Von welchem Vorfall?«

»Dass Ihre Mutter an ihrem Arbeitsplatz das kleine Flüchtlingsmädchen gedemütigt hat.«

»Das haben Sie jetzt aber aus dem Internet!«

»Oder aus meiner Glaskugel. Wer weiß das schon. Das spielt doch keine Rolle. Ich bediene mich aller mir zur Verfügung stehenden Mittel, um einen guten Job zu machen. Mögliche Lücken werden hoffentlich Sie und ein paar Verbündete schließen. Ich brauche Input, Herr Tarpenbek. Also bitte erst einmal Namen, Kontakte, Telefonnummern, E-Mail-Adressen. Von allen, die mit Christiane zu tun hatten. Schon bald werde ich Ihnen erzählen können, was passiert ist. Möglicherweise sogar chronologisch.«

»Ich mag lieber fragmentarische Geschichten. Und Surreales.«

»Warum?«

»Weil dann Platz für Fantasie bleibt.«

»Aber nicht alle Menschen haben genug Fantasie.«

»Ich beneide Menschen mit wenig Fantasie.«

»Warum?«

»Sie haben weniger Angst.«

Roland war wieder allein mit seinen Gedanken und fixierte die bergige Landschaft auf der Terrasse. Alles, was dort abgestellt worden war, war ebenso wie der Schreibtisch bedeckt von schwarzem Molton. Vier dekorative Laternen umsäumten das Verborgene in malerisch gelbem Licht, und für einen kurzen Moment überkam ihn Lust, den Kitsch zu zeichnen. Aber sein Skizzenbuch lag in dem Rucksack zu Hause in der Kammer und war ohnehin von einer Pfütze vernichtet worden.

Voss polterte im Zimmer nebenan, raschelte herum und legte nach einer guten halben Stunde ein leeres Blatt Papier vor Roland auf den Tisch, daneben stellte sie ein braunes Glasfläschchen.

»Was sehen Sie als Erstes vor sich, wenn Sie ohne Umschweife an Ihre Mutter denken?«

»Den Sachsenwald.«

»Den Sachsenwald?«

»Ja. Christiane und ich waren am Wochenende manchmal dort. Ewige Stunden im Wald. Von früh bis spät gab es nur Schrippen mit Zervelatwurst und dazu Malventee. Zwei Thermosflaschen. Sie war dann überglücklich, während ich mich fürchtete. Als wäre ich mutterseelenallein im Wald. Auch weil sie wie auf Knopfdruck verstrahlt wirkte, kaum waren da nur noch Bäume um uns, wie auf Pille. Wir verliefen uns, sie fand den Weg irgendwie dann doch noch heraus, und ich musste ihr die ganze Zeit sagen, wie dankbar ich sei. Das war ihr Lieblingsspiel. Krank, oder? Ihre Lust, mir Angst einzujagen. Oder mich glücklich zu machen mit Erleichterung, weil ihr nichts Besseres einfiel. Um ihre Liebe auszudrücken vielleicht. Das klingt echt voll strange, ich weiß, aber so könnte sie das wirklich gemeint haben. Ich wollte lange verstehen, warum sie so tickt, wie sie tickt, aber ich habe das bis heute nicht verstanden, ich habe das nur ausgehalten, solange ich musste, solange ich Kind war eben. Nach diesen Zeitungsartikeln über sie, da dachte ich, dass sie …, da dachte ich dann: Jetzt ist sie endgültig durchgedreht. Meinetwegen. Weil ich ihr nicht mehr meine Dankbarkeit gezeigt habe. Weil sie verstanden hat, dass sie mich nicht glücklich gemacht hat, sondern unglücklich, das habe ich ihr ja auch gesagt. Meine Mutter ist echt voll die Niete als Mutter gewesen, aber sie ist kein Monster, sie … Also, es kam mir immer vor, als könnte sie nicht anders, als wäre da irgendwas in ihr, was sie fertigmacht und … Also sie ist schräg, aber sie hat niemals etwas Rassistisches gesagt oder getan. So ist sie nicht, das kann nicht sein. Jetzt, wo es nicht mehr geht, würde ich sie gern fragen, was eigentlich mit ihr los ist und warum wir uns immer verlaufen mussten und warum sie nicht wissen wollte, dass ich …«

Voss legte den Finger auf die Lippen und sagte: »Warten Sie, Herr Tarpenbek, erzählen Sie nicht sofort weiter, einen Moment bitte.« Dann schloss sie die Balkontür, zog hinten aus der engen Jeans ein Diktiergerät heraus, legte es neben den Zettel und die Hälfte des vereinbarten Honorars.

Nil hatte Roland das Geld ohne zu zögern geliehen. Die zweite Rate war erst nach der Lösung des Falls zu zahlen. Voss stopfte die Scheine in ihre Gesäßtasche, wendete den Zettel und öffnete das Fläschchen, das starken Geruch nach Bergamotte verströmte.

Voss sagte: »Das Gerät ist leicht zu handhaben. Lesen Sie aber zuerst den Zettel. Wenn Sie fertig sind, lassen Sie alles liegen und verschwinden einfach.« Sie zwinkerte ihm ohne ein Lächeln zu, verließ den Raum, schloss die Tür, und bald hörte er auch die Wohnungstür ins Schloss fallen.

Roland strich zunächst einige Male über den Zettel, las ihn langsam durch, nach jedem Punkt legte er eine kurze Denkpause ein und las noch ein weiteres Mal schnell und ohne Unterbrechungen. Dann nahm er das alte Aufnahmegerät zur Hand und machte sich kurz damit vertraut.

VADEMEKUM

ZUR FREIWILLIGEN AUSSAGE IM RAHMEN EINER DETEKTIVISCHEN LEISTUNG

Fall: Christiane Tarpenbek

Berichten Sie bitte ohne Scham. Zensieren Sie sich nicht, denken Sie nicht an die Verwertbarkeit und achten Sie nicht auf die Schönheit der Formulierungen.

Bitte sprechen Sie nicht in Rätseln.

Wenn es Ihre Konzentration steigert, dunkeln Sie den Raum ab oder schließen Sie die Augen.

Ich bitte Sie um nichts weniger als Ihre Wahrheit.
Nur damit kann ich arbeiten.

Die anleitenden Punkte unterliegen keiner zwingenden Reihenfolge, dennoch ist diese nicht zufällig und kann als Inspiration verstanden werden.

Keiner der Punkte muss zwingend beantwortet werden.

Entscheiden Sie selbst. Natürlich werden auch Ihre Auslassungen zur Kenntnis genommen und in die Analyse miteinbezogen.

Machen Sie sich auf Ihre bevorzugte Art ein bisschen locker, bevor Sie die Aufnahmetaste drücken.

Nennen Sie Ihren Namen und das, was Sie Ihrer Meinung nach noch charakterisiert.

Erzählen Sie von sich. Wie geht es Ihnen? Was geht Ihnen so durch den Kopf? Hat Sie zuletzt etwas in besonderer Weise beschäftigt, berührt, gefreut, traurig, wütend gemacht oder sogar verzweifeln lassen?

Was fällt Ihnen zu Christiane Tarpenbek ein?

Was fällt Ihnen zu Christiane Tarpenbeks Verschwinden ein?

Können Sie sich vorstellen, was passiert ist?

Wissen Sie, was passiert ist?

Ich unterliege einer selbstauferlegten Schweigepflicht.

Nachdem der Fall abgeschlossen ist, werden alle Aufnahmen gelöscht.

Falls ich Ihnen das Aufnahmegerät zugeschickt habe, senden Sie es bitte sofort nach Beendigung der Aufnahme per Einschreiben zurück. Der frankierte Umschlag zu diesem Zweck liegt bei. Die Kosten übernimmt der Auftraggeber dieses Falls: Roland Tarpenbek

Verbindlichen Dank.
Ihre Laila Voss

ZWEITER TEIL

PLAY

Mein Name ist Roland Tarpenbek. Eigentlich sollte ich Ronald heißen, nach Ronald McDonald. Meine Mutter war immer ein Fan. Das klingt grotesk, ich weiß. Niemand ist Fan einer Werbefigur, eines Pappaufstellers. Nur Debile und Kinder. Bis zu einem bestimmten Alter, also die Kinder. Ihre Eltern hatten McDonald's pauschal abgelehnt. Sagte sie mal und lächelte. Das habe ich nie vergessen, weil sie echt selten von ihren Eltern erzählte und selten lächelte und weil es ja was mit meinem Vornamen zu tun hat. Und weil ihre Eltern mich dann ja wohl abgelehnt haben müssen, noch bevor sie mich kennengelernt haben. Wie McDonald's. Sozusagen. Nein, eigentlich ganz konkret. Ähm …

Irgendwas ist schiefgegangen auf dem Amt mit dem Eintrag des Namens, und dann hat meine Mutter es eben so akzeptiert. Sie macht nie wegen irgendwas einen Aufstand, tut lieber so, als wäre nichts gewesen, echt jetzt, egal was. So ist sie. Aber trotzdem weiß sie bis dahin immer genau, wie etwas zu sein hat, so lange, bis es schiefgeht eben. Dann will sie es gar nicht mehr, weil dann ist es ihr zu schief. Ronald wäre für immer ein schiefer Name oder sogar bloß noch eine Angelegenheit gewesen, wenn sie auf dem Amt einen Aufstand gemacht hätte. Weil Roland ja bereits eingetragen war. Roland als meinen Namen zu akzeptieren rückte alles gerade.

Vielleicht muss man meine Mutter kennen, um zu raffen, wie ich das meine … Na ja. Wie auch immer. Ich bin einigermaßen froh, dass ich jetzt sozusagen halb zufällig Roland heiße und nicht Ronald. Ronald klingt so gequetscht, wenn man es richtig ausspricht, so wie Ronald Reagan. Wer mag den schon. Roland kann man auch französisch aussprechen. Das macht aber leider keiner. Es gab diesen Philosophen Roland Barthes. Ich weiß gar nicht, was dessen Ding war und ob der auf der richtigen Seite der Macht stand. Will ich auch gar nicht wissen. Man muss nicht alles googeln. Ich bilde mir einfach ein, dass seine Philosophie der totale Zauber ist und ich nicht zufällig so heiße wie er. Komisch, in so ein Gerät zu quatschen … So ohne Reaktion eines … äh, ich meine einen Gesichtsausdruck. Da kommt man total ins versponnene Labern, weil einen keiner stoppt.

Ich hätte Bock auf noch einen Kaffee, obwohl das ja echt ein ganzer Krug war. Ich habe niedrigen Blutdruck, glaube ich, aber ich weiß gar nicht, warum ich das glaube, und ob mich das charakterisiert. Na ja, egal …, hm, also nochmal zurück auf Anfang. Ich …, ach so, ja, also ich bin dreiundzwanzig. Das ist schon so ein Thema für mich gewesen kurz vor meinem Geburtstag. Ich raffe Zeit nur als vorgestellte Strecke. So wird das zumindest halbwegs nachvollziehbar in meinem Schädel. Ich gucke mir ja schon Sekunden später als Erinnerung an, was gerade passiert ist, und das ist dann schon nicht mehr Gegenwart. Aber wie lang dauert Gegenwart offiziell? Muss ich mal googeln. Ich denke mir immer eine Kurve auf einem Blatt Papier. Da wäre die Zwanzig der höchste Punkt gewesen. Und jetzt geht es runter. Aber ich meine das nicht biologisch. Ich meine nur, dass nicht mehr alles immer so neu ist. Die steile Kurve ist türkis, und die abwärts wird immer mehr dunkelgrün. Das Lebensding als Kurve besteht für mich echt nur aus zwei Farben … Vielleicht liegt das an mir, aber vielleicht habe ich auch recht. Wüsste gern, welche Farben Christiane nennen würde. Habe sie so was nie gefragt … Aber so was bespricht man ja auch nicht, wenn man sich im Dauerstress mit jemandem befindet. So was bespricht man nur bei absolutem Frieden. Aber wir waren uns nie mehr einig, seit ich zwölf war, schätzungsweise. Allein unseren Stadtteil habe ich gehasst wie die Pest, und sie hat oft betont, sie würde da nie wegziehen, außer es bräche Krieg aus. Also Eppendorf, meine ich. Da ist alles geleckt, da infiziert sich der Kopf mit nichts. Die Leute trinken Kaffee und beackern ihr Macbook. Da flasht nichts mehr im Schädel. So labbrige Erwachsene fand ich schon vor zehn Jahren krass enttäuschend. Die interessiert nur ihr Wohlstand. Die beschäftigen sich ernsthaft ständig mit ihren Wohnungen, der Gegend, den Geschäftchen und den Gärten und so. Die reden auch auf der Straße länger als zwei Minuten über so was, wenn sie sich begegnen. Echt jetzt. Als ich nach dem Abi ein paar Wochen nach Indien bin, hat eine Nachbarin vorher zu mir gesagt, ich solle mir das Elend da bloß nicht zu Herzen nehmen. Ich wusste damals nur, dass ich niemals so werden will wie Leute, die so was sagen. Ich bin Zeichner geworden, weil mir das schon immer leichtgefallen ist und weil ich irgendwie dachte, dadurch bleib ich auch als Erwachsener wach, weil ich Dinge immer wieder neu checken muss, um andere zu flashen. Aber ich bin jetzt schon voll müde und lasse meine Blätter meistens einfach in der Schublade verschwinden. Viele Kollegen stellen alle ihre Sachen ins Netz, ich habe nicht mal einen Instagram-Account. Ich hatte eine kleine Ausstellung im letzten Jahr, da hat nur mein Patenonkel aus Höflichkeit ein kleines Bild gekauft. Die Sachen waren wahrscheinlich zu deprimierend, also nur deprimierend, nicht irgendwie geil ambivalent, zum Beispiel cool deprimierend. Aber schaden tue ich damit ja auch niemandem. Obwohl, jemand hat gesagt, die Sachen würden ihn runterziehen. Yolanthe meinte, das sei ein Kompliment. Ich fand aber, das war ein Diss, mich hat der Spruch von dem Typen dann nämlich selber krass runtergezogen.

Ich habe auch ein paar Semester studiert. Politik und Theaterwissenschaften. War interessant. Hier und da. Aber ich war immer müde und niemals dezidiert bei der Sache. Mein Patenonkel hat mal gemeint, Künstler wird man nicht, das ist man schon von Geburt an, so wie homo- oder heterosexuell. Egal, aus wessen Mund, das Wort Kunst macht mich nur noch nervös mittlerweile. Ist überdivers. Und dann klingt das immer so, als könnte man das alles zu einem Bündel schnüren. Und wer sich selber auch noch Künstler nennt, ist für mich nicht kredibel. Eigenlob ist krass eklig. Na ja. Ich lobe mich nie, nicht mal so für mich, und ich fühle mich auch nicht weniger eklig, als ich die eklig finde, die sich selber feiern. Hype oder Hass, alles für'n Arsch. Ich falle so oder so nicht gern auf. Egal, wie man auffällt, es passiert dadurch immer eine Erwartungsreaktion von allen Seiten, weil die Leute ihren Eindruck bestätigt haben wollen, und dann ist bei mir sofort Freezing angesagt. Um derbe erfolgreich zu sein, muss man irgendwelche Klischees bedienen. Also spätestens wenn's passiert ist, macht man das dann freiwillig, weil man dann voll drauf ist, glaube ich. Ich will nur meine Ruhe und irgendwie leben. Echt jetzt. Kein Scheiß. Geld und Ruhm würde ich nur als Zufall ertragen. So auf lame. Ich versuche einfach, jeden Tag meines Lebens erst mal zu gucken, wie es sich anfühlt, wem ich begegne et cetera, und dazu verhalte ich mich dann, wie es passt. Improvisation eben. Dadurch ergibt sich ständig was. Dann verdichtet sich das Stunde um Stunde zu einem Tag, und abends ratze ich weg. Mag ich so. Solange es so geht, geht es so. Klar muss ich auch mal Geld verdienen. Mache ich ja zwei Tage die Woche im Getränkemarkt und einmal in einer Vierundzwanzigstunden-Bar auf dem Kiez. Und samstags dann Tresen in so einem Stylo-Restaurant mit unten Club. Da lern ich manchmal krass schöne Ladys mit Schotter kennen. So zugebutterte Medienbabes. Die pirschen sich dann manchmal breit an mich ran, verströmen ihr Überego und wollen angebetet oder beschlafen werden. Schätze wegen der Bestätigung. Auf jeden Fall nicht meinetwegen. Ich habe keinen Bock, mich benutzen zu lassen, und ich will die auch nicht benutzen. Eine hat mir vorm Klo mal echt aufgelauert und sich an mich rangeworfen. So im wahrsten Wortsinn. Die sah dann irgendwie voll verzerrt im Gesicht aus, als ich zum dritten Mal nein gesagt habe. Ich steh null auf so … so … neoliberale It-Girl-Narzisstinnen. Meine Freundin ist siebzehn Jahre älter als ich, also ich nenne sie jetzt mal unkomplizierterweise meine Freundin. Kann sein, dass sie mich nicht ihren Freund nennt. Keine Ahnung … ähm. Ich rede gern mit ihr und ich höre sie auch gern reden, und wenn ich sie sehe, bin ich immer froh, sogar, wenn sie mich nicht beachtet. Ich war vorher nie derart froh über die Tatsache, dass es jemanden überhaupt gibt. Ich weiß nicht, ob es daran liegt, dass sie älter ist als ich. Jüngere Mädchen himmeln einen oft übel an, obwohl die einen gar nicht kennen. Wer hat die so programmiert?, frage ich mich immer. Und ich stehe niemals drauf, angehimmelt zu werden. Das ist dann wieder genau dieses Ding mit der Erwartungshaltung. Da friert alles ein bei mir. Yolanthe himmelt nichts und niemanden an, und manchmal ist sie richtig fies. Neulich habe ich Bon Iver superlaut über Kopfhörer gehört. Höre ich oft, wenn ich bereit bin, so richtig tief in meine Traurigkeit abzurutschen. In die Traurigkeit, mit der man den Durchbruch schafft. Das geht nur mit Musik im Kopf. Ich hatte die Augen zu und lag auf dem Boden in meinem Zimmer. Sie kam reingeschlichen, hat die Kopfhörer aus dem Computer gezogen, und dann hat sie es Musik für menstruierende Männer genannt. Fand sie ohne Gnade witzig und hat nicht geschnallt, dass sie meine Traurigkeit gedisst hat. Ich lasse mir von ihr so einiges gefallen. Immer wenn ich darüber nachdenke, frage ich mich, wieso und warum ich eigentlich noch immer so elendig verliebt bin in sie. Vielleicht, weil sie alles besser weiß und ich sie trotzdem nicht für eine Besserwisserin halte, oder weil Yolanthe eben der Mensch ist, der mich am wenigsten an meine Mutter erinnert. Der Zeitungsartikel über meine Mutter … bei dem … da war ich gar nicht sofort traurig im ersten Moment. Ich habe einen Schreck bekommen, so ein bodenloser Schreck war das, so ein Panikschreck, dann wurde mir krass schwindelig. So ein Schwindel, als wäre ich superbreit gewesen, nur dass ich nicht kotzen konnte … Und mein Nacken war dann tagelang hart, nichts ging mehr, als wäre er eingefroren oder so. Ich konnte meinen Kopf nicht wenden, weder nach links noch nach rechts. Yolanthe hat mir Tabletten gegen Menstruationsbeschwerden gegeben, dann ging es wieder. Ohne meine Patentante wäre der Artikel sogar an mir vorbeigegangen. Sie hatte mir eine Kurzmitteilung mit dem Link geschickt. Ich habe in der Phase keine Zeitung gelesen und mir auch das Internet erspart. Ich war von Tagesanbruch bis tiefnachts im Atelier. Wollte endlich mal wieder loslegen, und dann ging gar nichts mehr, also vorher eigentlich auch schon nichts, aber als ich den Link angeklickt hatte, wusste ich, jetzt verschlingt mich das komplett, und ich werde entweder nie wieder oder als Shit da rauskommen. Das Bild meiner verpixelten Mutter hatte sich in meinen Kopf gerammt und flackerte durch meine Tage. Auch sonst war die Story auf allen Kanälen, teils riesig aufgemacht, überskandalös, als wäre sie ein Monster oder so … Meine Augenmuskulatur ist seitdem ständig verspannt, und ich träume, mein Kopf säße falsch herum auf dem Hals, und ich stopfe eine Tüte Haribo nach der anderen in mich rein und döse tagsüber ständig weg. Als ich meine Mutter zuletzt live gesehen habe, das war so zwei Monate vor dem Artikel, das war, ähm … Mitte Juli etwa war das …, also, ich hatte gerade einen Nigerianer kennengelernt, also sozusagen kennengelernt. Nahe Dammtor Bahnhof hatte ich ihn angesprochen. Er trug eine goldverspiegelte Sonnenbrille, hielt eine abgewetzte dm-Tüte in der Hand, stand vorm Kriegerdenkmal, und ich dachte, er sieht es sich aufmerksam an, aber dann, als ich seitlich an ihn rantrat, sah ich, dass er die Augen hinter der Sonnenbrille geschlossen hatte, er schlief im Stehen, schwankte leicht hin und her. Ich stellte mich direkt vor ihn hin und fragte sehr laut, ob alles in Ordnung sei, und er erschrak, zuckte richtig doll zusammen, nahm die Brille ab und sah mich glasig an, ohne dass ich an seinem Blick seine Stimmung deuten konnte. Ich glaube, dass mich noch nie jemand mit diesem Ausdruck in den Augen angesehen hat. Er sagte dann so was wie »sorry man, I was tired«, weil er dachte, ich hätte was daran auszusetzen, dass er da öffentlich schlief, und ich fragte auf Englisch, ob ich ihm irgendwie helfen könnte. Er bat um etwas zu essen und um den Weg zu einem Schlafplatz für Männer ohne Zuhause. Genauso hat er es formuliert. Normalerweise fragt mich nie jemand nach dem Weg, aber ich hatte ja auch ihn angesprochen. Ich habe ihn dann bis zum Pik As begleitet, das ist ein Männerwohnheim gleich beim Gängeviertel, und wir haben uns ein bisschen unterhalten. Er hat erzählt, dass er oft, wenn er sich während der Flucht auf Bänke oder auf den Boden zum Schlafen gelegt hatte, verprügelt oder festgenommen worden war und sich deshalb angewöhnt hatte, tagsüber vor Denkmälern zu schlafen. Im Sitzen oder Stehen, je nachdem, ob es eine Bank gab oder nicht. Er kannte sich in Hamburg nicht aus und war deswegen sehr froh über das beschissene Kriegerdenkmal. Gerade erst war er aus Italien mit dem Zug gekommen und hatte seine Kollegen bei der Flucht vor Kontrollen verloren. Hatte wohl fast zwei Wochen gedauert, bis er hier angekommen ist, und er wollte noch weiter nach Dänemark, weil da eine Verwandte lebt. Habe ihm dann noch meine zwei Mars und den Jutebeutel gegeben, hatte ich alles im Rucksack, und meinen Zwanni habe ich ihm gegeben, mehr hatte ich nicht, und er wollte mir seine goldene Sonnenbrille dafür geben, was ich natürlich abgelehnt habe. Die sah superteuer aus, falls ich das beurteilen kann.

Leider habe ich seinen Namen vergessen, weil ich dann kurz darauf so abgelenkt war wegen meiner Mutter. Nachdem ich ihn ins Pik As gebracht hatte, entdeckte ich sie gegenüber im Viertel. Direkt vor der Galerie neben unserem Haus zusammen mit Yolanthe und Nil. Hätte nie gedacht, dass sie da mal auftaucht. Sie nannte es asozial, bei Hausbesetzungen mitzumachen, und meinte, wenn ich da einziehe, würde sie mich nie besuchen. Hat sie auch nicht. Und dann steht sie da plötzlich und plaudert, als wäre nichts gewesen. Ich bin völlig neben der Spur wieder zum Pik As. Wenn ich den Typen nicht angesprochen hätte, wäre ich ihr vielleicht direkt in die Arme gelaufen. Dafür hätte ich mich am liebsten bei ihm bedankt. Aber den Akt hätte er wohl nicht verstanden, er hatte mir ja vorher erzählt, dass er mit seiner Mutter seit fast zwei Jahren nicht gesprochen hat und nicht weiß, ob sie überhaupt noch lebt. Ich bin dann ins Pik As, mir lagen die Nerven blank, ich weiß gar nicht, wieso ich so in Panik war. Ich habe derbe geschwitzt, es lief mir den Rücken runter. Das klingt jetzt seltsam, aber ich hätte mich in dem Moment am liebsten dem Nigerianer anvertraut, lieber als jedem anderen, obwohl ich ihn gar nicht kannte. Aber da stand dann dieser alte Mann bei ihm, der hängt öfter mal in der Bar bei uns rum und labert einen immer endlos zu, und man versteht nie, womit eigentlich. Der hatte den Arm um ihn gelegt. Ich bin wieder raus und zurück Richtung Bahnhof und wie in Trance zu Planten un Blomen rein. Da bin ich dann rumgelaufen, bis es dämmerte. Im Viertel schien abends dann alles ganz friedlich zu sein. Auf dem Hof spielten zwei Kinder allein mit einem Riesenschnauzer. Alle drei hatte ich noch nie gesehen. Erst ein paar Tage später habe ich Yolanthe nach der Sache gefragt. Sie wusste erst gar nicht, wovon ich spreche. Meine Mutter hatte sich nur als Christiane vorgestellt, von Nil eine Zigarette geschnorrt, über das Wetter geredet, das Viertel gelobt und nebenher nach mir gefragt. Megastrange! Und dann hat Christiane ihr in

Alu gewickeltes Telefon aus der Tasche geholt, es ausgepackt und drauf herumgetippt und ist dann weg, ohne sich zu verabschieden. Yolanthe fand das lustig, sie hielt sie für eine irre Verehrerin oder so. Schon zwei Monate später, direkt nach den Sommerferien, passierte die Sache mit der Schülerin … Ich verstehe das alles nicht, aber da war sie dann wohl ihren Job los. So viel ist sicher. Ihre Beschäftigung. Da ist irgendwie was schiefgegangen. Ich habe mir immer gewünscht, dass sie mal ausgeht, vielleicht in eine Bar, vielleicht jemanden kennenlernt. Oder eben nur so, zum Genuss, was weiß ich. Sie ist optisch so harmlos blond, schmal und durchschnittlich. Sie hätte jederzeit einen Typen abkriegen können. Klar war sie speziell, aber das hat man ihr echt nicht angesehen. Manchmal hat sie auf einem Liegestuhl bei mir im Kinderzimmer geschlafen. Als ich ausgezogen bin, hat sie ihre Gewinne da reingeschafft, also alles, was sich eben so angehäuft hat in den Jahren, alles, was bei ihrem – ich nenn das jetzt mal Hobby – rumgekommen ist. Beim Kreuzworträtseln, am Schießstand und Losekaufen und was weiß ich alles. Habe das nie gepeilt, weil meine Mutter ist so einiges, aber nicht blöde, und trotzdem hat sie echt an jedem bescheuerten Glücksrad im Einkaufzentrum oder Straßenfest gedreht, egal, was es zu gewinnen gab. Darum ging es nie, glaube ich. Weil sie den ganzen Kram ja immer nur in der Kammer verstaut hat und in dem großen Schrank auf dem Flur und später in meinem alten Zimmer, und da lagert er jetzt immer noch. Ich muss mich drum kümmern. Die Hausverwalterin hat gesagt, ich soll mir was überlegen, sonst kommt das weg. Ich habe eine Plane drübergehievt, fürs Erste … Ich muss an dieses gelbe Oversized-Kuscheltier denken. Ich weiß nicht, was für ein Tier es darstellen soll, ein Nilpferd vielleicht. Das hat sie irgendwann gewonnen. Seine Nähte sind aufgeplatzt, obwohl nie jemand damit gekuschelt hat. Sie fand nie ein Ende auf dem Dom, kaufte Lose, bis sie was gewann, und ich habe mein ganzes Geld auf einmal für

Süßigkeiten ausgegeben … Und wenn ich mich übergeben musste, hat sie mir den Mund und auch die Zunge mit einem von ihren Erfrischungstüchern abgewischt. Sie stieg in fast jedes Karussell und sonstiges Gefährt, und ich wartete meist beim Kassenhäuschen. Sie zwang mich nicht in die Dinger, nur in den Rotor kam ich freiwillig und voll gern mit, das war geil. Das ist das Ding, wo man ohne Boden unter den Füßen an der Wand klebt, weil es sich so schnell dreht. Einmal habe ich aber da drin gekotzt, und die Kotze flog mir ins Gesicht und in die Haare und aufs T-Shirt. Da putzte sie an mir rum, bis alle Zitronentücher kleine Kotzeknödel waren, und weinte dabei und hörte wieder auf, als sie fertig war, so als hätte jemand auf Stopp gedrückt, und dann ging sie mit mir nach Hause, obwohl wir noch gar nicht lang dort waren. Da war ich glücklich, glaube ich. In den Wochen, nachdem ich zu Hause ausgezogen war, träumte ich oft, dass meine Mutter an der rotierenden Wand meines Zimmers klebt, Hand in Hand mit dem gelben Riesenstofftier, das dann völlig aufplatzt, und ich ersticke fast in einem Meer aus weißen Styroporkügelchen. Manchmal habe ich gedacht, sie ist verrückt, aber sie ist einfach nur sie selbst. Nachdem ich gerade ins Viertel gezogen war und nochmal nach Hause bin, um ein paar Sachen zu holen, stellte sie sich mir in den Weg, zerrte eine Einweghaube aus einer Plastikpackung und verlangte, dass ich meine Haare damit bedecken sollte. Wegen der Läuse oder anderer Mikroorganismen aus dem Viertel. Ich blieb im Treppenhaus stehen und bat sie, mein Skateboard zu holen. Mich hat das so genervt, dass sie nicht einfach sagt, dass sie mich vermisst oder so, immer dieses hintenrum … Also warum ist sie extrascheiße und vergrault mich damit, anstatt zuzugeben, dass es ihr nicht passt, mich so selten zu sehen, und dann habe ich mir gedacht, gut, kann sie haben, noch eine nervige Spießerinnenshow, und ich bin ganz weg. Aber erst in diesem Jahr habe ich es so richtig durchgezogen. Keine Ahnung, was das mit ihr gemacht hat … Fühl mich superschuldig jetzt, und ich habe Schiss, dass sie sich was angetan hat … Wie gesagt, dass sie sich so evil zu einem Kind verhält, geht mir nicht in den Kopf, irgendwas Krasses muss mit ihr passiert sein, dass da was gekippt ist. Als ich zuletzt in ihrer Wohnung war, stand plötzlich im Dunkeln ihr ekliger Nachbar vor mir, also als ich gerade wieder raus war aus der Wohnung. Er hat mich angestiert und schweigend den Kopf geschüttelt, so extralange und extradeutsch und ist da so stehen geblieben, bis ich die Treppen runter bin. Normalerweise hätte ich dem was erzählt, aber mir ging's einfach zu beschissen, um jemandem zurück ans Bein zu pissen, und vielleicht dachte ich ja auch, er hat recht mit seiner Geste. Ja, das ist es. Scheiße ey … Der Typ ist ein Ex-Bulle. Bad-Cop. Frührentner. Keine Ahnung wieso. Habe ihn mal direkt gefragt, warum er bei der Polizei rausgeflogen ist, da hat er mich angebrüllt, ich solle vor meiner eigenen Tür kehren. Hatte nie den Eindruck, meine Mutter hätte was für das Arschloch übrig. Der hat eine Internetseite und bloggt. Food Fascho Blog. Er wirbt für deutsche Produkte aus der Region, angeblich wegen des CO_2. Da stand auch mal: Kauft nicht beim Türken. Ich habe ihn direkt drauf angesprochen und gesagt, dass ich ihn anzeigen werde, da hat er mega-aggro gegrunzt und mir die Tür vor der Nase zugeknallt. Am nächsten Tag war der Eintrag gelöscht. Von seiner Senfseite. Also er macht wirklich Senf. Verschiedene Geschmacksrichtungen. Also er mischt Senf zum Beispiel mit Aprikosenmarmelade und nennt es Dittmers Deutscher Aprikosensenf. Ich habe mal in eine seiner Mülltüten geguckt, da waren lauter ausgedrückte Tuben von Kühne und Thomy drin. Polizisten …

Dieser strange unterspannte Polizist auf der Wache neulich, der meinte was von wegen meine Mutter mache bestimmt eine Weltreise und wolle ihre Ruhe oder so … Aber meine Mutter war überhaupt nicht aufs Reisen aus, das war null ihr Ding, sie nannte Reisen geplantes Chaos. Und wegen einer Reise kündigt man ja nicht seine

Wohnung. Die Hausverwaltung hat die Kündigung per E-Mail bekommen. Die Miete ging weiter ein, bis letzten Monat, dann war Schluss … Zurück in ihre Wohnung, davor graut mir, da schieb ich sofort wieder einen Film. Also, als ich da zum ersten Mal rein bin, da standen alle Fenster auf Kipp, und trotzdem hat es noch krass nach Rauch gerochen, als wäre dort in der Nacht eine Party gewesen, als hätte sie nie gelüftet. Ich war nicht lange da und habe keinen Finger gerührt, ich habe das da echt nicht ausgehalten. Ihr Frühstücksteller steht jetzt noch immer in der Küche, das war so eklig, wie in einem Horrorfilm, wie so ein Hinweis auf was richtig Krasses. Sonst war ja immer alles so clean bei meiner Mutter, und sie hat immer wie eine Irre gelüftet, so Stoßlüften nach Plan und mit Stoppuhr superexakt, sie hat immer gesagt, wer Schimmel hat, ist selber schuld, und sie hat nur am Fenster oder auf dem Balkon geraucht. Nun hat sie sich in Luft aufgelöst, und der kalte Rauch hängt da überall, und ihr Frühstück hat ein Eigenleben entwickelt. Wenn man Verwesung so nennen kann … Ich konnte nicht … also, das war so … mir wurde speiübel. Um die verschimmelte Sülze wachten Massen von Fliegen regungslos, so satt und abwartend. Auf ihrem Tee war so eine richtige Kultur entstanden, so eine Schimmelwolke in Farbe … Unter anderen Umständen hätte ich die vielleicht sogar schön gefunden. Irgendwann muss ich das wegräumen, aber ich weiß noch nicht wie. Ich setze mir dann vielleicht die Maske auf, die Yolanthe beim Lackieren trägt, mal sehen. Sonst war alles wie gewohnt in der Wohnung, bis auf einen süßlichen Geruch, den konnte ich nicht einordnen. Vielleicht war es bloß die Kaisersülze, die Zersetzungsfäulnis oder so, ich bin ja nicht näher ran, aber der Geruch vielleicht an mich.

Christiane aß das Zeug ohne Brot und trank dazu einen Becher Malventee. Jeden Morgen, seit ich denken kann. Hinterher trank sie Wasser mit Apfelessig, als wäre die Sülze nicht schon sauer genug. Und das war's dann mit Frühstück. Es gab nie Marmelade oder Nutella oder Cornflakes. Immer nur komisches Fleisch, Malventee und Apfelessig auf Wasser. Nix für Kinder und Jugendliche. Irgendwann, als ich erwachsen war, habe ich sie mal nach dem Sinn und Zweck gefragt. Sie hat nach einer Weile geantwortet, das sei gut für den Stoffwechsel … Die Säure sei gut für die Ordnung im Kopf, für den Blut- und den Gedankenfluss. Ich habe mir das Frühstücken ziemlich schnell abgewöhnt und mir auf dem Weg zur Schule im Kiosk Süßigkeiten gekauft. Ich habe das beibehalten, kriege vielleicht wegen damals morgens nichts anderes runter als Süßkram, und sonst esse ich eigentlich auch am liebsten süß, dann lässt sich alles besser aushalten. Ich habe deshalb immer eine Reisezahnbürste und eine kleine Tube Zahnpasta dabei, irgendwie bin ich doch ein bisschen wie meine Mutter. Sie fand, alles müsse seine Ordnung haben, und Ordnung beruhe auf Wiederholung, und das sagte sie wie eine sprechende Aufziehpuppe. Ich habe mich oft gefragt, warum es bei uns echt jeden Tag so megaperfekt ordentlich war, außer uns hat es ja nie jemand zu Gesicht bekommen. Gäste hatten wir nie. Ein-, zweimal im Jahr Lerke. Meine Patentante. Das war's … Lerke ist Schriftstellerin, na ja, sie schreibt so, ähm, ja, wie nennt man so was? Erotische Liebesromane? Weiß nicht, ob es da jetzt so richtig pornomäßig abgeht oder nur so … Na ja, wie auch immer. Ich fand das auf jeden Fall immer witzig, dass sie so was macht, und als ich so dreizehn, vierzehn war, habe ich dann mal eins davon angefangen, aber da ging es dann ewig seitenlang nicht zur Sache, und die Handlung war megalame. Da habe ich dann das Interesse verloren, bevor es losging. Christiane hat da, glaube ich, nicht mal reingeguckt, aber alle Bücher chronologisch im Regal gelagert und immer einzeln abgestaubt. Mein Patenonkel, also Lerkes Mann Hauke, ist Anwalt für Strafrecht. Als Kind hatte ich einen ganz guten Draht zu ihm. Hauke hat mir am Telefon gesagt, es sei einiges schiefgelaufen mit Lerke und Christiane, nicht erst in letzter Zeit. Und dann hat er mir kurz Lerke gegeben, aber Genaues wollte sie nicht preisgeben, weil Christiane ja immer noch meine Mutter sei. Ich weiß nicht, eigentlich ist Lerke ganz schön affektiert, und meine Mutter ist es gar nicht, die ist nur … ich weiß nicht, aber sie ist niemals gekünstelt oder tut gutgelaunt, wenn sie es nicht ist, das mag ich, wenn jemand dazu steht, dass nicht alles toll ist. Nur bei Christiane war es irgendwie immer nicht toll, außer wenn wir auf dem Dom waren vielleicht. Ich habe das nicht mehr ausgehalten, ihre schlechte Laune, meine ich. Deshalb habe ich ebendiesen Cut gebraucht, aber das war nicht für immer gemeint, glaube ich … Irgendwann hat Christiane aufgehört, mir Nachrichten zu schreiben. Die letzte Nachricht, das war strange, da kamen nur drei Emoticons: der Honigtopf, der Fliegenpilz und das Alien. Unzählige Male in verschiedener Reihenfolge. Das kam mir schon ziemlich schräg vor, als hätte sie Drogen genommen oder so, aber das ist ein völlig absurder Gedanke. Manchmal gucke ich mir die drei Symbole an. Manchmal ganz lange. Aber es gibt nichts darüber hinaus zu verstehen. Weiß nicht … Also, erst war mir die Nachricht relativ egal, aber als dann die Sache in der Schule mit ihr abging und dann auch noch der Anruf ihrer Hausverwaltung kam, habe ich voll Panik bekommen und wieder draufgeguckt und versucht, sie zu erreichen. Dass meine Mutter die Wohnung gekündigt hat, das kam mir scheißkomisch vor. Sie hat sich da doch immer wohl gefühlt, zumindest sicher. Sie hatte nur einen Satz an die Hausverwaltung geschrieben. Hiermit kündige ich … et cetera. Ohne weitere Angaben. Auf deren Antwortschreiben hat sie nicht mehr reagiert. Und ihr Telefon war aus. Die haben dann meine Nummer rausgefunden, und ich wusste nicht, was ich sagen sollte. Voll überrumpelt bin ich hin, ich hatte ja auch noch einen Schlüssel, ich habe den sogar sofort gefunden, das passt gar nicht zu mir. Die Balkonpflanzen waren alle erfroren, und ich habe die dann reingeholt und daran rumgeföhnt, obwohl klar war, dass das nichts mehr bringt, und ich fühlte mich schuldig, obwohl ich damit nichts zu tun hatte … Der Polizist, dieser Lehmstedt, hat gesagt, es gäbe keinen Hinweis auf ein Verbrechen. Ich bitte Sie, Frau Voss … Ich weiß nicht, wie ich das sagen soll, und ich finde alles selber so ungereimt in mir drin, weil meine Mutter mich immer wieder wahnsinnig gemacht hat, aber sie hat, also vielleicht … hat sie einen guten Kern, und der ist nur irgendwie verbaut, und ich konnte das nicht mehr ertragen, aber ich will wissen, was passiert ist, ich muss die ganze Geschichte wissen und warum sie so ist, wie sie ist, und dem Kind so weh getan hat, damit ich weitermachen kann, also damit ich überhaupt mal anfangen kann mit dem Rest meines Lebens. Danke, bis denn.

Ich heiße Lerke. Lerke Petri, geborene Olsen, waschechte Hamburgerin. Stolze vierundvierzig, verheiratet, Autorin und Mutter einer Tochter.

Nun denn … Muss mich mal kurz ordnen. Weiß gar nicht, wo ich anfangen soll … Okidoki, also gut, ich guck nochmal kurz auf Ihren Zettel. Auf dem Zettel steht, ich solle mir, unabhängig von der Suche nach Christiane, erst mal von der Seele reden, was mich in jüngster Zeit bewegt hat. Gern, sehr gern mach ich das. Denn ich hatte zuletzt so einiges mit mir und der Welt zu verhandeln und hatte sogar mit dem Gedanken gespielt, psychologische Hilfe in Anspruch zu nehmen, was aber eigentlich gar nicht so meins ist, weil ich mich nämlich immer im Griff habe und absolut glaube, viele Probleme dieser Welt entstehen, weil andere sich eben nicht im Griff haben. Doch in den letzten Wochen, da fühlte ich mich, als wäre ich dauerkrank, dabei hatte ich nicht ein körperliches Symptom, nicht mal einen Schnupfen, und ich bin auch derart dünnhäutig geworden in letzter Zeit, dass ich mich manchmal gar nicht mehr erkenne. Mürrisch wie eine komische einsame Alte. Was ich nun weiß Gott alles drei nicht bin. Aber es wird mich noch ruinieren, wenn das so weitergeht, denn es tut meiner Schreibe gar nicht gut. Ich schreibe über romantische Liebe und kuschelige Erotik, immer mit Happy End. Normal. Das Positive war stets meine Stärke, auch privat, ich war da immer schon ganz anders als Christiane. Das, was über Christiane in der Zeitung stand, und dass sie nun, womöglich infolgedessen, unauffindbar ist, ging und geht mir natürlich sehr, sehr nah. Schon allein, weil das für Roland eine immens große Belastung sein muss, der arme Junge. Unglaublich das alles. Als ich die Zeitung mit ihrem Bild in den Händen hielt, dachte ich nur noch: was zum Henker! Mir fiel dazu echt nichts ein, außer, dass ich da jetzt erst mal raus bin aus dieser Beziehung mit Christiane. Und dann habe ich darüber geschlafen, kam ein bisschen runter und habe versucht, die Sache halbwegs pragmatisch zu überdenken, was schwer war, denn sie und ich hatten sowieso Funkstille. Ich hätte sie natürlich trotzdem anrufen können. Aber sie war mir durch die Berichterstattung schon auch ein bisschen unheimlich geworden. Das ist doch mehr als verständlich. Im Fazit: Nach einigem Abwägen beschloss ich, für mich ungewöhnlich egoistisch, Christiane sich selbst zu überlassen. Weil irgendwo lässt die Kraft dann nach und man muss Entscheidungen treffen, wofür man seine Reserven unbedingt noch braucht und wo es dann eben auch mal gut ist. Ich musste auch mal an mein Wohlbefinden denken, also an meine Basis, und die ist im Grunde Hauke, mein Mann. Ich glaube, dass die Liebe zwischen zwei Menschen das Allerwichtigste im Leben ist, und Leute, die Freundschaft über Liebe stellen, tun mir immer irgendwie leid. Trotzdem war, wie gesagt, nicht alles rosig in letzter Zeit. Muss ich leider zugeben. Und Hauke trifft daran quasi die Schuld. Vor einiger Zeit nämlich hatte er diese fixe Idee. Er hatte sich da wohl in etwas hineingesteigert. Meine Storys seien zu eindimensional, es müsste Innovation her. Weil ja immer neue Schreibwütige dazukämen. Auch im Internet. Wir hatten für einen Dienstag einen Roten zu viel geöffnet, saßen schön im Garten, da sagte er plötzlich, ich solle es unbedingt mal mit der Multikultischiene versuchen. Die Idee, dass ich dem Verlag und den Leserinnen so eine Variation meiner Geschichten unterjubeln könnte, fand ich, ohne groß nachzudenken, mehr als gewagt. Er fuhr richtig auf mit: Ich würde es auch dem Zeitgeist schulden und so. Schließlich wurde er laut und unsachlich, und wir hätten uns beinahe zum ersten Mal dolle gestritten. Deshalb gab ich nach, schrieb das Buch und kannte mich dann gar nicht mehr aus in meiner kleinen Welt. Und ich hatte das Gefühl, die ganze Welt suchte Streit mit mir. Meinem Mann tat das nicht einen Fingerhut leid. Ich habe das Gefühl, er ist wegen irgendwas sauer auf mich, also schon länger. Wir waren immer glückliche Liebende und kennen uns schon ewig, müssen Sie wissen. Und vielleicht mag er mich einfach nicht mehr, wie ich bin. Ich bin quasi bloß eine hübsche Nette. Vielleicht langweilt ihn das jetzt nur noch. Aber ich will mich nicht verbiegen, ich stehe zu meiner besonnenen Art, meiner Bodenständigkeit mit dem Quentchen Sex, im Endeffekt meinem Mann vorbehalten, und ich tu dreimal die Woche was für meinen Körper, er kann sich nicht beschweren … Meine Bücher, ja, gut, die waren noch nie seine Baustelle, die sind ihm zu blumig, zu viel der heilen Welt und, na ja, seicht vielleicht, aber ich interessiere mich ja auch nicht für das ganze Elend, mit dem er es beruflich zu tun hat. Worin er total aufgeht, als gäbe es nichts Schöneres. Er eben so, und ich eben so. Ins Autorinnensein bin ich eher so reingerutscht. Ich hatte erst kurz Jura, dann VWL studiert, aber das war ich alles irgendwie nicht. Dann plante ich, einen kleinen Buchladen zu eröffnen, weil ich schon immer gern gelesen habe. Alles, was mir in die Finger kam. Und als ich gerade frisch in Hauke verliebt war und wir unseren Urlaub in St. Peter Ording verbrachten, schrieb ich erst aus Jux und dann aber mit großer Lust immer weiter, einfach so aus dem Handgelenk eine heiße Lovestory, die in St. Peter Ording spielt, würzte alles mit ein paar eindeutigen Szenen, fand von jetzt auf gleich einen Verlag, und der Rest ist Geschichte. Ich bin Julika Lee, und von meinen Verkäufen leben wir mehr als gut. Sie haben sicher schon von mir gehört. Was soll ich sagen, ich mag Geld und habe mittlerweile wirklich viel davon. Zum Schämen viel. Und alles nur mit Liebe, Sex und nordischer Gemütlichkeit. Was viele Menschen eben so antreibt. Mit Christiane konnte ich früher gut über Bücher quatschen, aber als ich Julika Lee wurde, redete sie gar nicht mehr mit mir über Literatur, und mein Mann ist auch schon vor Jahren dazu übergegangen, sich über meine Bücher bestenfalls amüsiert zu äußern. Bis er dann eben plötzlich übergriffig wurde und inhaltliche Forderungen stellte. Nun denn ... Dann habe ich Hauke im letzten Jahr also letzten Endes den Gefallen getan und einen Ausländer integriert. Tippte sich wie von selbst, da war ich ehrlich baff. Brauchte nur einen knappen Monat. Das ist selbst für meine Verhältnisse flott. Mein Verlag hat gar nicht lang mit mir rumdiskutiert, ich bin ja das beste Pferd im Stall, und schwuppdiwupp erschien »Chai mit Kandis«. Der Heißbegehrte hieß eben mal nicht Ole, Nils, Björn, hatte stechend blaue Augen und einen blonden Schopf. Stattdessen servierte ich meinen Leserinnen einen glutäugigen mysteriösen Sharif mit dunklen Locken, gepflegtem Vollbart, samtweichen Lippen und betörendem orientalischen Akzent. Zu dem Namen inspirierte mich Omar Sharif, der zum Hecheln schöne ägyptische Schauspieler. Mein gemischtes Doppel wurde komplettiert durch die zarte erdbeerblonde Reitlehrerin Johanna. Der mondäne Wüstensohn Sharif mit den langen geschwungenen Wimpern und dem bronzefarbenen Teint duftete immer ein wenig nach Zimt und wurde meinerseits natürlich auch gut bestückt, so viel Klischee muss sein. Die Handlung fiel mir wie üblich beim Tagträumen ein. Ich bin eben auch nur eine Frau. Sharif, ein arabischer Ingenieur, der auf Rügen Aktivurlaub macht und beim … Na, können Sie ja bestellen, falls Sie jetzt Lust bekommen haben. Die erste Auflage von »Chai mit Kandis« war sofort vergriffen, so viel zum Positiven. Aber dann, kurz darauf … tja ja, … habe ich das Gästebuch von meiner Internetseite entfernt und auch vorübergehend meine Facebook-Fan-Seite deaktiviert. Wegen der zahlreichen empörten, nun ja, man muss wohl zugeben, rassistischen Einträge. Auch den Verlag erreichte einiges an Post. Ich war heidenfroh unter Pseudonym zu schreiben. »Chai mit Kandis« ist mein bislang erfolgreichstes Buch. Jetzt will der Verlag natürlich noch mehr davon. Allerdings weiß ich nicht, ob ich die bösen Zuschriften ein zweites Mal aushalten will. Irrigerweise schrieben auch viele Männer, die meinten, eine Johanna sollte sich nicht mit einem Sharif einlassen. Auch nicht mit einem reichen gebildeten Sharif. Wo es doch genug Olafs, Fietes und Jans gäbe. Aber eindeutig mehr Frauen schrieben sich Obszönitäten und Hass von der Seele. Araberfotze war noch nett. Herrje. Hätte nicht gedacht, dass ein Objekt der Begierde so eine große Sache sein kann. Es ist doch total harmlos, was ich da schreibe. Die Mädels sollen damit einfach nur eine gute Zeit haben und natürlich bediene ich Klischees, ich will ja nicht arm sterben! Hallo! Multikulti sparte ich dabei bis dahin vollständig aus, weil das eben nicht so meins ist, also jobtechnisch! Einmal aber, da spielte sich die Handlung über ein paar Seiten mitten in Hamburg ab. Da kam dann quasi im Vorbeigehen eine Dönerbude vor. Wegen der Authentizität, also dem Großstadtflair. Und ein Paar traf sich auf Norderney mal in einer Tapasbar. Aber das war es dann auch schon … Bis »Chai mit Kandis« eben. Natürlich habe ich damit auch Leserinnen hinzugewonnen. Sogar euphorische Briefe erreichten mich. Von Frauen, die sich wünschten, dass es beim nächsten Mal ein schwarzer Lover sein sollte! Eine forderte wortwörtlich einen richtig Schwarzen, dessen Haut im Sonnenlicht blau schimmere. Ist mir noch nie aufgefallen. Das wäre ja schick. Allerhand konkrete Wünsche waren dabei, teilweise detailliert ausgearbeitet. Regelrechte Ethno-Pornos. Ich dachte, ich werd nicht mehr. Da will man das Leben einfach nur vorspulen. Das Buch bekam so viel Aufmerksamkeit, dass ich zuletzt sogar im Feuilleton aufschlug. Allmächtiger Gott! Und in das Dilemma hinein überfielen mich dann die Ereignisse um Christiane. Allerdings bot Christianes Fehltritt oder eigentlich schon Delikt, von dem ich ja nur aus der Zeitung erfuhr, endlich mal ein wenig Ablenkung von meinem eigenen Drama. Absolut irrig das alles. Absolut unglaublich, was da alles zusammenkam, nach Jahren des gewohnheitsmäßigen Einklangs. Also, na ja, mit Christiane herrschte auch sonst nicht immer Friede, Freude, Eierkuchen, wir hatten schon so unsere Differenzen. Ich hatte Christiane zum Beispiel im Laufe der Jahre alle meine achtundzwanzig Bücher zugeschickt, obwohl sie schon beim ersten angemerkt hatte, mein Stil sei nicht ihr Geschmack, aber sie erkenne meine hohe Produktivität an, inhaltlich sei ihr außerdem unangenehm, dass ich ja in irgendeiner Weise aus meinen eigenen Erfahrungen schöpfen würde und sie sich deshalb unweigerlich mich und Hauke beim Sonstwas vorstellen müsste. Meine Karriere ging ihr am Allerwertesten vorbei. Mitfreuen geht anders. Christiane hat mich auch mal dreist aufgefordert, sie nicht mit meinen Problemen zu belasten. Weil ihr das zu viel würde. Das war vor ein paar Jahren, als Hauke und ich unsere schwere Phase durchmachten, weil ich glaubte, mich in unseren Steuerberater verliebt zu haben. Irrigerweise bot Christiane mir damals Geld an, sagte, falls sie mir damit irgendwas erleichtern könnte … Völlig absurd, abgesehen davon verdiene ich seit Jahren weit mehr als sie. Hauke hat unsere Freundschaft sowieso noch nie verstanden. Nun ja. Wir kennen uns eben schon so lange. Das wirft man doch nicht einfach weg, habe ich immer gesagt. Klar ist Quantität nicht Qualität. Obwohl es eben auch angenehm ist, die Menschen, die einen umgeben, gut zu kennen. Auch deren Neid, Frust und Kalkül. Aber na ja, wirklich böse was getan hat sie mir eben auch nie etwas, sie hat einfach nur genervt, und ich hatte sie irgendwie immer trotzdem gerne und habe bis zuletzt nicht verstanden, woran das genau lag, so als hätte sie mir all die Jahre etwas Tolles von sich vorenthalten, und ich bin quasi drangeblieben, um zu ergründen, was das ist, oder um dabei zu sein, wenn es durchbricht. Das ist dann wohl nach hinten losgegangen … Christiane und ich trafen in der fünften Klasse aufeinander. Sie war nicht wirklich meine Kragenweite, aber auf subtile Weise hatten wir einen Draht zueinander, und sie hatte immer diesen gleichmütigen, fast schon coolen Blick, der mich verunsichert hat, weil sie eigentlich so klassisch uncool war. Das hat mich interessiert, diese Irritation wie beim Betrachten eines bescheuerten modernen Kunstwerks, wo man nicht versteht, was das soll, aber sich doch irgendwie hingezogen fühlt. Spindeldürr war sie immer schon, hatte fisseliges Haar, fahle Haut, das Gesicht war weder hübsch noch hässlich. Und sie hatte ihren Stolz. Fast schon frech und auf gewisse Weise auch, ja, unterhaltsam. Habe mich immer gefragt, was da noch drinstecken könnte in der grauen Maus. Der Plot zieht immer. Aber der Wendepunkt kam eben nie. Bis jetzt und leider anders als erhofft. Sie wehrte sich gegen alle meine Umstylingversuche und anderen guten Rat von Frau zu Frau. Es war ihr alles schnuppe, und das Gute daran war, in ihrer Gegenwart verspürte ich nie diesen Konkurrenzdruck wie bei meinen anderen Freundinnen, so herzensnah sie mir auch sind, das gegenseitige Mustern hört unterm Strich never ever auf. Christiane aber war da unabhängig, zumindest schien es so zu sein, und es gab weder einen Anhaltspunkt, dass sie sich insgeheim vielleicht doch einen Kopf machte, noch wie sie ankam, wie sie auf Jungs wirkte und all das … Das war ihr offensichtlich egal, aber eine Lesbe war sie auch nicht, das hätte ich ja nun gemerkt … Eher würde ich sie als asexuell einstufen, im Ernst jetzt. Die Jungen schmierten noch bis zum Abi Klebe auf ihren Stuhl und solche Sachen. Auf Tränen haben die aber immer vergeblich gewartet und sie reagierte auch nicht ausfallend, zickig oder so. Nein, und da wundere ich mich heute noch, sie erlitt das immer mit großer Beherrschung. Erst lange nach der Schulzeit fing sie an, mal schnöde Bemerkungen abzulassen, wenn ihr eigentlich keiner was getan hatte. Alltagskompatibel mit meiner Clique wurde sie deshalb im Endeffekt bis zuletzt nicht. Irgendwann im ersten Jahr nach dem Abi informierte sie mich am Telefon wie eine Beamtin, sie sei schwanger, und im nächsten Satz sagte sie streng, ich solle jetzt bitte gar nichts weiter fragen, denn sie würde mir niemals sagen, wie es dazu kam, und auch sonst keine weiteren Auskünfte zum Thema geben. Es sei, wie es sei. Ich habe dann auch brav nie gefragt, mir aber schon Sorgen gemacht, ob sie das wuppt, so ganz allein und als die, die sie eben ist, aber Christiane stürzte sich wie eine Besessene auf dieses Kind und schien mir vom ersten Tag an bestens organisiert zu sein, als hätte sie nie etwas anderes gemacht. Sie blühte regelrecht auf unter der Belastung und wurde streckenweise sogar gesellschaftsfähig, wobei sie den anderen Müttern auch ganz schön auf den Keks ging mit ihrem gutgelaunten Perfektionismus. Im Gegensatz zu mir und anderen äußerte sie nie einen Hauch des Bedauerns über die veränderten Lebensumstände. Sie hat das alles allein und ohne Drama hinbekommen. Unfassbar. Ich kenne keine andere Frau, der es so erging. Als Roland aber dann langsam erwachsen wurde, schien sie das zu verwirren oder sogar zu deprimieren, und ich glaube, es hätte sie nicht im Geringsten gestört, wenn er einfach klein geblieben wäre. Das ist mein voller Ernst. Je selbständiger er wurde, desto mehr verfiel Christiane wieder in ihre Eigenartigkeit. Sie erinnerte mich wieder mehr an die Christiane aus der Schulzeit, sie wurde so … ja welk und spröde und in sich gekehrt irgendwie. Kurz nachdem Roland bei ihr ausgezogen war, erschien sie tatsächlich zum allerersten Mal zu einem meiner legendären Mädels-Abende. Ich hatte sie immer mal wieder brav dazu eingeladen, weil ich wusste, sie würde sowieso nicht auftauchen. Steif und stumm wirkte sie wie ein Fremdkörper zwischen all den lustigen Lebefrauen an meinem Esstisch. Alle lobten die Mühe, die ich mir mit dem Tisch gemacht hatte, sie gab keinen Ton von sich. Während wir später tranken und tratschten, musterte sie meine Freundinnen gouvernantenhaft, rang sich vielleicht mal ein kurzes zahnloses Lächeln ab und nippte wie immer nur an ihrem Saft. Dann aber, ganz unvermittelt, urteilte sie mit einer anmaßenden Bemerkung über das Liebesleben der anderen, insbesondere über das einer lieben Freundin, die nach einer Trennungskrise gerade wieder angefangen hatte, das ledige Frausein zu genießen – inklusive sexuelle Entfaltung. Die hatte gerade ganz offen und ehrlich von sich erzählt, schließlich waren wir unter Frauen. Ich werde diesen verächtlichen Satz von Christiane nie vergessen: Sich durch die Gegend schlafen ist doch erbärmlich. Das hat sie gesagt, und es klang superhart, weil eben ziemlich überzeugt, wobei ich zu hundert Prozent sicher bin, dass sie da selber gar keine Erfahrungswerte hat. Es wurde kurz mucksmäuschenstill, und die Freundin, gegen die sich das im Speziellen gerichtet hat, ist zusammengeklappt und hat angefangen zu weinen, und Christiane ist gegangen, ohne sich zu verabschieden, nachdem sie auf der Toilette war … Irgendwie hat sie vielleicht doch was gemerkt und sich für die Gemeinheit geschämt. Das kann ich nur zutiefst hoffen. Nach diesem Fehltritt ging ich erst mal auf Abstand und habe sie logischerweise nie wieder zu so einem Mädels-Abend eingeladen. Entschuldigt hat sie sich für dieses Benehmen aber auch nie. Irgendwann rief sie mal wieder einfach so durch, und wir taten beide sofort, als sei nichts gewesen. Aber ich verabredete mich nur noch selten mit ihr, und wenn wir uns sahen, war es komisch. Ich war immer noch innerlich sauer und hätte in irgendeiner Form Klartext mit ihr reden müssen, habe aber gekniffen … Ganz klar mein Fehler. Das gebe ich zu. Christiane ist aber auch ein superanstrengender Mensch, sie ist niemals hintenrum, niemals würde sie etwas sagen, das sie nicht denkt, und sie fehlt mir schon aus diesem Grund, denn davon gibt es nicht so viele Menschen. Und natürlich mache ich mir Sorgen, ich hoffe, sie ist einfach nur über alle Berge, weil sie so einen Mist gebaut hat. Aber ich weiß nicht, ob es ein Zurück für uns geben kann, denn ihre Direktheit war auch immer ein Problem, und letzten Sommer kam es diesbezüglich zu einem heftigen Vorfall. Und jetzt frage ich mich, ob das ein Vorbote war, ein Warnsignal, und ob ich als Freundin nicht anders darauf reagieren hätte sollen. Womöglich hätte ich sie noch vor sich selbst retten können, bevor es zu dem Supergau in der Schule kam. Wir hatten uns bei der Hochzeit von Jorinde und Ansgar wiedergesehen. Hat mich ehrlich gesagt gewundert, dass Christiane überhaupt eingeladen war. Aber, wie ich dann von Jorinde auf der Toilette erfuhr, hatten sie Christiane als heimliches Blind Date für den … sorry … irren Bruder von Jorinde eingeladen. Joswig ist ja ebenso sozial inkompetent wie Christiane und war wohl schon weltweit auf Dating-Portalen aktiv. Jorinde und Ansgar dachten, bevor der denen ernsthaft eine asiatische Nutte aus dem Internet in die Familie pflanzt, verkuppeln sie ihn besser mit dem anderen schwierigen Fall aus dem erweiterten Bekanntenkreis. Ich wusste gleich, dass das nichts wird, wollte Jorinde aber nicht den Spaß verderben. Sie waren am Tisch nebeneinandergesetzt worden, aber ich habe Christiane später, als alle getanzt haben, gar nicht mehr gesehen, und Joswig schlief, wie immer unanständig besoffen, draußen auf dem nassen Rasen, während wir alle abgegangen sind. Die ganzen alten Hits wurden gespielt. Von Gipsy Kings bis Snap. Superschön war das. Na ja … Christiane hatte ich gleich zum Auftakt an der Garderobe getroffen – Hauke unterhielt sich abseits seelenruhig weiter mit unserem Innenarchitekten und überließ mich ohne mit der Wimper zu zucken der Situation. Ich war so perplex und wusste einfach nicht, was ich sagen sollte, obwohl mir eigentlich immer was einfällt, aber in dem Moment unter Christianes sezierendem Blick kam mir nur flott in den Sinn, dass ich jetzt lieber woanders wäre, und ich dachte an unser schönes Zuhause und lud sie quasi als Übersprunghandlung zu unserer alljährlichen Grillparty am folgenden Wochenende ein. Oje, oje, habe ich sofort noch gedacht. Sie erschien untypischerweise spätabends, und zum Glück waren die anderen schon alle weg … Eine Stunde später hatten wir dann einen Skype-Termin mit Berenike und ihrem Freund Idris in Südafrika, und kaum war der Laptop zugeklappt und Hauke in der Küche am Espressomachen, sagte Christiane, das sei für mich als Mutter ja bestimmt schwer auszuhalten, dass Berenike jetzt mit einem Türken zusammen ist. Natürlich hat sie das erst in Haukes Abwesenheit gesagt, sie weiß ja, wie übertrieben links er tickt. Das ist mir ehrlich gesagt auch schon mal ein bisschen too much. Na ja, ich war dann so überrumpelt von Christianes Anmaßung, dass ich mich gerechtfertigt habe, Idris sei halb Libyer und halb Deutscher und gar kein Türke, und dass er ja in Deutschland aufgewachsen und auch nur so nebenbei Moslem sei. Sie hat gar nichts mehr gesagt und den Moment sichtlich genossen! Ich war so betroffen von ihren Worten. Die stießen mir direkt ins Herz. Als ich mich halbwegs sortiert hatte, brachte ich dann irgendwie hervor, dass ich echt verletzt sei. Dazu hat sie nichts gesagt, wirklich nichts. Hauke kam wieder dazu, wir schwiegen uns noch kurz an, sie ist aufgestanden und gegangen. Ohne Gruß. Herrje. Das war superhart. Hauke fragte dann auch gar nicht nach. Wir hatten oft Streit, wenn es um Christiane ging. Das war immer schon so ein Reizthema, und irgendwann bat er mich, das künftig mit mir selber auszumachen oder den Kontakt abzubrechen. Ich weiß nicht, warum sie so gemein sein musste … Vermutlich aus Neid. Auf die tolle Beziehung zu meinem Kind und auf meine Ehe. Das mit mir und Hauke muss damals für sie ein Stich ins Herz gewesen sein, und eine Zeitlang habe ich sie auch echt hängengelassen. Verliebte sind eben Egoschweine und, was soll ich sagen, bei uns hörte das nie auf. Das ist für andere manchmal natürlich schwer auszuhalten. Das kann ich ja auch so, so gut verstehen! Christiane weiß ja gar nicht, wie es ist, Liebe zu leben. Aber darauf muss ich ja keine Rücksicht nehmen! Ich genieße voll und ganz, dass bei mir alles eine runde Sache ist. Sogar von meinem Job bin ich maximal erfüllt, muss ich deshalb zu Kreuze kriechen?! Auf keinen Fall! Ich habe mir mein Glück schließlich hart erarbeitet. Auch bei meiner Tochter weiß ich, ich habe vieles richtig gemacht. Dass sie im Moment nur in einem Freizeitpark jobbt, toleriere ich total, und Idris ist für den Moment auch der richtige Partner, für die abenteuerliche Phase in ihrem Leben ... Roland war ja schon früh viel mit sich beschäftigt und hat sich dann zuletzt wohl völlig von Christiane gelöst. Ich frage mich nun natürlich ständig, ob sie mal irgendwas erzählt hat die letzten Male, irgendwas, das ein Hinweis sein könnte auf ihr extremes Verhalten oder ihr Verschwinden, aber mir fällt einfach nichts ein ... Na ja ... ihr Nachbar war mal Thema. Von dem hatte sie sich gestalkt gefühlt, oder sie hatte Mitleid mit ihm, ich erinnere mich nicht mehr. Wir waren mal wieder Mittagessen, und Christiane hat bei dem Thema ausnahmsweise mal ewig und drei Tage rumgedruckst, anstatt die Dinge wie gehabt peinlich direkt auf den Punkt zu bringen. Das hat mich so genervt, dass ich mir schwuppdiwupp in der prallen Sonne einen hinter die Binde gekippt habe. Der Nachbar war aber auch wirklich unheimlich, so der Typ supereinsamer Nörgelfritze. Der hat mir mal ein Glas Senf geschenkt im dunklen Treppenhaus direkt neben Christianes Tür. Das Licht war kaputt, und als hätte der die ganze Zeit darauf gewartet, dass ich aus ihrer Wohnung trete, hat er mir dann wie ein irrer Specht im Dunkeln auf die Schulter getippt, mir seinen Senf überreicht und gesagt, speziell für Sie oder so was. Ich habe das Glas direkt in der nächsten Mülltonne entsorgt. Natürlich habe ich mich im Endeffekt auch gefragt, ob Christiane sich was angetan hat, aber, bitte entschuldigen Sie, müsste man dafür nicht … ja, quasi ein bisschen selbstkritisch sein? Oder ist das der falsche Ansatz? Oje, ich bin jetzt echt fix und fertig. Ich hoffe, ich konnte Ihnen durch meine Schilderungen irgendwelche Anstöße geben. Wenn Sie Christiane finden, geben Sie mir bitte Bescheid. Natürlich will ich wissen, ob es ihr gut geht, und ich weiß zwar nicht, ob das Sinn hat, aber ich würde ihr zumindest anbieten wollen, einiges mit mir aufzuarbeiten. Ich hoffe, ich bekomme die Chance dazu.

Mein Name ist Hauke Petri, ich bin sechsundvierzig Jahre alt und von Beruf Anwalt. Strafrecht. Ich komme nun auf den Fall Christiane zu sprechen und werde ganz offen sein. Zu meiner Freude nannten Sie Diskretion eine Selbstverständlichkeit, mit Ihrer Unterschrift haben Sie mein Vertrauen noch gestärkt. Ich erinnere mich im Kontext Christiane gelinde gesagt nur an Vorfälle. Die Freundschaft, die meine Frau mit ihr führte, erschien mir äußerst suspekt. Nett ausgedrückt. Die Treffen der beiden mutierten für mich immer zu einer enervierenden Angelegenheit. Lerke bestand in der Folge einer Verabredung stets darauf, dass ich mich, gemeinsam mit ihr, reflektierend darüber auseinandersetze, warum Christiane diese oder jene Beleidigung getätigt hätte und warum sie so ist, wie sie eben ist, und nicht anders. Rückblickend war es meiner Einschätzung nach gewissermaßen eine Placebo-Freundschaft. Für Lerke im Grunde Ballast. Nun, Ballast klingt für eine über zwanzig Jahre dauernde Beziehung vielleicht ein bisschen brutal, der Ausdruck ist schon eine Anmaßung, das gestehe ich. Als ich die Freundschaft zu Christiane gegenüber Lerke einmal so genannt habe, hat sie auch aus dem Stand geheult und hysterisch vermeldet, sie hänge an Christiane und wolle das nicht einfach alles so aufgeben. Als wäre Christiane ein Projekt. Ein Langzeit-Projekt, ohne erkennbares Ziel. Die Verabredungen mit Christiane behandelte meine Frau in der Art einer Erledigung. Vielleicht eine perfide Form der Figurenrecherche. Nun ist sie abhandengekommen, die Figur. Wie vom Erdboden verschluckt. Dafür habe ich keine Erklärung. Christiane war nervig, nicht aber hassenswert. Allerdings hat es ja vor einer Weile diesen Vorfall in der Schule gegeben. Wir haben aus den Medien davon erfahren. Vor allem aus den Boulevardmedien. Das könnte jemanden auf den Plan gerufen haben. Bei dem, was sich in Deutschland zusammengebraut hat, wäre das nicht verwunderlich.

Aber die Sache hat einen Haken. Ich glaube nicht, dass Christiane zu so einem Verhalten fähig ist. Ich behaupte, über eine gewisse Menschenkenntnis zu verfügen, schon durch meine Arbeit. Christiane kam niemals gut mit Erwachsenen zurecht, aber Kinder hatte sie fraglos gern, das ließ sich hier bei jedem Gartenfest beobachten, da hockte sie lieber zwischen den Kleinen auf dem Rasen, während alle am Tisch zum Essen beisammensaßen. Über Christianes politische Haltung hätte ich auch etwas zu berichten, was der Darstellung in den Medien eventuell widerspricht. Sie ist sicher schrecklich spießig, aber eine rassistische Kinderhasserin? Muss ich das glauben? Soweit mir bekannt, waren alle Zeugen ebenfalls Kinder. Nun ... Ich mag sie nicht sonderlich und habe dennoch Zweifel daran, dass sie einem Kind einen solchen Schmerz zufügen würde.

Natürlich kann ich mich irren, ich kenne sie auch nach so vielen Jahren nicht ausreichend, ich wünschte nun, ich hätte mich mehr darum bemüht. Sie schien mir immer etwas haltlos zu sein und ... ach, vielleicht hat sie es doch getan, sie war einfach immer schon eine bizarre Person. Christiane ist so verschroben, als Romanfigur wäre sie ein Traum, als Mensch blieb sie immer eine Zumutung. Lerke hätte sich inspirieren lassen sollen, dann hätte sie vielleicht mal was Ordentliches geschrieben. Abwegige Charaktere tauchen nie in Lerkes Büchern auf. Das mag an ihr selber liegen, sie hatte nie die entsprechenden Referenzen. War immer schon sehr hübsch, sportlich, schlagfertig, dauergutgelaunt und beliebt ohne Mühe. Christiane ist auch nicht unattraktiv, aber das merkt man gar nicht, wenn man nicht genau hinsieht. Sie haute einem das nie um die Ohren. Mit Lipgloss, Glitzertops oder was Frauen da eben so als Scheinwerfer in eigener Sache unternehmen. Falls das hier relevant ist, ich schätze, Christiane hatte nie einen Freund. Ich habe Lerke bei diesem Thema aber auch nie so richtig zugehört, aber sicher hat Lerke bei ihrer Aufnahme einen Sermon zu diesem Sachverhalt abgelassen. Womöglich hatte Christiane ein geheimes Liebesleben mit einem verheirateten Mann. Christiane ist, wie gesagt, nicht gänzlich unattraktiv, aber bestimmt nicht mein Geschmack, und abgesehen davon liebe ich meine Frau und bin zufrieden unterm Strich. Lerke überzeugt mich dann doch immer wieder. Sie hat so was Sprudelndes, also jetzt nicht seitens des Intellekts. Aber das muss auch nicht sein. Ich habe ein paar geschätzte Kolleginnen, mit denen ich mich klug herumstreiten kann. Das brauche ich nicht auch noch zu Hause. Ein Ehepartner ist ja kein Multifunktionsmensch. Lerke tut was für ihren Körper. Sie ist noch immer das süße Prosecco-Mädchen mit dem straffen Hintern aus den Neunzigern. Aber nicht mehr so überdreht, nicht mehr so drüber. Christiane ist einfach nur dürr und trägt trostlose Klamotten, immer monochrom in so … ja, so Nichtfarben und zugeknöpft, als würde sie eine Ganzkörpernarbe verbergen oder ihre nicht vorhandenen Brüste. Das klingt jetzt ziemlich chauvinistisch, das ist mir durchaus bewusst. Manchmal rede ich so ein Männerschweinezeugs, wenn ich nervös bin. Tut mir ehrlich leid. Christianes Verschwinden nimmt mich schon ein bisschen mit, das hätte ich gar nicht erwartet. Trotz allem habe ich mich nach all den Jahren wohl an sie gewöhnt, und es hat ja auch den einen oder anderen guten Moment gegeben. Das will ich hier und jetzt nicht unterschlagen, darauf komme ich nun zu sprechen: Vor gut zwei Jahren etwa war sie bei uns zu Besuch und hat den ganzen Abend darüber gejammert, dass Roland in ein alternatives Viertel gezogen ist. Sie war erheblich in Sorge um seine Gesundheit und dass er da nicht genug zu essen bekommt. Soweit ich mich erinnere, sprach sie von Frauen mit bakteriell anfälligen Haaren und meinte wohl Dreadlocks. Ich fand es ehrlich gesagt ziemlich ärgerlich, aber auch ein wenig unterhaltsam, was für eine oberspießige Sicht sie hatte. Wir saßen also im Garten, und ich bekam plötzlich einen Anruf von Abdi, einem Jungen aus Somalia, den ich damals vertrat. Er hatte gerade sein Geld vom Amt abgeholt und wollte durch den Park zurück in seine Unterkunft. Ich hatte ihm mehrfach davon abgeraten. Die Zivilpolizisten hatten ihn auf dem Kieker. Ihn und alle anderen Dunkelhäutigen auch. Aber weil es der kürzeste Weg war, nahm er ihn eben doch. Verständlich. Die Zivilbeamten kontrollierten ihn jedes Mal, sobald sie ihn im Park sichteten, hielten ihn für einen Dealer und wollten ihm sein Geld abnehmen. Immer aufs Neue dieselben Beamten. Deshalb habe ich ihm irgendwann meine Handynummer gegeben. Er rief dann bei mir durch und reichte das Handy weiter. Ständig dieselbe Leier. Ich regte mich über die Beamten wieder und wieder furchtbar auf. Man möchte sich nicht an alles gewöhnen. Christiane erwähnte hinterher, sie habe im Hamburg Journal gesehen, die Leute in Rolands neuem Viertel würden sich auch um Flüchtlinge kümmern und dass sie das richtig fände. Ich war ein wenig überrascht und natürlich erfreut von ihrer klaren Haltung dazu und erzählte deswegen von Abdis Flucht, dass er jede Nacht davon träumt und auch bei Minusgraden nur mit weit aufgerissenem Fenster halbwegs durchschlafen kann. Christiane fragte ganz unvermittelt, ob ich meine, ein wenig überraschender Tod auf der Flucht sei als weniger traurig einzustufen als beispielsweise der Tod von Touristen bei einem Anschlag. Lerke, die bis dahin kein Wort zum Thema gesagt hatte und wie so oft bei interessanten Gesprächen mit ihrem Handy beschäftigt gewesen war, schaltete sich ein, der Tod von Touristen sei natürlich trauriger, weil man als Tourist nicht mit dem Tod rechnen müsse, bei einer illegalen Einreise oder in einem völlig instabilen Land zu sterben sei eben nicht überraschend. Ich hakte nach, ob sie meine, die Traurigkeit potenziere sich eigentlich durch die Überraschung oder doch durch die Identifikation mit den westlichen Opfern. Aber sie hörte gar nicht zu und fuhr fort, es gäbe so viele tote Flüchtlinge und Anschlagstote, Kriegstote und, und, und, et cetera pp., das sagte sie wirklich, sie sagte: Und, und, und, et cetera pp. Da käme man ja gar nicht mehr mit, sagte sie. Das war ihre Logik. Gewohnheit und fertig. Und dann bat sie darum, das Thema zu wechseln, weil die Sonne so schön scheine und sie nach der stressigen Lesereise mal in ihrem Garten die Seele baumeln lassen wolle, ohne das Elend der Welt. Nebenbei bemerkt: Ihre stressige Lesereise führte von Potsdam bis Warnemünde in vier Tagen. Ich wurde ein bisschen ungehalten und laut und forderte sie auf, ihre Meinung nochmal fürs Protokoll auf den Punkt zu bringen, damit auch keine Missverständnisse aufkommen würden. Und ich hoffte zu dem Zeitpunkt noch immer, sie hätte sich einfach nur im Ausdruck vertan. Und da sagte sie, sehr gern würde sie es noch einmal für Hornochsen auf den Punkt bringen, ein überraschender Tod sei todsicher trauriger als ein hochwahrscheinlicher! Sie benutzte definitiv das Wort todsicher und hatte eine Fratze dabei. Meine Lerke … Hörte dann gar nicht mehr auf, obwohl die Sonne so schön schien und die Blumen blühten. Die dann aber vermutlich verwelkten, bei dem, was meine Frau aus ihrem Hirn schleuderte, das nicht annähernd so gut in Form ist wie ihr

Hintern. Sie wurde immer lauter, als würden auch unsere nächsten Nachbarn selbstverständlich ihre Meinung teilen: Man könne nicht immerzu traurig sein, und man könne auch nicht jedem Bettler was geben. Sie gebe immer nur einer Bettlerin vorm Biosupermarkt was, weil die etwa in ihrem Alter sei und sogar ganz hübsch. Irgendwie müsse man da für sich eine Auswahl treffen, um nicht völlig durchzudrehen! Mein Puls geht schon wieder hoch, wenn ich mich en détail daran erinnere. Eigentlich hatte ich mir vorgenommen, das Thema ruhen zu lassen. Es ruiniert meine Ehe. Wir haben einiges versucht seitdem, um die Wogen zu glätten. Wissen Sie, seit diesem Nachmittag habe ich nicht mehr mit Lerke geschlafen, und ein paar Wochen später habe ich fast was mit einer Kollegin angefangen. Kann man aus politischen Gründen aufhören, jemanden zu lieben? Ich habe Lerke wie gesagt nicht wegen des Intellekts geheiratet, aber bisher hat sie sich bei gewissen Themen zum Glück gar nicht zu Wort gemeldet. Und dann reißt sie plötzlich den Mund auf, weil sie zu viel in ihrem Telefon herumgelesen hat. Oder zu wenig, ich weiß es nicht, es ist zum Verrücktwerden. Natürlich verändert man sich im Lauf der Jahre, aber warum konnte sie nicht einfach dick werden statt ätzend? Ihre Oberflächlichkeit, die mich nie gestört hatte, entpuppte sich als brandgefährlich, denn ihr Identifikationsspektrum ist völlig beschränkt, sie funktioniert natürlich genau wie ihre Schmachtromane, sie ist eben genau so bequem unreflektiert wie ihre Leserschaft. Ihr Denken ist von derselben Struktur wie das ihrer Heldinnen: Wenn du hübsch und begehrt bist und geheiratet wirst, kannst du auf alle anderen Themen und Menschen der Welt scheißen. Auf alles, außer auf Spaziergänge, Sonnenuntergänge, Milchkaffee, Weißwein und ein bisschen Koitus in Kurorten bis in alle Ewigkeit … et cetera pp. An besagtem Tag versuchte ich dann, das Thema zu beenden, indem ich sagte: Kein Tod sei mehr oder weniger traurig. So etwas ließe sich nicht ausrechnen. Basta. Da schaltete Christiane sich wieder ein, die lange geschwiegen hatte, was nicht untypisch war, und sagte, es sei aber doch ganz einfach: Wenn man das Leben mit dem Tod multipliziere, um die Summe der Traurigkeit zu ermitteln, sei unterm Strich natürlich der Tod eines Flüchtlings der klare Gewinner.

Da war ich ehrlich ganz schön baff. Lerke wohl auch, sie zog die Augenbrauen hoch und sah konspirativ zu mir rüber, so wie sonst immer, wenn sie sich schweigend über Christiane lustig machen wollte, und als ich ihrem Blick auswich und sagte, Christiane habe sich etwas merkwürdig ausgedrückt, habe aber im Grunde das Richtige gemeint, da fing sie dann richtig an zu brüllen, nebenbei bemerkt war sie mittlerweile total betrunken von ihrem Lieblingsriesling. Ihre Sicht auf Abdi stand ihr in diesem Zustand noch schlechter zu Gesicht, und obwohl sie ja wusste, wie ich mich für ihn eingesetzt habe, brüllte sie: Ein Schwarzer müsse ja nicht dummdreist durch den Park gehen, wenn er nicht mit der Polizei aneinandergeraten wolle. Und ich solle mich da nicht immer so reinhängen in die Storys von Fremden von sonst woher. Sie sei es leid, dass die ganzen Storys meiner kaputten Klienten ständig mit bei uns auf der Couch säßen. Sie sagte, sie fürchte sich in Parks auch erst mal vor allem, was irgendwie ausländisch aussehe, und man müsse die Menschen da verstehen. Sie sagte: Die Menschen! Und dann differenzierte sie doch noch: Nur durch Polizeikontrollen könnten die bösen von den guten Menschen unterschieden werden. Diese Ordnung sei nötig, und das müssten ja gerade die ganzen neuen Ausländer verstehen, die ja überhaupt wegen der ganzen schönen Ordnung nach Deutschland gekommen seien und so weiter. Ich habe dazu dann nichts mehr gesagt und mir in der Küche ein Bier aufgemacht. Ich bin echt schon wieder auf hundertachtzig. Ich muss mal runterkommen und durchatmen … ich drück mal kurz Pause.

So, geht wieder. Ich bin dann in der Nacht noch ganz lange spazieren gegangen, weil ich meiner Frau sonst, glaube ich, zum ersten Mal eine gepfeffert hätte. Ich bin zu Fuß bis nach St. Pauli, war in irgendeiner Kneipe auf ein paar Bier und Schnaps, habe eine Träne verdrückt und wieder angefangen zu rauchen. Ich ahnte, dass meine Ehe nie wieder sein würde wie zuvor, vielleicht war da schon längst was gekippt, vielleicht hatte ich mir schon länger was vorgemacht, aber ab der Nacht ging das nicht mehr … Die Masken waren gefallen. Trotzdem habe ich Lerke ein paar Tage später überredet – vielleicht eher gezwungen –, ihren Rassismus literarisch wiedergutzumachen. Wie lächerlich das klingt. Und mir war das auch damals schon irgendwie diffus bewusst. Ich habe keine Ahnung, warum ich also dabeiblieb. Bei meinem Eherettungsring. Zumindest beharrte sie ja darauf, keine Rassistin zu sein, sondern nur eine andere Meinung zu haben. Ich forderte sie mehrfach deutlich auf, gewissermaßen zum Beweis ihrer Weltoffenheit, in ihrem nächsten Buch mindestens eine afrikanische Figur zu etablieren. Das war meine Bedingung, um das Thema ruhen zu lassen und sie nur noch schweigend zu verachten. Sie stimmte relativ schnell zu. Im Ernst jetzt. Sie litt nicht darunter, wie ich über sie dachte, sondern nur darunter, es wieder und wieder um die Ohren gehauen zu bekommen. Deshalb ließ sie sich auf den Deal ein. Ich ahnte natürlich, dass es mit dem Buch nach hinten losgehen würde, aber ich war auch verzweifelt und wollte Zeit gewinnen. Ich wünschte erbittert, sie wieder lieben zu können, wie ein Kind, das verheult auf sein totes Meerschweinchen starrt und auf ein Wunder hofft. Ich hoffte auf ein halbwegs geschmackvolles Buch und wusste dabei doch genau, kein hohler Wunsch bleibt unbestraft. »Chai mit Kandis« war an rassistischen Klischees kaum zu überbieten, und dennoch hassten es die Rassistinnen unter ihren Leserinnen. Das Gruseligste, was Lerke jemals verzapft hat, und sie hat damit mehr verdient als je zuvor …

Ich hatte mich damals, als ich noch ein halber Junge war, Hals über Kopf in meine Traumfrau Lerke verliebt, und jetzt frage ich mich, wen ich da eigentlich Ätzendes geheiratet habe. Jetzt, nach über zwanzig Jahren. Vielleicht haben wir doch nur noch die letzte Silbe unserer Vornamen gemein. Damals fanden wir das romantisch. Peinlich und blöde, wie Frischverliebte sind. Natürlich entwickelt man sich dann weiter und, ich glaube, es hat angefangen aufzuhören, seit unsere Tochter in der Weltgeschichte rumreist. Manchmal kriegen wir wochenlang nur über ihren Instagram-Account was davon mit. Aber was soll's, das Kind ist am Leben. Berenike brauchte ewig für den Absprung, erst durch Idris hat sie die Kurve gekriegt. Ich fand das immer beneidenswert toll, dass Roland schon früh selbständig war, auch wenn Christiane wohl darunter litt. Sie war nach diesem Abend nur noch einmal bei uns, und das ist gar nicht so lang her. Kurz nach der Hochzeit von Jorinde und Ansgar war das, und da hat es wohl endgültig zwischen ihr und Lerke geknallt, als ich drinnen schon mal ein bisschen aufgeräumt habe ... Ich weiß deshalb nicht, worum es nun wieder ging. Mir fehlte echt der Elan, da nachzufragen, schon allein, weil ich es nicht mehr ertrage, wenn meine Frau sich über andere aufregt. Egal, um wen oder was es geht, ich denke neuerdings nur noch, die gegnerische Person sei mit Sicherheit im Recht. Sogar Christiane. Ach, wissen Sie, eigentlich habe ich gar nichts gegen Christiane, eigentlich hat mich ja immer nur Lerke genervt, wenn sie mit Christiane zu tun hatte. Christiane war viel zu zurückhaltend, um von alleine zu nerven. Lerke hat immer beklagt, dass man Christiane alles aus der Nase ziehen müsse ... Ist doch schön, eine Frau, die nicht immer alles besprechen will, nicht alles teilen muss. Die hat eben vieles mit sich selber verhandelt. Das zeugt doch in gewisser Weise von Charakter, wenn man das kann. Christiane hat Lerke nicht mal erzählt, wer Rolands Vater ist, nicht mal Roland hat sie das erzählt, was natürlich schon ein Ding ist … Aber na gut, eine Entscheidung ist eine Entscheidung. Vermutlich hat sie sich damals zu irgendwas hinreißen lassen. Lerke hat mal über eine Vergewaltigung gemutmaßt. Das bezweifele ich, die hat sich einfach zu sehr auf ihr Kind gefreut. Das war überhaupt die einzige Zeit, wo sie mal richtiggehend locker wirkte. Als Schwangere und junge Mutter. Wahrscheinlich was Hormonelles. Ein Unmensch ist Christiane meines Erachtens nicht. Deshalb hat mich die Geschichte in der Zeitung über sie und das somalische Mädchen dann eben auch irritiert. Irgendetwas daran kann nicht stimmen. Dass sie derart die Kontrolle über sich verliert, ich weiß nicht. Gegenüber einem Kind?!

Das traue ich ihr nicht zu, wäre ich ein Geschworener in einem Prozess beispielsweise …, aber ich kenne natürlich nicht alle Fakten und genaugenommen auch Christiane nicht. Ihr spurloses Verschwinden ist in der Tat bizarr. Dass sie sich umgebracht hat, halte ich für möglich, weil sie ohne Scheu über den Tod gesprochen hat und weil sie mir nicht vorkam wie jemand, der sonderlich am Leben hängt. Ein Psychologe bin ich weiß Gott nicht, aber das ist in dieser Angelegenheit nicht vonnöten, Lerke war ihre einzige Freundin, soweit ich weiß. Das ist schon hart oder zumindest wenig, wenig ist es fraglos. So, ich habe jetzt zu tun, schätze aber, dass ich ohnehin alles Relevante in Sachen Christiane preisgegeben habe – ohne Privates auszusparen. Die Lösung des Falls hat Priorität. Ich bedanke mich für Ihre Diskretion. Ich hoffe, ich konnte helfen, und stehe jederzeit für weitere Fragen zur Verfügung.

Huch, Moment, ich leg das besser hin. Ich hoffe, ich spreche nicht zu laut oder zu leise. So, dann leg ich mal los. Mein Name ist Dea Klüwert, ich bin sechsundfünfzig Jahre alt und Schulleiterin einer

Grundschule in Hamburg Eppendorf. Ich würde mich am liebsten gar nicht zu Frau Tarpenbek äußern. Das habe ich auch allen Pressevertretern gesagt, insofern ... Aber wenn sie einem Verbrechen zum Opfer gefallen sein sollte, sehe ich mich selbstredend in der Pflicht. Mein Gott, das wäre so furchtbar, unvorstellbar, insofern ... Ich bin ja kein Unmensch. Aber ich will ganz ehrlich sein, mit Christiane Tarpenbek hat es persönlich nie gepasst. Da war nichts zu machen. Wir hatten eine rein berufliche Ebene. Ich möchte mich nicht mehr tiefergehend mit Personen beschäftigen, die mir auch noch den letzten Nerv rauben. Frau Tarpenbek wirkte recht gefasst, als ich sie über die Beurlaubung in Kenntnis setzte, beinahe ein wenig zu gefasst. Und seitdem ... Also wir hätten letzte Woche einen Termin gehabt, um zu besprechen, wie es weitergehen soll. An unserer oder an einer anderen Schule. Als sie nicht erschien, habe ich versucht, sie zu erreichen, aber das Handy war aus und auf dem Festnetz ging keiner ran, meine E-Mail blieb auch unbeantwortet. Da war ich zunächst fuchsteufelswild. Ich frage mich nun durchaus, ob die Beurlaubung voreilig war. Aber der Ruf unserer Schule stand auf dem Spiel, und der Vater des Mädchens erwog, Anzeige zu erstatten. Frau Tarpenbek ließ sich davon nicht beeindrucken, stur, wie sie ist, leugnete sie ihren Fauxpas immer wieder. Euphemistisch ausgedrückt. Herr Ahmed hatte Frau Tarpenbek auf besonnene Art darum gebeten, sich einfach nur zu entschuldigen. Sogar auf Deutsch. Er war gefasst, erstaunlich gefasst. Ein gebildeter Mann und eine imposante Erscheinung. Auffallend schön, wie viele Somali. Wir saßen in meinem Büro, und sie hat bestimmt eine Viertelstunde erst mal keinen einzigen Ton von sich gegeben. Unerträglich. Herr Ahmed saß gerade wie eine Kerze da, mit gefalteten Händen und geschlossenen Augen, und Frau Tarpenbek sagte nach einer gefühlten Ewigkeit, sie müsste sich für nichts entschuldigen, sie habe seiner Tochter nichts getan. Nein, *angetan* sagte sie. Das ist mir komischerweise im Gedächtnis geblieben. Herr Ahmed fragte dann, ob sie seine Tochter für eine Lügnerin halte, und da sagte sie seltsamerweise: Nein, seine Tochter sei keine Lügnerin. Was soll man dazu noch sagen? Ich weiß natürlich nicht, wie die Sache an die Öffentlichkeit geraten konnte. Vielleicht über Halimas Vater, aber er hatte mir versichert, bei disziplinarischen Schritten gegenüber Frau Tarpenbek davon abzusehen, und ich halte ihn für integer. Vielleicht haben die Eltern der anderen Kinder sich an die Medien gewandt oder selber etwas im Internet veröffentlicht – das geht ja heute ohne Umschweife über die sozialen Netzwerke. Die armen Kinder haben das Ausrasten ihrer Lehrerin ja im Klassenraum miterleben müssen. Natürlich reagieren Eltern da impulsiv, und ich musste auch handeln. Die Beurlaubung war unausweichlich, insofern …

Als wäre das öffentliche Drama nicht schon groß genug gewesen, ist die Familie letzten Monat überraschend abgeschoben worden. Nach deutschem Asylrecht wohl rechtens. Menschlich eher nicht nachvollziehbar. Sie waren doch gerade erst in eine bessere Unterkunft verlegt worden, weswegen Halima ja auf unsere Schule gekommen war. Aber da halte ich mich jetzt einfach mal raus. Ich brauche nicht noch mehr Presse, und ich bin ja auch nicht mehr die Jüngste. Nichts für ungut, aber eine vollzogene Abschiebung nach Afrika ist doch realistisch betrachtet irreversibel. Lagebedingt war unsere Schule natürlich immer schon etwas weniger bunt als Einrichtungen in finsteren Ecken. Aber mittlerweile wird ja kein Viertel mehr verschont, und dass Frau Tarpenbek die Nerven verliert, wenn nach den Sommerferien plötzlich ein schwarzes Kind im Klassenzimmer sitzt, ist durch nichts zu entschuldigen. Frau Tarpenbek wurde natürlich über die neue Schülerin informiert, schien sich aber nicht für deren Hintergrund zu interessieren. Sicher wegen ihrer Ressentiments. Ich habe den natürlichen Umgang mit den nichtdeutschen Kindern immer im Auge gehabt. Wir hatten auch schon früher immer mal wieder vereinzelt Migranten, also meist Türkenkinder, in den Klassen. Als ich noch eine eigene Klasse hatte, gab es da eine türkische Schülerin, die mich wohl sehr mochte. Sie hob sich von anderen ihrer Art ab, war angenehm frei vom Stil der Straße. Später machte sie aber leider trotzdem nur einen Realschulabschluss und heiratete früh. Ich war zu ihrer Hochzeit eingeladen. Zusammen mit Frau Tarpenbek und einem Kollegen. Ich hatte mich sehr darauf gefreut, und dann habe ich mich dort so … so … ja, deplatziert gefühlt und bin auch nicht bis zum Schluss geblieben. Diese Hochzeit schlug mir aufs Gemüt, eine Art Hochzeitsüberdosis in grellem Operationslicht, mir war so entsetzlich heiß, und die Abläufe solcher Feste sind ja gemeinhin ritualisiert, und alle Türken beherrschen diese Rituale wie im Schlaf, insofern … hätte ich mir rückblickend eine Art Gebrauchsanweisung gewünscht, die hätte man ja mit der Einladung verschicken können. Irgendwann wurde im großen Kreis getanzt. Und wir saßen abseits und schauten dumm aus der Wäsche. Natürlich wurde man dann irgendwann aus Höflichkeit aufgefordert mitzuhopsen, aber die Peinlichkeit habe ich mir erspart. Es gab nicht einmal Alkohol, und ich habe deshalb so viel Zuckerkram gegessen wie sonst in einem Halbjahr. Als Moslemin würde ich auch aufgehen wie ein Hefekloß. Diese Veranstaltung brachte mich so durcheinander, dass ich Frau Tarpenbek vor lauter Unbehagen das Du angeboten habe, und sie hat, ohne mit der Wimper zu zucken, abgelehnt. Nicht einmal dankend. Sie sagte bloß: »Das möchte ich bitte nicht«, und wandte sich wieder ab. Ich habe mich darüber noch nächtelang geärgert. Es war unsere erste und letzte private Zusammenkunft. Wenn man das so nennen kann. Ich bin dann später noch mit dem Kollegen in die nächste Kneipe und hatte eine einmalige große Lust auf Korn. Der tat auch richtig gut. Insofern nahm ich es mir heraus, auf urdeutsche Weise betrunken zu werden, und wir haben bis in die Puppen zu Freddy Quinn und Marianne Rosenberg geschwoft.

Dabei höre ich, wenn überhaupt, nur noch klassische Musik. Zumindest ist mein Radiowecker seit Jahren auf Klassikradio programmiert. Im Lehrerzimmer hat Frau Tarpenbek nie Musik geduldet. Sie hat das Radio oft kommentarlos leise gestellt oder sich Ohropax in die Ohren gesteckt. Roland war ja damals in meiner Klasse und ein erstaunlich gelungenes Kind. Klug, musikalisch und redselig. Vielleicht hat sie mit ihm alles Gute aus sich rausgeboren. Ich würde eine Versetzung von Frau Tarpenbek anstreben, falls sie wieder auftaucht. So, das war es nun aber von mir, ich beende jetzt die Aufnahme. Alles Gute für die Lösung des Falls wünsche ich.

Schönen guten Tach. Dittmers, Egon. In den besten Jahren. Sach ich mal so. Muss ich hier jetzt alles sagen? Alle meine Daten, mein ich. Da bin ich ja nu vorsichtig geworden. Hinterrücks kann das ja dummerweise alles auf einen zurückgreifen heutzutage, nech … Da ist man dann selbst als unbescholtener Bürger real schutzlos. Die drehen und wenden das, wie die wollen, und dann ist kein Davonkommen mehr, wenn die einen Sündenbock brauchen. Die Amerikaner im Nebel. Aber die Kanzlerin und ihr Konsortium, die stecken da auch mit unter einer Decke. Man kommt ja kaum noch mit, wenn nachweislich jeder mit allen unter einer Decke nebelt … Natürlich verorten uns auch die Weltraumfahrzeuge, und Schergen auf Abruf schleichen durch unsere Hinterhöfe. Wenn mal ein schwarzer Peter gebraucht wird, wissen die sofort, wem man gut was unterschieben kann, und hupps, fällt die Murmel in den Bottich, nech. Jemand wie ich und Frau Tarpenbek geraten schon mal ohne eingehende Prüfung ins Abseits namens Dienstenthebung … Ob so was jetzt auch mit ihrem akuten Verschwinden zu tun hat, will ich nicht behauptet haben! Ich würd's nie und nimmer unterschreiben, aber meine Unterschrift zählt so oder so nix. Ich bin ja real nur ein kleines Glied namens Egon Dittmers. Unverschuldet frühverrentet, unverschuldet alleinstehend. Kein Witwer. Aber für mich ist Doris gestorben. Insofern doch Witwer. Witwer der Herzen, nee, im Herzen muss ich wahrheitsgemäß sagen. Mich kennt ja niemand mehr im Kern. Die Zeit nimmt sich ja heutzutage keiner mehr, nech … Doris hat es ja jetzt auch lieber wie auf dem Viehmarkt, die ist registriert bei einer Partnerbörse für Best Ager. Bockmist. Hello, hello, ab ins Klo. Die Frau Tarpenbek hatte wenigstens Anstand, die hätte sich nie so feilgeboten. Wenn man bei dem ganzen Dampfplunder nicht mitmacht heutzutage, dann kullert man eben für sich allein aufs Ende zu. Liegt mir schon doch auch am Herzen, dass man Christianes Verbleib baldigst auf die Spur kommen möge. Obwohl ich schon auch enttäuscht von ihr war, niedlich ausgedrückt. Meine Avancen sind nie so richtig bei ihr angekommen, war eher, als würden wir damit Frisbee spielen, nech. Klingt für Sie vielleicht jetzt witzig, war es real aber beileibe nicht. Nur: was soll man erwarten? Frau halt. Und hat n' büschen viel geraucht. Klarer Punktabzug. Der stehende Geruch davon ist manchmal dermaßen durch die Wand hindurch in meine Wohnung reingedrungen, wie ein Gespenst. Wenn das nicht von ihr gewesen wäre, hätte ich mich da zum Thema schon auch mal baldigst bei der Anja, äh, hier 'ne Frau Brahms von der Hausverwaltung, beschwert. Aber die ruft ja auch nie zurück. Frau halt. Christiane hatte außer der Zigarettensucht und ihrer Ziererei noch ein Manko auf der Agenda. Den Sohn mein ich. Das ist so ein frechdachsiger Linker, ein im Grunde potentiell Straffälliger … Wenn Sie wissen, was ich meine, nech. Ich bin ja schon auch mal tolerant, aber bei solchen buchstäblichen Bürgerschrecks is mal gut. Da muss man aufpassen. Denen ist alles zuzutrauen. Glauben Sie mir, ich weiß, was ich weiß. Das kommt nicht von ungefähr, sondern real berufsbedingt, und ich sehe mich noch immer in der Pflicht bezüglich der Belange meines Landes. So ein Kind wünscht man nicht mal seinem Feind an den Hals, weil, dann hab ich es ja auch am Hals, also die ganze Gesellschaft hat es am Hals. Das Störelement. Ich hab auch zu Christiane gesagt, an irgendeiner Stelle hättest du frühkindlich eingreifen müssen, jetzt ist der Sack wohl zu. Im Treppenhaus hab ich ihr das gesagt, als ihr Söhnchen gerade mal wieder türknallend abgedampft war und sie ihm noch ein paar Stufen nachgehoppelt war. Da hat sie mich stehen lassen und ist ohne Gruß wieder in die Wohnung. Dachte wohl, ich habe keine Ahnung. Dabei habe ich auch zwei Kinder. Hab ich aber seit zwanzig Jahren nicht gesehen. Manchmal verschwinden familiäre Subjekte eben aus der nächsten Nähe, das ist ganz natürliche biografische Selektion. Auch das mit Christiane hab ich irgendwann losgelassen. Passte eben nicht wie Arsch auf Eimer. Christiane war auch eigentlich gar nicht vollends mein Typ, büschen zu dünn, nech. Nur als die Doris so von einem auf'n andern Moment weg … äh, also, ne … Und als Roland auch gar nicht mehr auftauchte, da hatte ich gedacht, warum tun wir uns nicht einfach zusammen. Da hätte sie ruhig mal ein bisschen höflicher zu mir sein können. Na, aber bestimmt hat ihr das schon im Vorfeld ihre Freundin ausgeredet. Diese blonde eingebildete Riesenfrau. Hatte eine Weile angenommen, Christiane wär real jedem Flirt abgeneigt, aber sie ist zuletzt öfter da am Ende der Straße in die Bettkante, so 'ne Kneipe. Da hält sich ganztägig liederliches Pack auf, da ist sie sicherlich nicht zum Beichten hingehoppelt. Ich hab sie immer mal wieder gefragt, ob sie nicht lieber auf meinem Balkon …, also ob wir nicht zusammen mal einen ruhigen Abend verbringen wollen, nech. Bei Seitanwurst und meinem Senf aus eigener Herstellung und 'ner eisgekühlten Fanta. Ich probier das ja gerade mal mit dem … hier so gesehen Fleischersatzverkehr. Das sind alles so nette heimatverbundene Leute auf dem Biomarkt. Ich hätte Christiane bei Bedarf auch ganz charmant eine Bockwurst kredenzt und irgendeinen Alkohol dazu, obwohl ich nie und nimmer trinke. Da bin ich mir Herr im Haus. Einmal haben wir ein büschen zusammen ferngesehen. Da hatte sie sogar selber bei mir geklingelt, da war ich perplex, nech. Lang is sie nich in meinen vier Wänden verblieben … Sie hatte angeblich keine Zeit mehr oder so. Schade für sie. Irgendwann, erstes Drittel im August muss das gewesen sein, wenn ich mich nicht täusche, bin ich ihr also mal nachgeschlichen, weil ich das angezweifelt hab, dass sie immer was Wichtigeres zu tun hat, als mit mir … äh. Das mit dem Verfolgen war nicht schwer, da hab ich ja berufsbedingt Erfahrung, und sie hat mich ohnehin nie beachtet und war immer in sich versunken. Das fand ich ja sogar hübsch an ihr, das Versunkene. Na, und dann bin ich ihr schleunigst nach, und sie ist in diese Kneipe und ewig nicht wieder herausgekommen. Das war der Zeitpunkt, an dem meine Kapitulation ihren Ausgang nahm. Irgendwann hab ich sie auch gar nicht mehr gesehen und auch nicht mehr gehört, und huppsala entdeck ich sie unversehens in der Zeitung. Das war vielleicht was. Hab angenommen, die ist natürlich diesbezüglich direkt unbekannt verzogen, nech. Hätte ich Verständnis für gehabt. Ich hatte ja auch schon mal Ärger bei der Arbeit, also viel Ärger. Mich haben sie aber nicht bloß beurlaubt. Eiskalt lief das ab und auf Nimmerwiedersehen hinaus. Auf meine Gefühle wurde da real nie Rücksicht genommen. Meine Gefühle wegen der Neonröhren, das Gesurre und so. Ich hatte gebeten, dass man mich irgendwo hinversetzt, wo es ruhiger zugeht, ins Ländliche. Wo sie noch normale Beleuchtung haben und wo man nicht so viele Kollegen hat. Vor allem nicht so junge Kollegen. Da konnte ich mich nicht dran gewöhnen beim Älterwerden. Aber die haben mir einfach ans Herz gelegt, zu Hause zu bleiben. Wegen sogenannter Panikattacken. Das hat so ein Psychofuzzi behauptet, zu dem ich musste. Dabei war ich ja nur sauer, ja, gut, schon so richtig sauer. Warum, das hab ich dem dann wahrheitsgemäß geschildert. Ich hatte einmal alles zusammengebrüllt da auf der Wache. In der Küche, als mein ureigener Esslöffel Leckspuren hatte, so Streifenspuren einer augenfällig fremden Zunge. Ich habe immer extra meinen eigenen Löffel mitgebracht, mit dem gravierten Stielende. Mit Blümchen graviert, darunter stand: Annegret, in schönster Schreibschrift. Ein Silberlöffel noch von meiner Großmutter. Väterlicherseits. Oma Annegret war immer nett zu mir, so was vergisst man nicht. Und dann lasse ich den Löffel nach 'ner Nachtschicht einmal versehentlich in der Küche liegen, und gleich am Tag drauf find ich den benutzt und schlecht gespült in der Schublade zwischen lauter Massenware und entdecke sofort die Leckspuren. Gezittert hab ich vor Schreck. Da war nicht meine Zunge am Werk gewesen, sicherlich nicht. Das ist wie beim Fingerabdruck, nech. Meine Zunge ist, also ich sach jetzt mal so, eher schmal, wie sacht man?, filigran ... Also nicht so ein Riesenwulst, der aus dem Mund dringt, wie bei einem Mongo oder einem durstigen Hund. Das waren aber Spuren von einer großen männlichen Zunge, die Leckmaserung war ganz klar von George, dem Schwadden. Also dem Halbschwarzen, wie man sagt. Hat 'ne deutsche Mutter, und an solcher Mischbrut wird einem ja direkt vor Augen geführt, dass die Deutschen in absehbarer Zeit nicht mehr sein werden, wenn man das einfach so laufen lässt. Solche wie George nehmen mir nichts, dir nichts unsere Gene ein, weil deren Mütter es unbedingt mit Exoten treiben mussten. Wo kämen wir denn da hin, wenn jeder es mit allen treiben würde, auf die er gerade so Lust hat. Da kämen wir aber ganz schön in Schwulitäten, das sach ich Ihnen mal ganz offen, sonst traut sich ja keiner, nech. Natürlich hätte ich meine Meinung da mehr im Nebel belassen sollen, nech. War ja klar, dass der Psychofuzzi mich für krank erklärt, nur weil ich seine Meinung über die Fortschreitung der Ausländerausbreitung nicht teile. Nie und nimmer darf man was in diese Richtung sagen, sofort is man der Nazi. Freundlich war George am Anfang ja. Aber ich bin da nicht drauf eingegangen. Muss mich ja nicht mit jedem anfreunden. Muss ich nicht haben. Ich esse ja auch nicht alles Neumodische. Zum Beispiel Süßkartoffeln oder hier Radischio. Ich bevorzuge immer noch Kopfsalat und Sieglinde. Einfach bloß, weils mir besser schmeckt. Macht mich das zum Nazi? Außerdem hab ich ja jahrelang stillgehalten und meine Arbeit trotz der neuartigen Kollegen gemacht, nech. Aber wenn jemand sich an meinem Löffel vergreift, ist der eben raus, egal, von wo der kommt, oder was weiß ich denn. Na, ich hatte ja erst einfach mal so offen raus in die Runde gefragt, wer meinen Löffel benutzt hatte. Und da hat sich Susanna schleunigst dazu bekannt. Aber das war natürlich nur zum Schutz von George. Was mich ehrlich gesprochen dermaßen sauer gemacht hat. Klar wie Kloßbrühe war das gelogen. Obwohl Susanna auch einen großen Mund und bestimmt eine große Zunge hat. Die hat das nur gesagt, weil die was mit dem George hatte oder haben wollte. Um den zu schützen. Gut aussehen tut der ja. Das reicht den Weibern heutzutage zum Pläsir. Wenn Sie mich fragen, ist das die Wurzel des Übels. Dass die Weiber heutzutage nur noch was zum Pimpern suchen. Die haben gar keinen Anstand mehr. Außer die richtigen Islaminnen vielleicht. Die sind mir in dieser Hinsicht ja ausnahmsweise mal positiv aufgefallen. Das sind vermutlich die letzten anständigen Frauen auf deutschem Boden. Oft sind die Islaminnen auch sehr hübsch. Also was man davon sieht, wenn man denen mal direkt intensiv unterm Schleier ins Gesicht guckt. So ganz spontan auf der Straße. Susanna ist ja eigentlich auch 'ne Hübsche. Polin eben. Die hat dieses typisch versexte Polinnengesicht. Das sind schon echte Anzünder da aus der Ostblock-Ecke. Deshalb sind die auch weltweit so erfolgreich im Bordellbetrieb. Deshalb verstehe ich auch nicht, was die bei der Polizei sucht. Als Nutte würde sie weitaus mehr absahnen, da kenn ich mich aus. Berufsbedingt. Frauen bei der Polizei im Allgemeinen ist ja auch so ein Sektor, den ich real äußerst kritisch betrachte, nech. Die agieren doch nur unsachgemäß aus dem Bauch heraus. Wie als Susanna sich für George und seine Leckzunge starkgemacht hatte. Da hab ich dann irgendwie in dem Moment komplett den Faden verloren, und mir wurde auch schlecht vor Wut … Und dann wurde plötzlich von einem Moment auf den anderen das Surren der Neonröhren laut wie die Hölle, und ein Fiepen kam dazu, wie als würde ein Dackel mir direkt ins Ohr reinfiepen. Ich hab dann nur noch dieses Durcheinander gehört und George gesehen, wie der sich die Lippen leckt und dann Susanna ableckt und dass die Sachen mit meinem Löffel machen, und unversehens ist wohl alles irgendwie aus dem Ruder gelaufen, und ich bin angeblich mit dem Löffel auf Susanna und George losgegangen und dann mit den Fäusten. Haben später alle behauptet. Ich erinnere mich an nix mehr. Da wurde alles düster vor Augen, und ich bin in der Zelle wieder aufgewacht. Den Löffel hab ich nie wieder gesehen, ich habe besser nicht danach gefragt, als er nicht in dem Karton mit meinen Sachen war. Keiner hat mir geglaubt, dass ich mich an nichts erinnern kann. Auch nicht Doris. Meine da noch Freundin. Verständnis hat Doris für meine Wut auf George und Susanna auch nicht aufgebracht. Sie hat gesagt, ich solle mit mir selbst ins Reine kommen und meine Weltanschauung befragen oder so, und dann ist sie ausgezogen, nur weil ich das unnötig fand. Die alle und ihre Psychokacke … Ich bin kein Reflektierer, ich bin ein Leber. Danach ging es mit mir bergab. Ziemlich steil. Geb ich zu. Eigentlich bin ich von Haus aus eine Frohnatur gewesen. Aber so arbeitslos, nee, das is nicht so meins, nech. Der Mischling ist halt schuld, nech, ich sachs ja, die bringen hier in Deutschland alles durcheinander, was man sich mühsam erkämpft hat. Multikulti kannte man als Polizeibeamter ja lange Zeit nur von der anderen Seite der Macht her. Natürlich ist man da eben, ja, ich sach mal, irritiert, wenn die plötzlich bei dir mitmachen wollen und keiner was dagegen unternimmt. Ich hab mich mit meiner Meinung aber immer zurückgehalten, solange ich noch im Dienst war. Aber jetzt kann ichs ja ganz offen sagen: Wenn alle unter sich bleiben, herrscht Ordnung in der Welt, und die latent Kriminellen gehören selbstredend nicht in die Exekutive … Alle sollen schön an ihren eigenen Löffeln lecken und nicht mit ihren großen Zungen aus Afrika an unseren deutschen Silberlöffeln. Sach ich jetzt mal so geradeheraus, sonst traut sich ja keiner, na ja, in letzter Zeit ja zum Glück immer mehr, aber so ganz fassen kann ich mein Glück da noch nicht, mal abwarten, was da noch kommt, hoffe, das ebbt nicht wieder ab … Wär schon toll. Insofern bringe ich vollstes Verständnis für Christiane und ihre mutige Handlung auf. Als ich davon in der Zeitung gelesen hab, war ich auch wieder ein bisschen in sie verliebt, zumindest fühlte ich mich ihr plötzlich wieder ganz nah und hatte vollstes Mitgefühl. Ich wusste ja schon, dass es auch nicht leichter wird mit ohne Arbeit. So tagein, tagaus. Deshalb mache ich ja jetzt auch in Senf. Damit ich nicht aus der Spur gerate und auch einfach so verschwinde. Täglich etwas anzurühren ist pure Erfüllung für das Innere. Ich hätte gern einen reinen Senfstand auf dem Markt, am liebsten auf dem Biomarkt, da fühlt man sich nicht gleich falsch als Deutscher. Wenn Christiane meinen Senf doch wenigstens einmal probiert hätte, da wäre sie vielleicht mal netter gewesen danach, da hätte die gesehen, dass ich was auf dem Kasten hab, nech. Frauen mögen ja Männer mit Sinn für Geschmack. Die Weiber lassen sich heutzutage nicht mehr einfach so beeindrucken. Da reicht es nicht mehr, einfach männlich zu sein, nicht mal mehr mit Uniform. Gesicherte Renten haben die Weiber meist auch. Da muss man schon mit mehr aufwarten. Das ist die Unkultur des Westens. Es reicht nicht mehr, ein Mann zu sein. Ein hübsches Gesicht soll er haben, und lange Wimpern finden die Weiber schön. Araber haben so schöne lange Wimpern. Das hat Susanna mal zu einer Kollegin gesagt. So als wäre ich gar nicht im Raum gewesen. Die Frauen sind aus der Ordnung geraten, und die Einzigen, die sie wiederherstellen wollen, sind leider die Moslems mit den langen Wimpern. Da komm ich langsam bei nix mehr mit. Letztes Jahr hatte ich so einen Araber als Taxifahrer, als ich ins Krankenhaus bin wegen der neuen Hüfte. Da hab ich zu dem dann ganz offen und freundlich gesagt, dass ich mich frage, wohin das noch gehen soll mit dieser Gesellschaft, wo jetzt auch die Homos heiraten dürfen, und dass ich das gut finde, dass die Moslems bei so was strikt dagegen sind, nech. Da hat er gesagt, er sei nicht dagegen, und ich solle meinen schlechten Film woanders abspulen. Da hab ich gefragt, was denn seine Eltern dazu sagen würden. Da hat er gar nicht mehr mit mir geredet und die Fahrt ging noch gute zehn Minuten. Vielleicht war der gar kein Moslem. Hieß aber so wie einer und sah auch so aus. Da weiß man auch nicht mehr, was die nun von einem erwarten. Da meint man es einmal gut, und dann werden die gleich unhöflich, weil die nämlich gar nicht wollen, dass da Nähe aufkommt, die wollen doch in ihrer eigenen Welt für sich allein sein. Da findet man sich ja gar nicht mehr zurecht, alles ist so chaotisch und zu viel von allem und zu neu, nech, und dabei soll ich dann ein guter Mensch bleiben, aber die können machen, was sie wollen, und wenn Sie mich fragen, ging das Christiane genauso … Das ist, als wenn Senf plötzlich nicht mehr Senf sein muss, sondern auch Schatni sein könnte. Oder Fladenbrot, Graubrot, Harzer Roller, Hirtenkäse, Marmorkuchen, Baklava. Da könnte man jetzt ewig weiter so gruppieren. Hab ich mal gemacht, als ich nicht schlafen konnte, dachte, das ist wie Schäfchen zählen. Aber dann wurde ich hellwach, weil alle Alarmglocken angingen, weil mir klar wurde, ich könnte dann ja auch jemand ganz anderes sein. Statt Egon … Und da fiel mir kein türkischer oder arabischer Name mit E ein und schon gar kein afrikanischer, und dann war ich sicher, wenn mir nicht sofort einer einfällt, sterbe ich in einer Minute. Mir brach der Schweiß aus allen Poren aus, in der Brust raste es, und dann bin ich aufgestanden und hab erst mal durch den Türspion geguckt, und es könnte sein, dass ich Christiane gesehen habe, wie sie in der Nacht die Treppen runter ist. Mit einem Koffer. Aber sicher bin ich nicht, denn bei uns im Stockwerk ist ja fast immer die Birne durch, seit ich mal eine etwas ausgiebigere Auseinandersetzung mit der Pissbirne von einem Hausmeister hatte. Na ja, vielleicht war Christiane nur ein Traum. So gesehen. Ich hatte ja schon öfter mal von ihr geträumt. Oder 'ne andere Frau mit 'nem Koffer von den Stockwerken drüber. Aber seit dieser Nacht bin ich Christiane, Tatsache jetzt, in keiner erdenklichen Form mehr begegnet, wenn ich mich recht erinnere. Nur ihren Lumpensohn hab ich durch die Wand heulen hören, der hat geschluchzt wie ein kleines Mädchen. Ich hab gedacht, Christiane sei verstorben, und hab mich dann bei Anja, äh, ach hier also Frau Brahms von der Hausverwaltung, ganz direkt mit klaren Worten erkundigt, ob Christiane tot ist. Die war zickig wie eh und je, aber zur Abwechslung auch mal schön perplex und hat gesagt, dass Frau Tarpenbek bloß die Wohnung gekündigt habe. Da war ich sauer, da war ich dermaßen sauer. Hätte sich ja mal verabschieden können. Weiber halt, nech. Wenn sie aufgefunden wird, ob nun verunfallt oder wohlauf, ich muss da keine Suppe mehr aufwärmen. Da ist mir jetzt Christiane wie Doris, Jacke wie Hose. Die brauchen mir allesamt nie und nimmer nochmal ankommen, da würd ich erst mal hart bleiben. Und jetzt soll die Wohnung natürlich neu vermietet werden. Herzlichen Glühstrumpf, Egon, hab ich mir da gesagt. Seitdem kann ich noch schlechter schlafen, ich lieg da, schwitze wieder jede Nacht aus allen Poren sauer heraus, wie kurz nach meiner Frühverrentung, und hab dabei regelrecht Alpwachträume. Ist ja nicht unerheblich für ein Leben, wer da nebenan und so weiter und so fort, nech. Ich hoffe, ich konnte unterm Strich irgendwas helfen. Ich mach jetzt Stopp.

Ich bin Roswitha Fritz, zweiundsechzig, und mir gehört die Bettkante. Geboren auf St. Pauli, aber mein Glück heißt Eppendorf, gesoffen wird eben halt überall. Nach St. Pauli kriegen mich keine zehn Pferde mehr, und dafür arbeite ich wie eines. Ich hab eigentlich keine, aber nehme mir hier jetzt die Zeit, weil es hier möglicherweise um ein Verbrechen geht, und auch wenn ich die Frau Tarpenbek eine komische Person fand, also jetzt nich im lustigen Sinne, dann hatte ich schon was für die Dame übrig. Aber sonst hab ich nüscht übrig, schon gar nich Zeit, wie gesagt. Hier unten im Büro atme ich manchmal kurz durch, das war es dann aber eben halt auch. Früher war ich kerniger, aber früher war alles anders, da durfte man ja auch noch auf einmal essen und rauchen, und beim HSV spielten noch Deutsche. Mein Mann hat immer gesagt, wir lassen uns nich unterkriegen, das hat er auch als Allerletztes gesagt, bevor er dann endgültig tot war. Die Bettkante war unser Baby, wissen Sie. Unsere Tochter hat mir fast das Becken gesprengt, wegen der hab ich geblutet wie ein Schwein und musste das einzige Mal im Leben genäht werden. Aber so ein Kind ist ja auch ein Segen. Auch wenn das dann schon mit vier Jahren zum Gegner wird. Für das Gefühl als Frau braucht man das eben. Das Gebären … Man weiß aber eben nich, was man kriegt. Das ist dann eben da und nich rückgängig zu machen, wie ein zersprungener Spiegel ist das. Ich hab das Mutter-Tochter-Thema jetzt abgehakt, weil das nüscht bringt, ewig weiter zu warten, dass man da mal was zurückkriegt, und ich hab ja tagein, tagaus genug Leutchen um mich rum, die es mir tief aus der Pumpe danken. Die Bettkante ist eben halt voller dankbarer großer Kinder, und ich bin ja eine Menschenfreundin. Ist besser, wenn die einsamen Schlümpfe hier in Gesellschaft sind, das ist wie Gruppentherapie ohne Therapie. Ich habs mal mit Therapie versucht, als mein

Mann rüber ins Himmelreich war. Aber das war meine Sache nich, da hatte ich keine Kraft für. Ich dachte mir dann, was soll's, bin ich eben traurig, bis ich sterbe. Alles nur noch Ausklang wie beim Lied, wenn das immer leiser wird und man noch ein bisschen laut darübersingt. Jeden Sonntag leg ich mich in die Badewanne, kipp Wacholderöl rein, les Bunte und trink mir einen an. Das ist genug Beglückung für mich. Bei der Arbeit trink ich nie, aber eigentlich bin ich wie alle hier. Da mach ich mir nich auch noch was vor. Wir sind hier alle gleich, nur mit unterschiedlichem Pegel. Egal, ob vor oder hinterm Tresen. Hier wird sich nich hervorgetan, sonst läute ich die Glocke. Auch wenn jemand zu laut über Politik schwatzt, läute ich die Glocke. Auch Jammerlappen kriegen hier eins mit der Glocke. Wenn ich nich meinen alten Körper auf dem Buckel hätte, würde ich hier eben halt stehen, bis Frieden ist. Und was kommt dann? Dann kommen die jungen Läuse und machen 'ne Bar draus. Aber so ist das. Wir haben ja auch mal feindlich übernommen. Alle sind anders, dagegen gibt es keine Medizin. Das war hier früher 'ne Kommunistenkneipe. Den Wirt haben sie festgenommen, Mitte der Achtziger. Politik ist immer schlecht fürs Geschäft. Ich hab zu Hause schon meine Meinung, so isses nich. Aber die geht niemanden was an. Heute wünschen sich die Leute im Laden schon mal laut Hitler zurück, nur ohne Krieg. Da läute ich die Glocke. Frau Tarpenbek, die hat nie ein Wort zu viel verloren, wenn sie was bestellt hat. Erst mal immer nur schüchtern ein, zwei, dann schon auch mal drei Silvaner, und dann irgendwann gleich die ganze Flasche, is ja auch billiger. Später hat die auch mal 'n Weinbrand dazubestellt. Die hat ein paar Wochen nur in der dunklen Ecke gesessen, selbst wenn der Tisch am Fenster frei war. An unserem einzigen Zweisitzer hat die sich alleine festgesessen, unserem Separee für Verliebte für eine Nacht. Aber die blieb da immer allein. Gequarzt hat sie wie ein Schlot, da war sie Seelenverwandte, aber sonst hatten wir eben halt keinen Schnittpunkt. Die ist schon wie von 'nem anderen Stern, so 'ne richtige Frau Frau, also eben halt eine, die denkt, hier isses zu schmuddelig zum Bleiben, obwohl hier Hygiene großgeschrieben wird! Absolutes Bettkanntengesetz lautet: Wer bei der Probeschicht nicht lupenrein putzt, kann sich direkt wieder verdünnisieren. Und die Tarpenbek, die sah immer aus wie eine, die eben halt meint, jede Kneipe ist von Haus aus ein Dreckloch. Konnt' das gar nicht glauben, dass die dann plötzlich zum Stammgast wurde. Na ja, eben halt für ein Sommer. Hab erst gedacht, die will nur Zigaretten holen, so wie immer, aber dann hat sie sich plötzlich gesetzt, zum ersten Mal seit immer ... Da war heißer Sommer, Ferienzeit. Und sie war trotzdem schick zugeknöpft, bis oben hin. Solche Leutchen kommen hier höchstenfalls mal nach 'ner feinen Feier als Attraktion auf 'nen Absacker rein. Die finden das witzig und glotzen die Stammgäste an wie die Zootiere. Dann bestellen die Korn und tun so, als wäre es Heroin oder so was. Die feinen Säufer. Und dann fummeln die noch an der Musikbox rum und wollen Schlager hören, geben viel zu viel Trinkgeld und torkeln zurück in ihre schickilacki Welt. Frau Tarpenbek kam für ein paar Wochen und wusste sich zu benehmen. Dann verschwand sie, und wie ich sie in der Zeitung gesehen habe, machte das einen Sinn. Da hätte ich mich auch ins nächste Loch verkrochen. Ich sachs ja, die Politik sollte man sich nich anmerken lassen, schon gar nich auf der Arbeit. Ich hab die Tarpenbek gemocht und auch nich. Wenigstens bin ich wohl die Einzigste, die die einmal ein bisschen was kennengelernt hat. Die hat sich aber auch echt zurückgehalten, so richtig im aktiven Wortsinn. Ganz gleich, wie neu du hier bist, nach drei Tagen kennst du hier alle schon ewig. Aber Frau Tarpenbek hat sich auf niemanden eingelassen, die hat ja nich mal ihren Vornamen gesagt. Die kam wirklich nur zum Trinken, Quarzen und aufs Klo gehen. Und manchmal hat sie was ausgefüllt, aber immer den Arm drübergehalten, wie diese Mädchen früher in der Schule, die sich für was Besseres hielten … Meine Fresse, hab ich die gehasst! Meine Tochter, die ist auch so eine. Hat nich mal Kinder gewollt. Die, die keine Kinder wollen, wollen auch ihre Eltern nich, wenn Sie mich fragen. Frau Tarpenbek und ich waren da eine Schicksalsgemeinschaft. Ein einziges Mal, da hat die Frau Tarpenbek nämlich etwas mit mir besprochen. Da wollte ich ja schon die ganze Zeit drauf hinaus. Also erst mal hat sie geweint. Tränen sind ja ein Türöffner. Früher Nachmittag war das, die Zeit, wenn hier am wenigsten los ist. Ich hab gerade Bestellungen gemacht und dann sah ich sie so zuckeln, so von hinten. Dieses Zuckeln, was passiert, wenn man das Losheulen unterdrücken will. Wenn ich das Zuckeln sehe, geht mir gleich die Pumpe auf, da kann ich mich nich zurückhalten, und deshalb bin ich zu ihr an den Tisch und hab sie einfach mal feste gedrückt. Total steif und knochig war die, wie eine Ballerina. Sie hat echt einen Schrecken gekriegt vom Angefasstwerden, ist dann aber ein paar Sekunden später in sich zusammengesackt und hat geschluchzt, so von der endlosen Sorte, also da hab ich geschnallt, die hat schon ewig nich mehr geheult. Da hab ich gesagt, sie soll's laufen lassen, einfach laufen lassen, so wie es kommt. Ist egal, wann es kommt, es muss eben halt laufen, und man darf nie die innere Glocke läuten. Einfach immer rauslaufen lassen, dann braucht man auch nich in die Klinik irgendwann. Im Trösten bin ich gut, da bin ich Frau, und sie hat mir dann auch den Kopf auf die Schulter gelegt. Das Süßelein. In meiner Meinung das zweitgrößte Kompliment, was man einem Menschen machen kann, sich von ihm mal so richtig durchtrösten lassen. Frau Tarpenbek hat irgendwann nur noch gewimmert und ganz leise dann kam raus aus ihr: Mein Sohn. Ich natürlich gleich nachgehakt, ob was Schlimmes mit ihm passiert ist. Da hat sie es fast rausgebrüllt mit einem Ton wie von einer Sirene, dass er sie nich mehr sehen will. Da hab ich dann aber so was von mitgeheult, weil ich das ja zu hunderttausend Prozent verstehe, wenn die Kinder einem nich mal mehr das Leben danken und einen allein mit sich lassen. Ich hab dann den guten Aquavit geholt und zwei Gläser, und dann, als es voller wurde, musste ich hintern Tresen und hab ihr das stehen lassen. Und irgendwann war sie weg und die Flasche leer. Hundert Euro hatte sie drunter hinterlassen, und ich habe sie dann nie wieder gesehen. Beziehungsweise doch, aber eben halt mit Balken über den Augen, in der Zeitung, und da stand ein anderer Name, aber ich hab die natürlich erkannt. Wer einmal an mir weint, den würd ich auch noch in hundert Jahren beim Zeugenschutz erkennen. Wir haben Frau Tarpenbek sowieso immer nur das feine Gespenst genannt. Ich kann mir nich vorstellen, dass sie so ein Unmensch war, wie das in der Zeitung stand, wobei, ich kann mir eigentlich alles vorstellen, Berufskrankheit. Vielleicht fragen Sie nochmal Holger, der hat sich ihren Spitznamen ausgedacht. Der hatte 'ne Schwäche für Frau Tarpenbek, der war vielleicht sogar ein bisschen in die verschossen. Das erstbeste Kompliment, was man einem Menschen machen kann, übrigens. So, ich muss jetzt wieder nach oben zu meinen Leutchen. Wenn Frau Tarpenbek nochmal auftaucht, geb ich Bescheid. Viel Glück noch bei Ihren weiteren Untersuchungen. Holger ist unter der Woche ab siebzehn Uhr da. Tschüssi, ciao, ciao.

Holger hier, vom Tresen. Fünfzig Jahre gereift. Moinsen. Das feine Gespenst, Christiane, hockte nie bei mir am Tresen. Immer nur am Tisch. Rücken zum Tresen. Schwierig beim Flirten. Ich flirte gern. Weil ich das ultragut kann. Vielleicht das Einzige, was ich ultragut kann. Aber Christiane war ein harter Brocken. Zugegeben. Früher kam sie nur Zigaretten holen. Da war sie mir schon ins Auge gestochen. Na denn, hab ich gleich gedacht, als sie dann mal saß, aber auch: lass die Finger davon Holger, könnt 'ne Irre sein, dann wieder:

ran da! Immer hin und her. Bis ich echt kirre war. Sexy Stress. Eben darum blieb ich dran. Holger voll angezündet. In die Kante kommen selten junge Frauen. Schon gar nicht die Hübschis. Ist auch besser. Ich grab lieber inkognito. Nach der Schicht am Albers-Platz. Aber Christiane war irgendwie geil. Ne Spießmaus mit dem gewissen Wahnsinn in den Augen. Sah ich auf den ersten Blick und auch, dass sie sich mit dem Trinken nicht auskennt. Voll süß. Aber auch beduselt wurde sie nie privat. Moment. Einmal doch. Hatte ihr ihren Silvaner hingestellt, und sie fragt so: Hast du Kinder? Und ich hab dann meinen Standardwitz gebracht: Ja, ich hasse Kinder. Da hat die nicht gelacht, hat kaum 'ne Miene verzogen und weiter Kette geraucht. Sie ist die Erste, die über den Spruch nicht gelacht hat. Frau mit Überraschungseffekt. Packt mich erotisch. Weil: lässt hoffen. Aber ich bleib auch vorsichtig. Mir laufen Frauen oft nach. Deshalb keine Verrückten mehr. Im Bett sind die 'ne Bombe, überall sonst aber leider auch. Bei Christiane war ich nie sicher, wie die tickt. Ich behielt sie easy auf dem Schirm. Sie wurde besser im Trinken. Lockerte überhaupt auf, und ich dachte, bald ist sie reif. Dann bekam ich die Sommergrippe. Zum ersten Mal wieder vierzig Fieber seit den Neunzigern. Zog sich. Ultrascheiße war das. War den ersten Tag wieder auf dem Damm und wollte auf einen Sprung in die Kante. Weil ich es zu Hause nicht mehr ausgehalten habe. Hatte das mit Christiane aber gedanklich verschoben. Wollte erst wieder trainieren. Die Grippe hat meine Muskeln plattgemacht. Ich sah aus wie mit zwanzig. Peinsam. Das Schicksal spielte mir in die Karten. Christiane fiel mir ultrabesoffen in die Arme. Schon vor der Tür. Ich hab sie nach Hause gebracht. Da, bei ihr, ist mir nicht weiter was aufgefallen. Doch. Da hat es gerochen. Wie in der Kante, ultrastark verraucht. Wäre ich nicht so lange krank gewesen, wär mir das vielleicht gar nicht so aufgefallen mit dem Geruch. Ich wollte das Fenster im Schlafzimmer aufmachen, aber sie hat meinen Arm mit beiden Händen festgehalten und mich böse angestiert. Heiß irgendwie. Dann hab ich sie gepackt und mit Fenster zu direkt beschlafen. Dachte, sie schreit dabei rum, und wollte deswegen alles zu haben. Aber nö. War nicht laut und auch sonst nicht magisch. Hatte ich ja drauf gehofft. War eher wie mit meiner Frau. Aber Reiz des Neuen kickte wie immer. Ich wäre bei Christiane gern weggeratzt. Hab dann aber die Pferde gesattelt. Mein Sohn hatte Einschulung. Meine Frau wäre ausgeflippt, wenn ich das verpennt hätte. Die war ja schon sauer, dass ich auf ein Pils in die Kante wollte. Meinte, das würde wieder bis zum Morgengrauen ausarten. Wo sie ja recht hatte.

Christiane hab ich nicht wieder gesehen. Das, was in der Zeitung stand, war richtiggehend ein Schock. So 'ne Aktion! Hätt ich ihr nicht zugetraut. Ultradämliche Aktion. Das kleine Mädchen hat doch genug durchgemacht. Ich würde darüber gern mal ein paar Takte mit Christiane reden. Aber jetzt hat sie sich ja in Luft aufgelöst. Ich hab Geld gespendet. An Pro Asyl. Hab ein bisschen gegoogelt wegen dem Mädchen und ihrer Familie. Wurden allesamt abgeschoben. Wofür Christiane ja jetzt nicht auch noch was kann. Bin aber dann eben dadurch drauf gestoßen und ins Nachdenken gekommen. Meine Frau fand das toll mit der Spende und meinem Interesse, und seitdem läuft es wieder besser zwischen uns. Könnte mir vorstellen, dass Christiane auch ins Nachdenken gekommen ist. Vielleicht ist sie irgendwohin, wo man das gut kann. Kloster, Kibbuz, so was in der Art vielleicht … Ach, hier, was mir bei Christiane noch aufgefallen war, da lag ein Zettel auf dem Küchentisch, und da stand ultrafett Herzlichen Glückwunsch drauf. Erkennbar aus ein Meter Entfernung. Hab natürlich nicht den Rest gelesen. War ja ihr Zettel. Hab nur schnell das Glas Leitungswasser ausgetrunken und bin weg. Herzlichen Glückwunsch. Tja. Weiß auch nicht, wahrscheinlich hat das keine Bedeutung. Vom Glückwunsch abgesehen. Tschüss denn.

So, Maschine läuft … Ich bin Yolanthe Ruprecht. Es geht mir gut. Über mich und Roland kann ich Folgendes mit Sicherheit berichten. Nichts. Also nun. Ich würde niemals Behauptungen aufstellen, die die Komplexität von Begehren betreffen. Ich kenne nur meine Wahrheit. Aber ich glaube nicht an sie. Schon über das eigene Begehren Auskunft zu geben bejaht im Prinzip Repression und Limitierung. Ich weiß nicht, was Liebe ist. Und es beschäftigt mich nicht. Nicht semantisch. Nicht syntaktisch. Lyrik deprimiert mich. Alles Poetische führt zu Sodbrennen. Ich liebe den Geruch von heißem Sägemehl, und ich beschäftige mich gern mit den Quelleigenschaften von Holz. So viel verrate ich über mich. Zum Zweck Ihres Eindrucks. Roland ist warm. Ein warmer Mann. So kurz, so gut. Ich habe Rolands Mutter nur einmal gesehen. Vor unserem Haus. Sie war stark geschminkt, teilweise war's verlaufen, weil sie stark schwitzte, und sie hat sich nicht als Mutter zu erkennen gegeben. Sie hat mich an einen Pierrot erinnert, auch von den Bewegungen her, so zeitlupenzappelig. Sprach mit großen Gesten von irgendeiner Hochzeit, als ginge es um Leben und Tod. Auf solche Frauen reagiere ich nicht weiter. Sie rauben sich selbst die Kraft für klare Gedanken. Sie wollte mir die Verantwortung für eine Karte übertragen. Roland sollte unterschreiben, und sie wollte sie dann am selben Tag wieder abholen oder am nächsten Morgen oder was weiß ich. Ich sagte ihr mehrfach, dass ich nicht weiß, wo er steckt und ob ich ihn heute noch sehe. Sie hat mich mit ihrer Art derart strapaziert, dass ich ihr verschwieg, mit ihm zusammenzuwohnen. Hier ins Viertel kommen ab und an Leute und suchen was oder wen zum Ankern, und ich dachte jetzt, das ist eben so eine. Eine, die eine Hochzeitskarte dabeihat. Und dann habe ich diese Frau wieder vergessen. Ich wäre nie darauf gekommen, sie könnte seine Mutter sein. Die war doch in meinem Alter und schon von sich selbst überfordert. Kurz hatte ich gedacht, die Frau sei eine schrille Verehrerin. Roland hat schöne Haut und hohe Wangenknochen, dunkle Locken, eine stürmische Melancholie, und er ist auf eine altmodische Art gütig. Man kann nichts gegen ihn haben. Selbst, wenn er nervt. Jedes vernünftige Mädchen würde ihn sofort heiraten wollen. Neulich haben drei junge Menschen einen kleinen Film über das Viertel gemacht. Ich denke, er lief online oder regional. Sie filmten bei einer Ausstellungseröffnung und pickten natürlich Roland aus der Menge. Baten darum, dass er sich vor eine bemalte Hauswand stellt und was erzählt. Ohne zu wissen, ob er was zu erzählen hat. Das war peinlich. Aber er hat es gemacht. Ich hatte ihm mit dem nötigen Ernst gesagt, er solle es nicht machen, es sei keine würdige Form. Eigentlich hört er auf mich. Die Eitelkeit aber ist eine nicht zu unterschätzende Antagonistin. Irgendwann bin ich ihn los. Dass er abhauen kann, wusste ich immer, und er weiß es jetzt auch. Wegen der Sache mit seiner Mutter. Mit ihrem Verschwinden hat er sicher nichts zu tun. Natürlich besteht die Möglichkeit, dass ich ihn als Person nur in Teilen erfasst habe. Ich bin kein Orakel, und ich habe keine Hinweise, Beweise. Ich muss nicht recht haben. Rechthaberei ist ein kranker Reflex und eine große Zumutung. Wenn jemand daran leidet, breche ich den Kontakt ab. Deshalb nur so viel von mir. Aus dem Stand. Das Verhältnis der beiden war in Ordnung. Distanz ist Entwicklung. Geburt Zufall. Sympathie Glück. Abschied mitunter ein Motor. Er kommt klar. Er ist ja nicht drei, sondern dreiundzwanzig. Sie sagten, es habe einen Vorfall gegeben, seine Mutter sei in der Zeitung gewesen. Eine Geschichte über sie sei verbreitet worden. Davon hat er nichts erzählt. Es ist egal, was in der Zeitung steht. Etwas nicht mitzubekommen ist Genuss, ist Konzentration. Ich bin beschäftigt, aber ich habe da diesen Brief, adressiert an Roland, mit dem Absender C. Tarpenbek. Das hatte ich noch nicht erwähnt. Ein paar

Wochen, nachdem Frau Tarpenbek hier aufgelaufen war, habe ich ihn wohl aus dem Briefkasten geholt, aber erst viel später zwischen lauter Rechnungen zwischen meinen Sachen wiedergefunden und dann vergessen, ihn Roland zu geben. Blöd, ich weiß. Erst durch Ihre Kontaktaufnahme bin ich wieder draufgekommen. Das war nicht korrekt, und es gibt keine gute Entschuldigung dafür. Deshalb lege ich Ihnen den Brief zu dem Aufnahmegerät. Den Brief von Rolands Mutter. Nicht die Karte. Die hatte ich ja abgelehnt. Sie war so hässlich und so traurig. Unerträglich traurig. Geben Sie ihm den Brief. Ich bitte Sie. Sagen Sie, irgendjemand hat ihn geschickt. Verursacht durch Ihre Recherchen. So ist es ja auch. Ich möchte mich nicht mit Roland auseinandersetzen. Ich denke, es ist besser, wenn ich also anonym bleibe und nicht bekannt wird, dass ich den Brief vergessen habe. Ich habe ihn ja nicht gelesen. Ich habe ihn nur vergessen. Machen Sie es gut. Ihre Yolanthe.

Diese überholte Elektronik gefällt mir. Gefällt mir richtig gut. Die Griffigkeit und das Gewicht. Und wenns klemmt, dann klemmts. Gibt es den Geist auf, kommt es in die Schublade und nicht in den Sondermüll. Wie schön. Ich muss einen Beutel Batterien wegbringen, fällt mir ein. Ausgerechnet das. Als gäbe es nichts Wichtigeres. Ständig vergesse ich den Beutel voll Batterien wegzubringen, der direkt neben der Wohnungstür steht. Seit Wochen ärgere ich mich schon darüber. Ich mag Ihre Methode, einfach erzählen zu lassen, was uns einfällt und bewegt. Im Vertrauen. Ein Genuss, darum gebeten zu werden, Last abzutragen. Zuletzt hatte mich darum eine Therapeutin gebeten, ich war neun Jahre alt und litt unter Panikattacken. Natürlich ohne Kenntnis des Wortes. Ich fürchtete den Eiermann, den Eismann und den Leierkastenmann. Alles, was sich dringend ankündigte, lange bevor es sichtbar wurde. Die Therapeutin brauchte nur eine Sitzung, um es herauszufinden. Sie hat gefragt, was los ist, und mich dann reden lassen. Das war mir bis dahin nicht passiert. Dieses Interesse ohne Limit. An meinen verknoteten Gedanken. Ich sollte nicht abschweifen, sonst muss ich noch die Kassette umdrehen und dabei geht meist etwas schief. Das will ich nicht riskieren. Mein Name ist Nil Rashad, ich bin bald zweiundvierzig, Schriftsteller, mache selten Sport, spiele höchstens mal Basketball oder nehme das Rad und würde mich trotzdem als einen kräftigen Menschen bezeichnen. Ich esse jeden Tag Zitrusfrüchte und habe niemals Kopfschmerzen. So ein ähnliches Diktiergerät habe ich auch mal besessen. Elf, zwölf muss ich gewesen sein. Das Gerät hatte ich in einem Schaufenster entdeckt, und da war sofort diese Magie zwischen uns. Ich war so jung, dass ich alles ernst meinte und davon überzeugt war, wenn ich es besäße, sei ich ein mächtiges Stück erwachsener. Es lag bei Elektro-Schüttler im Schaufenster, und ich ging jeden Tag hin, um es anzustarren. Der Laden lag an der großen Straße, der Hoheluftchaussee, eine Dreiviertelstunde von uns. Weiß nicht mehr, wie lange das so ging, aber die ganze Zeit war eiskalter Winter. Und es kam mir vor, als würde ein Teil meines Selbst dort bei Elektro-Schüttler im Warmen liegen. Ich streifte meine ganze tiefschürfende Einsamkeit ab und projizierte sie auf das kleine mattschwarze Ding. Plötzlich konnte ich vergnügt und oberflächlich sein, was meinen Mitschülern auffiel. Innerhalb eines Monats wurde ich beliebt. Das Gerät speicherte inzwischen meine Melancholie. Eine Weile funktionierte das, aber meine Sehnsucht nach dem Besitz wuchs sich aus. All der schöne Wahn hatte nichts genützt. So wurde ich aktiv und bettelte meine Mutter an. Sie sagte, es sei zu teuer, und fragte, wozu ich es überhaupt brauchen würde. Und ich brüllte und heulte: Um meine Gedanken aufzubewahren! Das überzeugte meine Mutter, oder sie wollte bloß ihre Ruhe haben. Die ersten Wochen benutzte ich es unentwegt, dann nicht mehr, aber ich nahm es noch überallhin mit, und irgendwann verlor ich das Interesse, wünschte mir eine Zahnspange oder eine Brille und begann, Gruselgeschichten zu schreiben, die überhaupt nichts mit mir zu tun hatten. Meine Mutter arbeitete bis zum Abend und dann war sie erschöpft und tat nichts, als Bücher voller Gedanken anderer Frauen und Männer zu lesen. Und sie schwärmte davon und war glücklich. Ihre Arbeit bestand darin, Produkte eines Kosmetikkonzerns zu retten. Aus der ganzen Welt wurden Tiegel geschickt – wenn Wasser aus den Cremes getreten war oder die Konsistenz in anderer Weise unvorhergesehen reagierte. Die Andersartigkeit der Klimazonen machte der Zusammensetzung zu schaffen. Eine Creme, der allein meine Mutter zu Weltruhm verhalf, zeigte sich in ihren Anfängen nur in Nordeuropa robust. Niemals wurde meine Mutter in der Firmengeschichte erwähnt. Dabei war sie eine Koryphäe, optimierte Rezepturen, egal für welche Ecke der Welt, denn sie besaß ein internationales Einfühlungsvermögen. Wer weiß, was aus ihr geworden wäre, hätten meine Großeltern ihr nicht das Abitur verboten. Sie verehrten die Nazis und sahen sich hinter zugezogenen Gardinen noch lange NS-Propagandafilme an. Meine Mutter wusste schon als Kind, dass sich das nicht mit ihrer Konsistenz vertrug, weshalb sie mit zehn Jahren ihren Eltern verkündete, wenn sie groß sei, würde sie einen Neger heiraten. Sie kannte nur diese rassistische Bezeichnung. Als sie meinen Vater, einen Ägypter mit einem beeindruckenden Afro, der auf Abenteuerreise durch Europa war, Anfang der Siebziger in einem Tanzlokal am Hauptbahnhof traf, wusste sie endlich, was Liebe war. So viel zu mir. Nun werde ich Ihnen behilflich sein, etwas herauszufinden, das Rolands Mutter betrifft. Nichts tue ich lieber. Für Roland springe ich ohnehin in die Bresche. Jederzeit. Er weiß das seit ein paar Tagen auch. Vorher war er immer bloß eifersüchtig, denn er hat dieses Problem namens Yolanthe und nennt es Liebe. Also werden wir konkret: Woran kann ich mich erinnern, was ist aufschlussreich? Das Erste, was mir an Roland auffiel, war sein Nachname. Der gefiel mir. Ist doch schön, zu heißen wie ein kleiner Fluss durch die Stadt, die einem vertraut ist wie sonst keine auf der Welt. Ich heiße auch nach einem Gewässer, mit voller Absicht meiner Eltern, die von ihrer Leidenschaft füreinander ergriffen waren – in der Phase der Namensfindung. Die Tarpenbek unterscheidet sich natürlich wesentlich vom Nil, dem größten Fluss der Erde. Die Tarpenbek ist ein Bach, der in Hamburg in Ochsenzoll beginnt und dann bis unter den Flughafen Fuhlsbüttel verläuft. Das könnten Hinweise sein, wäre die Geschichte ein Märchen und das Verschwinden von Christiane Tarpenbek keine ernstzunehmende Angelegenheit. Es gäbe Spielraum für Fantasie, und einige Namen wären kein Zufall … Die Geschichte könnte am Flughafen beginnen oder enden. Hauptsache zufriedenstellend in der Auflösung. Wofür würden Sie sich in diesem Fall entscheiden? Und womit könnten alle gut leben? Ein offenes Ende vielleicht …? Nein, nein, das halten viele nicht gut aus, das ist nicht so beliebt, und ich will beliebt sein … Wir könnten eine Figur durchdrehen lassen … Identitätsverlust und Neubeginn in der Kurve. Aber ich wäre auch auf das Mitgefühl der Leserschaft aus. Dafür bräuchten wir Sympathieträgerinnen mit Brüchen im Charakter. Widerspruch … Leila Voss? Ich komme nicht über Ihren Namen hinweg. Sind Sie auch so ein Halbblut? So nannte mich eine Kindergärtnerin mal. Erst dachte ich, das sei cool – wegen Winnetou. Heute weiß ich, es war giftig. Aber wer will schon sein Deutschsein verteidigen? Das ist abstoßend. Meine Sehnsucht nach dem Orientalischen bedeutet Sehnsucht nach dem Vater. Folkloristische Sehnsucht eines Kindes. Nächste Saison veröffentlicht das Kind einen Roman. Ich mache das unter meinem richtigen Namen, Nil Rashad. Deutscher Schriftsteller. Was sollte es, den üblichen scheinbaren Widerspruch zu relativieren, um meine Identität namentlich auf den Punkt zu bringen. Als Nil

Voss zum Beispiel oder Nils Rashad … Das Buch findet vermutlich so oder so kaum Beachtung. Vermutlich sogar mit Recht. Denn ich habe es in wenigen Tagen und Nächten geschrieben. Es kommen ausschließlich Deutsche darin vor. Auf einem Segelboot vor der Küste Sardiniens. Am Ende sind alle sieben tot. Und alle haben miteinander geschlafen. Männer und Frauen. Das Buch ist echt beschissen, liest sich aber gut weg … Ich hatte da noch ein anderes Exposé und auch schon dreißig Seiten geschrieben, um es bei einem Wettbewerb einzureichen. Hab ich aber für mich behalten. Zu guter Letzt. Es geht um ein konservatives Rentnerpaar in Finkenwerder, das sich auf die alten Tage nach einigem Hin und Her überwindet, einen Flüchtling aufzunehmen, und dem gegenüber eine WG in St. Pauli, die dasselbe tut, und dann läuft es bei den Spießern unerwartet gut, und in der WG geht es erst mal total nach hinten los, weil alle sich zu sicher waren, befreit drauf zu sein – aber am Schluss haben natürlich alle was gelernt und so weiter und so fort. Nur kam mir das irgendwie ausgelutscht vor, als da so eine Doku zur Sache in der Glotze lief, und ich hab gewusst, dass sowieso irgendwer diese Geschichten aufschreiben wird, und das ist ja auch schön und gut so. Habe gedacht, sollen sich mal andere daran abarbeiten, die eine Vision haben und nicht bloß ein Thema, und ich mach was, das auch ohne politischen Mehrwert spannend ist, und habe mich für den Thriller entschieden, weil ich da auch überhaupt keine großen Erwartungen habe. Also an mich selber und bezüglich der Pressereaktionen. Was soll's! Mir gefällt das Autorenfoto, das der Verlag ausgesucht hat. Mein Vater wurde einmal festgenommen, und das Erste, was ihm einfiel, als meine Mutter ihn im Gefängnis besuchte, war das Foto in der Zeitung, also ob er gut drauf aussehen würde. Eine gute Geschichte. Weil sie für Vergnügen sorgt. Vergnügen über die Eitelkeit meines Vaters, die immer größer war als alles andere. Mir tun alte eitle Männer so wahnsinnig leid, ich will die immer trösten und weiß nicht warum, eitle Frauen hingegen erscheinen mir immer besonders stark, auch eitle Transen und Schwule, aber alte eitle Heterotypen stehen für die Zerbrechlichkeit des Universums, und es ist unmöglich, sie zu beschützen.

Um eitel zu sein, muss man nicht gut aussehen, natürlich nicht, ich kann von mir nicht sagen, ob ich gut aussehe, ich kann mich nur beschreiben in der Art einer Vermisstenanzeige aus dem Radio: Ich bin einen Meter und achtzig, braunhäutig und mandeläugig, das habe ich oft gehört, und als Kind dachte ich, das klingt, als hätte ich Süßigkeiten im Gesicht. Bekleidet bin ich mit einem schwarzen Wollpullover, grauen Jeans und einer olivgrünen Mütze. Keine Schuhe. Die nackten Füße liegen auf dem Küchentisch. Yolanthe mag das nicht, außer, ich würde mir die Füße rasieren. Sie war die erste Person, die mich nicht ein einziges Mal nach meiner Herkunft gefragt hat. Selbst, nachdem ich hier eingezogen war und wir etwas miteinander anfingen. Das ging so lange, bis ich selbstbefindlich auf meinen ägyptischen Vater zu sprechen kam. Roland kennt seinen Vater nicht, er weiß nichts von ihm. Nichts. Seine Mutter habe ich nur einmal gesehen. Ich habe mitbekommen, was sie getan hat. Angeblich getan hat. Ich habe sie in der Zeitung wiedererkannt, obwohl ich sie erst einmal gesehen hatte. Da war sie hypernervös und übertrieben geschminkt, regelrecht angemalt, fast wie ein Transvestit. Wäre sie nicht so klein und schmal, hätte ich das glatt gedacht. Letzten Sommer auf unserem Hof. Sie hat einen bleibenden Eindruck hinterlassen, obwohl ich nicht einmal wusste, dass es Rolands Mutter war. Sie war aufgekratzt, wie auf Kokain, dabei aber vollkommen unsicher. So eine Person, der man entweder eine knallt oder sie fest in den Arm nimmt – ohne dritte Möglichkeit. Roland hat vor einigen Nächten über alles mit mir gesprochen, er kam in mein Zimmer und legte los, wie ich als Kind bei der Therapeutin. Wir haben dann den Ledaig ausgetrunken und zusammen geweint. Yolanthe stand plötzlich in der Tür und hat nicht mal gefragt, was los ist. Wer weiß, wie lange sie da stand. Vermutlich nicht lange, Roland ist auf sie fixiert … Er hätte sie sofort bemerkt. Sie hat eine Tüte Marshmallows ins Zimmer geworfen und gesagt, viel Spaß noch, sie würde die Nacht im Atelier verbringen. Roland und ich haben dann in einem Bett geschlafen. Ich lag auf dem Rücken und er auf der Seite, und er hat mich im Schlaf so fest umarmt, dass ich davon aufgewacht bin. Ich habe gehofft, dass Yolanthe zurückkommt und uns so sieht, und bin dann sofort wieder eingeschlafen. Ich habe Roland vorm Einschlafen so beim Wegdösen gesagt, dass er von Yolanthe loskommen müsse, und er murmelte, das sei ausgeschlossen, ihre Distanz halte ihn lebendig. Am nächsten Morgen lag ich alleine im Bett und hörte Roland in der Wohnung rumschlurfen. Er kam dann in mein Zimmer und bat darum, dass ich ihm etwas Belletristisches vorlese, damit er noch ein bisschen schlafen könne. Ich habe mir Kaffee gemacht und ihm in der Küche bis zum Abend *Sieh doch die Harlekins!* von Nabokov vorgelesen, weil ich das gerade angefangen hatte. Er, im Schaukelstuhl, hörte mit geschlossenen Augen aufmerksam zu, lächelte dann und wann und schlief nicht eine Minute. Wo Yolanthe den ganzen Tag war, weiß ich nicht, ich habe sie nicht mehr gesehen und bin gegen acht mit Freunden ins Carmagnole. Roland wollte nicht mit. Er schaltete den Nachrichtensender ein, weil um die Zeit nur noch alter Jazz lief. Weitgehend unkommentiert. Ich dachte, damit kann ich ihn wohl alleine lassen … Ich wünschte, ich wäre aufmerksamer gewesen, als ich Christiane Tarpenbek das eine Mal begegnet bin. Ich ärgere mich, dass ich gar nicht mit ihr gesprochen habe, sondern nur neben Yolanthe stand und mein Telefon bearbeitet habe, als sie mit ihr gequatscht hat. Aber ich wusste ja auch nicht … Nun … Ich dachte so was wie: Frau mit traurig starren Augen, die sich bemüht, ein Lächeln aufrechtzuerhalten, um so zu tun, als sei alles bestens. Aber vielleicht ist das jetzt bloß meine Fantasie zum Thema. Passend gemachte Erinnerung eben … Ich glaube, ich habe dann mit meiner Pressefrau telefoniert. Es war auf jeden Fall ein wichtiges Gespräch, und ich bin weggeschlendert. Und danach war Rolands Mutter auch schon wieder verschwunden. Ich war gnadenlos egozentrisch in der Phase. Wochenlang überbeschäftigt mit der Veröffentlichung meines Romans. Dabei fand ein Drama nur ein Zimmer weiter statt. Irgendwann ekelte mich meine narzisstische Erwartungshaltung nur noch an, und ich bekam auch endlich wieder was mit. Roland hat mir neulich auch erzählt, dass seine Mutter süchtig und manchmal ganze Vormittage mit dem Rubbeln von Losen beschäftigt war. Dass sie ihn nur dann in Ruhe ließ. Deshalb brachte er ihr als Kind immer welche mit. Von seinem Taschengeld, oder er klaute die Lose, wenn der Kiosktyp an der Eistruhe zugange war. Was das wohl zu bedeuten hat? Ich würde gerne die ganze Geschichte kennen. Erzählen Sie uns die Geschichte bis zum Ende. Ich bitte Sie! Wenn Sie es nicht tun, dann tue ich es selbst. Ich könnte sofort anfangen. Ich habe gerade Zeit und öffne schon den Laptop. Ich werde nur wenige Tage und Nächte brauchen. Laila Voss oder Nil Rashad. Was meinen Sie?

DRITTER TEIL

RHINOZEROS I

Christiane begann den ersten Tag der großen Ferien mit dem Rauchen mehrerer Zigaretten im Bett. Hintereinander weg gleich drei, und bevor sie sich die vierte ansteckte, schaute sie durch das fest verschlossene Fenster zum Hof, legte die flachen Hände auf die Scheibe, presste ihr Gesicht seitlich drauf, erfreute sich an der Kastanie mit einem Lächeln und holte tief Luft. So war alles gut. Rauchen nach Lust und Laune, die kleine Natur zwischen den Häusern betrachten und sich dann den ganzen Tag zu Hause verkriechen.

Christiane wusste, kaum etwas an diesem Vorsatz war stimmig – er klang nach Lerke oder einer ihrer Romanheldinnen. Eigentlich entsprach nur die Lust aufs maßlose Rauchen der Wahrheit. Was sie sonst noch erfreute, erinnerte sie nicht. Also eben rauchen.

Sie hatte noch nie versucht, das Rauchen aufzugeben, der Tod war ihr vollkommen egal – dann wäre es endlich vorbei. Den Willen zum Aufhören zu bekunden war, neben dem Interesse an fleischloser Ernährung und Fußball, nur eine weitere Lüge, um das Geplauder im Lehrerzimmer zu erledigen. Das Rauchen aufgeben zu wollen war ein Thema, das allen ein wenig Sympathie für sie entlockte.

Ihr früher Tod würde keinen besonderen Eindruck bei den Kollegen hinterlassen, da war sie sicher, es ging bei diesen Gesprächen gegen das Rauchen nur um Einhelligkeit. Christiane war das recht, denn Gleichheit war leicht vorzutäuschen. Niemand überprüfte das Ja und Amen. Man fiel nur auf, wenn auffiel, dass man aus der Art schlug, und das zu vermeiden forderte ihr einiges ab.

Christiane hatte unmittelbar nach dem Wechsel aufs Gymnasium begriffen, dass sie niemals jemanden treffen würde, der genauso tickte wie sie, und dass das, was Individualität genannt wurde und den meisten ein Grund zum Feiern war, in ihrem Fall die Last war, die sie zu tragen hatte. Damit ihre Andersartigkeit nicht aufflog, musste sie sich normal verhalten, was leicht war, da es dafür genug Regeln gab, besonders für Mütter.

Mühevoller war es, dafür zu sorgen, dass niemand sich für sie zu interessieren begann und sie besser kennenlernen wollte, ohne dabei Feindseligkeit heraufzubeschwören – der Supergau gesteigerter Aufmerksamkeit.

Perfektioniert hatte sie sich hintenherum durchs Leben geschoben, mied Alkohol und andere Drogen, Tee, Kaffee und Schokolade konsumierte sie maßvoll, sie bräunte sich nie und trainierte auch nicht ihren Körper, blieb von schmaler Gestalt, geizte mit Reizen, trug die Haare zusammengesteckt und nur eine mattierende Gesichtscreme, war eine hingebungsvolle Mutter und fleißige Lehrerin von bescheidener Natur. Christiane meisterte ihr Schattendasein mit Eins plus, und das allein machte sie stolz und manchmal glücklich.

Eine Abweichung irritierte seit einer Weile dennoch ihr System. In keinem Moment war sie von ihrem Verhalten abgewichen, und trotzdem hatte sich jemand an ihr entzündet. Ganz ohne ihr Zutun belästigte sie ihr Nachbar Egon Dittmers neuerdings mit Interesse. Zweifellos triebmotiviert wirkte er nicht, als würde er sich aufhalten lassen. Ein Fluch, dieser sozialinvalide Rüpel. Eigentlich hatte sie ihn für ein durchweg berechenbares Männlein gehalten, das sich eher für einen simpleren Frauentypus begeisterte … Seine Ex, Doris, war so eine fleischige Dampfplaudertasche gewesen, sie hatte den Dittmers mit ihrem Existieren völlig übertüncht. Vor einer Weile hatte sie ihn verlassen, und sein Arbeitsplatz war ihm wohl auch irgendwann abhandengekommen.

Christiane hatte nie etwas anderes getan, als die unscheinbare Frau von nebenan zu sein, und trotzdem war sein Interesse an ihr mutiert und hatte sie gegenwärtig zum Universal-Substitut befördert. Wenn Egon Dittmers seinen Mangelzustand nicht selbsttätig behob, musste sie einen Weg finden, ihn mitsamt seinem Mangelzustand loszuwerden, auch wenn es ungesetzlich war.

Ihr erschien dieser reflexhafte Gedanke durchaus nicht verfehlt, und ein paar Minuten später begann sie ernsthaft darüber nachzudenken. Das volle Sparkonto kam ihr in den Sinn – mit einem Haufen Geld konnte man unerlässliche Verbrechen in Auftrag geben. Notfalls würde sie jemanden bezahlen, um wieder das übliche Leben führen zu können, sinnierte sie in Erinnerung an die Mafiafilme, die Roland als Teenager auf Video angesehen hatte.

Manchmal konnte ein zunächst als lächerlich eingeordnetes, winziges Störelement das große Ganze ins Wanken bringen. Die diffizile Organisation schließlich sogar zum Erliegen bringen. Wie ein Splitter im Fuß eine Blutvergiftung und unbehandelt das Ende vom Organismus …

Egon Dittmers. Einfach gestrickt, aber hochdynamisch. Ein Keiler im kurzärmeligen Karohemd. Ein Kerl auf der Jagd lasse sich nicht durch Flucht abbringen, eher würde ihn das Fliehende noch aufpeitschen, hatte ihr die Großmutter mit auf den Weg gegeben. Sie solle sich demjenigen aber deshalb nicht hingeben, sondern ihn austricksen, bei Laune halten, bis er seine Begierde wieder auf ein anderes Frauenzimmer abgerichtet habe. Selbst wenn es der eigene stinkende Ehemann sei.

Christiane war bis hierher nie derart in das Visier eines Mannes geraten, sie war selten und niemals ohne ihre Freundin Lerke ausgegangen, und am Arbeitsplatz gab es immer eine Referendarin oder bedürftige Kollegin, die die Brüste hoch, den Hintern raus oder die Haare offen trug.

Die unstillbare Eitelkeit der anderen Frauen war ein beruhigender Gedanke. Beachtung war nichts, das Christiane gut aushalten konnte – auch nicht die asexuelle Variante von Beachtung. Alle blieben ihr so weit höflich vom Leib und lasen die Signale richtig. Nur Direktorin Klüwert unternahm pro Halbjahr einen Annäherungsversuch. Christiane wähnte, sie habe einen Antennenschaden oder sehe sich als Schulleiterin gescheitert, wenn sie nicht mit allen ein wenig professionell vertraut war.

Weder angenehm noch unangenehm aufzufallen erforderte einiges an Aufwand und würde Christiane für den Rest ihres Lebens ausfüllen. So hatte sie es geplant.

Die Sommerferien wurden ihr diesbezüglich immer etwas lang. In den vier Wänden war ja niemand, um den sie sich herumdrücken konnte. Und beim Dittmers waren längst alle Dämme gebrochen. Ihr raste deshalb das Herz vor Wut, bloß wenn sie seinen Wasserhahn laufen hörte, und manchmal vermisste sie das Aufdrehen des Hahns und befürchtete, dass er direkt hinter ihrer Schlafzimmerwand, zum Zweck seiner Erregung, in das Küchenbecken pisste. Das war ihm zuzutrauen, dass er so seine perverse Sexualität pflegte. Er war ein Fuchs, der sich von Berufs wegen mit Strafbarkeit auskannte.

Er hatte sich einmal mit einem Zwinkern bei ihr erkundigt, ob sie sich von seiner nächtlichen Senfaufbereitung gestört fühlen würde, da ihr Schlafzimmer direkt hinter seiner Küchenwand liege. Sie hatte keine Ahnung, woher er das so genau wusste, und sie hatte verneint und nichts weiter dazu gesagt.

Unbesonnen wuchs ihr die Lust, Anzeige gegen ihn zu erstatten, gegen seine Existenz als solche. Natürlich kam ihr in den Sinn, dass das ohne einen politischen Kontext nicht machbar war. Eine Beschwerde bei der Hausverwaltung würde trotz oder gerade wegen seiner auf sie gerichteten Empfindungen einen Krieg heraufbeschwören, und Krieg mit einem Nachbarn bedeutete für Christiane die größte vorstellbare Intimität mit einem Nachbarn.

Vielleicht sollte sie doch einmal eines seiner Senfgläschen annehmen, um ihn zu befrieden, und da fiel ihr ein, dass Lerke sich einmal verächtlich über Dittmers geäußert und ihn unter »solche Widerlinge« subsumiert hatte, also musste sie sich auskennen mit solchen Widerlingen – sie kannte sich mit Anhängern schlechter Qualität aus. Doch der Kontakt zu Lerke, ihrer einzigen Freundin, war abgebrochen, ohne dass Christiane dafür eine Erklärung fand.

Lerke fehlte ihr mitnichten als gute Gesellschaft, in hohem Maße vermisste sie sie als Schutzschild bei aushäusigen Unternehmungen, und jetzt bräuchte sie zudem tatsächlich zum ersten Mal Lerkes Rat. Dass es einmal so weit kommen konnte.

Lerke, groß, schlank, mit gesundem blonden Haar und einem Puppengesicht ausgestattet und eine berühmte romantischversaute Autorin, die perfekte Tarnung also für einen ernstgemeinten Menschen.

Lerke hörte niemals zu, fragte nach nichts, schwatzte ohne Blickkontakt und ohne Ende von sich und anderen Banalitäten und gab sich in allen Situationen prächtig amüsiert. Sie war ein

Unterhaltungs-Perpetuum-Mobile, eine Oase des Desinteresses. Die perfekte Busenfreundin, da Christiane nicht von Problemen belästigt werden mochte. Auch nicht von den eigenen. Es hatte nie einen dringenden Anlass gegeben, sich auszutauschen. Bis jetzt.

Die Meute war aufgewacht und raste auf sie zu, bisher nur in Gestalt eines Nachbars, unheilvoll genug, da er der räumlich Nächste war, sie beide teilten sich das Stockwerk – und ihr einziges verbliebenes Familienmitglied agitierte sie nicht weniger absolut in entgegengesetzter Richtung.

Der eine kam immer näher, der andere hatte sich aus dem Staub gemacht, und es würden weitere nachfolgen, sie konnte es spüren, hörte schon von weit her die Sirenen.

In jedem Kind steckt ein kleiner Dämon, den es zu bezwingen gelte. Wer hatte das noch gesagt? Ach, ihre Mutter. Warum dachte sie jetzt an die, an die dachte sie doch nie, und sie fragte sich nun sogar, ob ihre Mutter noch lebte. Christiane beendete den Gedankengang mit dem Ergebnis, man hätte sie beim Tod der Mutter wohl informiert. Ob es wohl eine Stelle gab, an die man sich wenden konnte, um in diesem Falle nicht informiert zu werden?

Ob Roland diese Dienstleistung auch in Anspruch nehmen würde? Von der Information über ihren Tod nicht belästigt zu werden. Nein, so einer war er nicht. Sie war so eine. Sie schon. Ihr lieber Sohn hatte seine düsteren Gedanken mit ihr teilen wollen, und sie hatte so getan, als habe sie nichts gehört, und ihn damit alleine gelassen. So eine war sie. Aber es war besser so. Besser für alle. Auch wenn er es ihr nun bis ins Grab übelnehmen würde.

Wenn er selber einmal Kinder hätte, würde er das verstehen, da war sie sicher. Hoffentlich bekam er bald schon ein Kind, ihretwegen auch mit so einer politisch verlotterten Krawall-Frau aus seiner Wohngemeinschaft, wenn es denn nicht anders möglich war. Dann würde er seine Mutter verstehen …

Wenn es nach ihr gegangen wäre, hätte Roland aber überhaupt niemals ausziehen müssen. Bis an ihr Ende hätte sie nichts Neues mehr erleben müssen. Roland hatte ihr einen Strich durch die Rechnung gemacht und den Nachbarn durch seine Abwesenheit aufs Heftigste provoziert. Dittmers hielt sie nun natürlich für ein leichtes Opfer. Der Dämon war entfesselt. Dabei hatte sie sich so bemüht, eine perfekte Mutter zu sein. Und Lerke, die sie zum Schein immer maßlos bewundert hatte, dankte ihr diesen Aufwand nun auch nicht mehr.

Christiane sah Lerke nur noch im Internet und ständig im Fernsehen – sie tingelte durch Talkshows mit einem weiteren albernen Buch, das für noch mehr Aufsehen sorgte. Weil es das Ausländerthema aufrollte. Was für eine Ranschmeißerei. Typisch Lerke! Dabei war sie eine Freizeitrassistin, schon nach wenigen Gläsern Weißwein haute sie in Haukes Abwesenheit pralle Sprüche heraus wie sonst nur über Penisse, und als sie mit siebzehn auf dem Kirschblütenfest an der Alster mit einem Iraner Petting in den Büschen gemacht hatte, durfte Christiane das niemandem erzählen. Damals wartete sie, wie erbeten, bis zum Sonnenaufgang auf Lerke, damit sie zusammen den ersten Bus nehmen konnten – dabei hatte Christiane ihre Jacke verloren und war wiederholt von zwei Schwänen angegriffen worden, die ihren Nachwuchs ohne Not verteidigten.

Nun aber erzählte Lerke als Julika Lee im Zuge der Buchwerbung in jedem zweiten Interview stolz, sie habe mit siebzehn einmal kurz einen arabischen Freund gehabt, obwohl Iraner gar keine Araber sind.

Ihren Sohn zu googeln vermied Christiane, so weit würde sie

nicht sinken, da würde sie andere Wege finden … Da er aber nicht mehr mit ihr redete, brauchte sie natürlich einen Vorwand zur erneuten Kontaktaufnahme. Eine Krankheit vielleicht, aber sie hatte da nur diese Sache am Zeh, diese Schwellung. Ansonsten fühlte sie sich wie ein junger Stier, egal, wie viel sie rauchte, die Fitness ließ nicht nach, dabei geschähe es Roland recht, wenn er sich um sie kümmern musste, musste! Wer muss, der kann.

Immerhin wusste sie ja, wo er wohnte. In diesem Viertel. Sie verstand nicht, wieso er aus der lichtdurchfluteten Vier-Zimmer-Wohnung mit zwei Balkonen zum Ausklang seiner verkehrsberuhigten Kindheit dorthin gezogen war, in eine Art nordeuropäische Favela für selbstgewählte Armut und ketzerische Kultur, unter Idealisten außer Rand und Band, vermutlich auch sexuell. Ja, wo würde das denn hinführen, wenn sich das alle gönnten?

Jetzt lebte Roland egoistisch dieses Leben, und vergeblich hatte sie darauf gehofft, dass er bald schon als hilfesuchendes Drogenwrack zurück über ihre Schwelle kriechen würde. Er wollte nicht mal mehr ihr Geld, hatte ein neues ihr unbekanntes Konto eröffnet, weil sie die Zahlungen nicht, wie gewünscht, eingestellt hatte.

Auch sonst erwartete niemand während der großen Ferien etwas von ihr, niemand, außer Dittmers. Vielleicht gab sie sich ihm irgendwann doch hin und sprang dann endlich vom Balkon. Aber bis dahin war ja noch ein wenig Zeit. Und vielleicht musste es doch nicht unbedingt der Dittmers sein, der sie ins Aus beförderte.

Sie hatte ihr Studium vollendet und war Grundschullehrerin ohne Tadel, bei ein paar Kindern sogar beliebt, hatte eines großgezogen und ihre Wohnung immer sauber gehalten. Nun konnte sie mit gutem Recht die Dämme brechen lassen und dann ins Feuer gehen oder ins Wasser oder eben auf dem Asphalt aufschlagen, eine sanfte, fast zärtliche Vorstellung. So sollte es enden. Vorausgesetzt, sie schaffte es nicht, die alte Ordnung wiederherzustellen.

Von ihrem Leben war nicht mehr übrig als eine klassische Rechnung. Ob alles aus war, würde sich bis zum Ende der Sommerferien herausgestellt haben. Ob, ob, ob. Sie hatte nichts mehr, außer … Die perfekte Deadline.

Eins folgte aufs andere. Eins aufs andere.

Es begann genau jetzt. Es begann.

Strategisch aufgerichtet zündete Christiane sich die nächste Zigarette an und beschloss, danach noch eine zu rauchen und dann das letzte Stück Kaisersülze aus dem Kühlschrank zu holen, um es im Bett direkt aus dem Pergament zu essen, was sie noch nie zuvor getan hatte. Alles anders machen. Alles machen.

Denken, denken musste sie, denken … Und schon erwog sie, die Deadline auf die nächste Stunde vorzuverlegen, so sehr hämmerte der Gedanke ans Denken hinter ihrer Stirn.

Erinnern, erinnern musste sie sich, nur erinnern, erinnern wie träumen, wie fallen, ohne Ziel. An die letzten Gespräche mit Roland, zu denen sie wohl nicht ihre monologischen Kurznachrichten zählen konnte.

Sie hatten noch einmal auf dem Küchenbalkon zusammen geraucht. Er hatte darum gebeten. An der frischen Luft zu rauchen. Er sie.

Dann hatten sie geraucht. Wortlos geraucht. Die ganze Zigarette über kein Wort. Und sie hatte sich nichts dabei gedacht. Aber es war auch möglich, dass er ihr irgendwann gesagt hatte, was es mit seinem Verschwinden auf sich haben würde. Gut möglich, dass er ihr ein Ultimatum gestellt oder eine Beschwerde formuliert hatte.

Vielleicht hatte sie in die Wolken geschaut und darin etwas entdeckt, eine Figur, ein Gesicht, nein, kein Gesicht, es war, es war … Ach ja, es war ein Rhinozeros gewesen, jetzt erinnerte sie sich beinahe mit Freude. Und ja, wenn sie an das Rhinozeros dachte, es vor Augen hatte, konnte sie Rolands Stimme hören, dann ging es … Verschwand das Rhinozeros, verschwand auch die Stimme. Sie konzentrierte sich auf das Rhinozeros, und bevor es zerfiel, hatte Roland etwas zum Thema Abstand formuliert, und sie hatte auf die Wolken gezeigt und gesagt, sieh nur, ein Rhinozeros, schnell guck hin, es zerfällt schon in zwei Richtungen.

Vielleicht hatte er den Kopf geschüttelt und so etwas gesagt wie: Ja, Christiane, dann erfreu dich daran, aber ich werde jetzt gehen, mach's gut. Das war's!

Er hatte »mach's gut« gesagt, nicht »auf Wiedersehen«. Aber das sagte er ja nie, er war ja ihr Sohn und nicht der schreckliche Mann vom Kiosk, dieses lüsterne Rumpelstilzchen.

Roland hatte sich unter den üblichen Umständen immer mit »auf bald« verabschiedet, »bis dann« oder »ich meld mich« oder »wir sehen uns«. Nichts davon hatte er beim letzten Mal gesagt, erst lange nichts, und dann: »Mach's gut.« Leise und böse, entschieden böse, nicht bedauernd, zögerlich, eher wie jemand, der dann jemanden umbringt, erschießt, kaltblütig.

Ach, der Kleine.

Gutmachen sollte sie es nun also. Aber wie machte sie es gut?

Vielleicht musste sie sich mit ein paar Menschen einlassen, um es herauszufinden. Im Gespräch. So machte man das. Aber wie fingen diese Gespräche an? Guten Tag, ich heiße Christiane Tarpenbek, und mein Sohn will nichts mehr mit mir zu tun haben, würden Sie bitte ein Gespräch mit mir darüber führen? Jetzt gleich! Nein, das war nicht möglich, so viel sozialen Verstand hatte sie. Aber an einem Ort, wo die Regeln der Distanz aufgehoben waren, dort könnte sie sich möglicherweise so verhalten. Was für ein Ort konnte das wohl sein?

Zum Zigarettenerwerb kehrte sie einmal am Tag in die Kneipe am Ende der Straße ein. Die freundliche Ignoranz dort war angenehm. Christiane wechselte am Tresen einen Zehner, um ein paar Minuten in der Kneipe verweilen zu können. Da war diese Ruhe, dieses Außen-vor-Sein.

Sie könnte mit dem Trinken anfangen. Sie würde es schaffen, genauso, wie sie es geschafft hatte, das Trinken ihr Leben lang zu unterlassen, bis auf den einen Champagner vor Rolands Zeugung natürlich. Aber sonst!

Diese Personen im Kiosk, die wussten gar nichts. Die redeten nur Unfug, obwohl sie nüchtern waren, und immer zogen sie über andere her, über alle, die nicht sie selber oder anwesend waren. Im Kiosk gab es immer ein aufgedrängtes Schwätzchen mit irgendjemandem, der dann befriedigt darüber war, ohne ihre Qualen zu bemerken. Früher hatte sie sich dort als etwas Besseres fühlen können, was ihr jetzt nicht mehr gelang. Rubbellose bekam sie auch am Bahnhof, wo sie nicht nur keinen Namen hatte, sondern auch kein Gesicht.

Die mattsilbrige Substanz der Loskarten, die sich mit sanftem Druck beiseiteschieben ließ, bewahrte Christiane in einer Pyramiden-Schatulle auf. Ein Mitbringsel von Lerke von einem Tauch-Urlaub in Ägypten vor langer Zeit. War die Schatulle voll, lief sie damit früh am Morgen zu Fuß an die Alster, mietete ein Tretboot, verstreute die Substanz wie Asche auf dem Wasser und dachte an ihre Großmutter, die nie eine Seebestattung bekommen hatte, obwohl sie ihr als Kind von diesem Wunsch erzählt hatte, kurz bevor der Großvater sie mit dem Trecker überfahren und dann beim traditionellen Feuer noch am selben Tag in einem Leinensack verbrannt hatte.

Lange galt sie als vermisst und wurde dann vom Großvater offiziell für tot erklärt, damit er endlich trauern konnte, wie er sagte. Damals, in Finkenwerder, wo sie alle Ferien verbracht hatte und sie nach der Trauerfeier mit der Dorfschlampe ihre erste Zigarette geraucht hatte.

Weil der Großvater ein fleischiger Dämon war, hatte Christiane für sich behalten, was sie wusste, und nur wenn sie die Silberasche auf der Alster verstreute, dachte sie zurück und nahm Abschied.

Ihre Großmutter war immer gut gekleidet gewesen und hatte die Arbeit auf dem Hof gehasst. Sie hatte Christiane geraten, etwas zu studieren und sich niemals zu binden, aber ein Kind zu gebären, weil eine Frau erst dadurch eine Frau würde, das sei eben so. Das hatte sie nicht verstanden, aber geglaubt.

Die Großmutter hatte das sofort bemerkt und war deshalb konkret geworden, wie in dieser Sache vorzugehen sei, was gut für Christiane war, da alles, was eine genaue Anweisung enthielt, eine entspannende Wirkung auf sie hatte, wie sonst nur der erste Zug aus einer Zigarette.

Die Großmutter hatte gesagt, dass es ein Mann sein sollte, der ihr nichts weiter wolle und könne, ein Ausländer auf der Durchreise vielleicht, im besten Fall ein schöner Ausländer mit vollem dunklen Haar und in einem Anzug aus gutem Material – und mit guten Schuhen, die Schuhe würden viel über den Charakter eines Mannes aussagen.

Da hatte Christiane an die schmutzverkrusteten Gummistiefel des Großvaters denken müssen, und die Großmutter hatte weitergeredet, sie dürfe niemals über die Angelegenheit sprechen, es gäbe so viele Dinge, die müssten Frauen einfach tun, ohne jemals ein Wort darüber zu verlieren.

Christiane kaufte sich Anfang der neunziger Jahre kurz nach

dem Abitur und kurz vor dem Eisprung ihre erste eigene Schachtel Zigaretten und ein tomatenrotes Sommerkleid im Sonderangebot, positionierte sich neben das teuerste Hotel nahe des Hauptbahnhofes, rauchte und war mit dem vierten Mann, der sie auf Englisch angesprochen hatte, in das Hotel hineingegangen. Seine braunweißen Budapester hatten makellos geglänzt, und Roland erbte seine tiefdunklen Locken.

Das Geld, das der Russe ihr gegeben hatte, gab sie noch am selben Tag bei einem ausgedehnten Dombesuch wieder aus.

Zum ersten Mal betrat sie den Rummelplatz ohne die Eltern, die übellaunig sonst bloß aßen, schnell viel Bier tranken, ihre Blähbäuche bejammerten, wieder nach Hause wollten und ihr befahlen, sich am Autoscooter von den Türkenkindern fernzuhalten.

Christiane war die Abwesenheit ihrer Eltern eine so große Erleichterung, dass ihr an diesem Tag egal war, dass sie ein schrilles Kleid trug, und Runde um Runde ließ sie sich von Jungs im Autoscooter anrempeln, bis es dämmerte und ihre Schenkel blau von Flecken waren.

Auf dem Weg zum Ausgang kaufte sie von den letzten Märkern Lose und zog aus einem Plastikeimer den Hauptgewinn. Mit einem gelben Riesenstofftier verließ sie das Heiligengeistfeld, und nie wieder überflutete sie das Dopamin wie an diesem Tag, und in ihrer Erinnerung war sie eine ganz andere Person gewesen.

Hormone wirken wie Drogen, hatte ihr das Drogenmädchen der Klasse auf Klassenfahrt während einer Wattwanderung erzählt, und wenn sie auf die kommunistische Woche zukomme, sei das bei ihr wie von Koks runterkommen, tagelang ein Horror. Das Drogenmädchen war zwar immer müde, aber hochintelligent, sodass sie leider die Klasse übersprang, weswegen Christiane nur noch Lerke blieb, und manchmal schien es Christiane so zu sein, als fände dieses Runterkommen, das das Drogenmädchen beschrieben hatte, seit dem Tag im Kleid sukzessive statt.

Sie warf es am nächsten Morgen in die Altkleidersammlung, beantragte Bafög, bekam den Job in der Metzgerei und zog zu Hause aus.

Das gelbe Stofftier bewahrte sie auf, und von diesem Tag blieb ihr nicht nur das und Roland, sondern auch die unstillbare Lust nach einem großen Preis.

Das reichte zum Leben, das war sogar mehr als genug und hatte ihr Abend für Abend die nötige Erschöpfung verschafft, um wegzuratzen wie ein besoffener Elefant.

Christiane fand es unbegreiflich, dass es manchen Menschen, ja den meisten sogar, danach drang, noch einen weiteren Menschen ihr Leben mitleben zu lassen. Dafür hätte sie das Kind wieder abschaffen müssen, aber das Kind war ihr lieber, da nur äußerlich umständlich und von daher gut integrierbar. So ein anderer Erwachsener, der würde ja ständig etwas ändern wollen. An ihr.

Veränderungsnotwendigkeit hatten ihr schon viele anders gestrickte Personen mit aufdringlichen Bemerkungen zu suggerieren versucht. Mit hinterlistigen Fragen, ob sie denn glücklich sei so mit ihrem Leben im Allgemeinen, so überhaupt. Ob sie nicht manchmal etwas vermisse. Zum Beispiel einen Mann, eine Beziehung, eine Liebe, es sei nie zu spät.

Schon das Wort Liebesbeziehung erzeugte einen sauren Ekel in Christiane, und wer es aussprach, bekam sofort eine Portion davon ab.

Ihre Eltern war sie durch die Schwangerschaft auch endlich losgeworden. Die Mutter wirkte, als hätte man aus dem Großvater eine junge weibliche Variante geschnitzt, sie hatte die gleichen aus täglichem Zorn gestanzten Gesichtszüge, schlug die Putzfrau und Christianes Vater, der, soweit Christiane sich erinnern konnte, nie ein Wort mit ihr gesprochen hatte, das über Organisatorisches am Esstisch hinausging. Er spielte jeden Abend im Gästezimmer allein mit seiner Eisenbahn, falls die Mutter sie nicht gerade umgetreten hatte. Ohne ihre Großmutter wäre sie sicher gewesen, es gäbe aus der Nähe betrachtet keinen liebenswürdigen Menschen. Aber das machte ihr längst nichts mehr aus, denn sie hatte sich eingerichtet, und das war es ja, was alle am meisten begehrten, sich einzurichten, das war wichtiger als alles Glück der Welt. Da war sie sicher. Da schon.

Christiane würde Fantasie brauchen, um in die gewohnte Ordnung zurückzufinden, aber Fantasie konnte direkt in den Wahnsinn führen, wie bei Virginia Woolf, da musste sie aufpassen. Oder auch nicht. Denn vielleicht war das ja was. Zu guter Letzt. Verrücktsein.

Der Zustand zeichnete sich vor allem dadurch aus, dass man sich selber nicht für verrückt hielt und sicher war, einen Durchblick zu haben. Wo hatte sie das bloß gelesen, eine Abhandlung zur Schizophrenie irgendwo in einem Magazin im Wartezimmer, und sie hatte gefunden, dass das befreiend klang, sofern man als Knalltüte weiterhin in seiner Wohnung leben und allein für sich sorgen konnte.

Aber wen konnte sie fragen, wie man es anstellte, auf gemäßigte Art durchzudrehen, und ob es sich auch wirklich lohnen würde.

Lerke hatte mal gesagt, verrückt werde man nur durch Drogen oder Obdachlosigkeit, und morgen würde sie Lerke bei einer Hochzeit wiedersehen und dann bestimmt nicht über ihr Befinden mit ihr reden, obwohl Christiane das gerne getan hätte, sie hätte gerne einfach freiheraus gesagt, dass es ihr verkehrt gehe, irgendwie verkehrt, und dass sie aktuell nur zwei Auswege sehe, und ob es in Lerkes Welt noch einen dritten gebe.

Sie könnte es morgen eigentlich gleich allen dort sagen. Eine Hochzeit war ja ohnehin eine extraordinäre Angelegenheit, und irgendjemand hatte immer keinen Spaß und deshalb ein Herz für Störenfriede am Abgrund.

Sie würde mit einem Besteckteil gegen ein Glas klimpern, wenn alle Nahestehenden fertig mit ihren Theatralik-Heile-Welt-Reden waren, und dann würde sie sich auf ihren Stuhl stellen und in die ganze große Feierlaune ausbrütende Hochzeitsgesellschaft hinein fragen, ob jemand einen Rat für sie habe, was sie dagegen tun könne, dass das eigene Kind sie neuerdings verabscheue, obwohl sie sich immer Mühe gegeben hatte, oder ob jemand einen Einfall habe, wie das überhaupt habe passieren können.

Alle würden längst betrunken sein, nur sie wäre nüchtern, und trotzdem würden alle sie für falsch halten und nicht sich. So wie immer.

Christiane hatte die Hochzeitseinladung schon vor Monaten auch für Roland zugesagt und hatte sich in den Kopf gesetzt, dass er zumindest auf der Karte unterschreiben sollte, jetzt erst recht, das zumindest konnte er doch tun, damit keiner sie fragte, ob alles in Ordnung sei, denn natürlich würde sie niemals auf einen Stuhl steigen und sich auch nicht im Sitzen der Sitznachbarin anvertrauen.

Außer jemand täte ihr was in das Getränk – zum Beispiel dieser grässliche Bruder der Braut. Joswig. Die wenigen Male, als sie sich gesehen hatten, wollte er sie zum Kiffen oder MDMA überreden, so als wäre sie eine Bedürftige, so als hätte sie es nötig, sich zu berauschen, und als wünsche sie seinen freundlichen Begleitschutz und sein Gesabber fürs Ego … Nur weil sie beide ohne Partner eine hysterisch gesellige Veranstaltung besuchten, gehörten sie noch lange nicht zur gleichen Sorte von Personen. Sie war frei, er eine aggressive Niete. Aber wie sie so waren, diese Versager, würde er, da sie seine Drogen zu nehmen vierundzwanzig Stunden vorher in Erwägung zog, keine dabeihaben.

War das schade.

War es das? Und woher bekam man Drogen, wenn nicht von genetisch benachteiligten Lüstlingen? Natürlich. Am Bahnhof. Am Hauptbahnhof. Am Hauptbahnhof bekam man einfach alles.

Und mit einem Schreck fiel ihr ein, dass sie kein Geschenk besorgt hatte und dass es so einen unverschämten Tisch im Alsterhaus gab, so einen mit vom glücklichen Paar vorab dreist ausgewählten Präsenten, sodass das Paar genau wissen würde, was wer in dessen Glück investiert hatte.

Vermutlich standen da heute am Finaltag nur noch die feinsten Teile herum. Aber was sollte es, Christiane hatte sich bis auf ihre maßgeschneiderten Kostüme nie etwas gegönnt und war deshalb eine Frau von solidem Wohlstand.

Sie würde das Teuerste nehmen, das würde den geringsten Aufwand bedeuten, und dann würde sie in die Abteilung für Damenbekleidung gehen und sagen, geben Sie mir das teuerste graublaue Kleid, und dann würde sie das Kaufhaus auf direktem Wege wieder verlassen, Rubbellose und eine Klappkarte am Hauptbahnhof besorgen und den Weg in dieses Viertel finden, damit Roland auf der Karte unterschrieb, um seine Mutter wieder loszuwerden. Und dann wäre der erste Tag der großen Ferien schon fast vorbei. Morgen dann würde sie Lerke bei der Hochzeit auflauern, ihr auf die Schulter tippen, und Lerke würde überrascht tun und sagen, nein, du hier, Mensch, damit hätte ich gar nicht gerechnet, ach, schön, schön … Ach Christiane, schön, du, ich wollte die ganze Zeit mal durchrufen, aber du weißt ja, bei mir ist immer soooo viel los, und das neue Buch geht auch schon wieder ab wie eine Rakete, ich bin kaum zu Hause und finde auch unterwegs nicht die angemessene Ruhe für einen Anruf nach so langer Zeit, das klingt jetzt blöd, ich weiß, ach, deshalb, toll! Toll, dass wir uns hier wenigstens über den Weg laufen, so eine Überraschung, habe ich echt nicht mit gerechnet, dass du eingeladen, ähm, also nur, weil du mit Jorinde und Ansgar ja nie so eng warst, übrigens, äh, superschön, dein Kleid!

Lerke hätte recht. Warum war sie überhaupt zu dieser Hochzeit eingeladen worden? Aus Höflichkeit? Unmöglich, niemand hatte es nötig, höflich zu ihr zu sein. Aus Menschenfreundlichkeit? Ausgeschlossen, Jorinde und Ansgar waren eitle Protzer.

Wann hatte sie die Braut das letzte Mal gesehen? Beim sogenannten Frauenabend bei Lerke … Furchtbarer Abend. Alle hatten sich druckbetankt, und dann war es nur noch um Männer und deren Penisse gegangen. Ansgar, der Bräutigam, hatte einen kurzen dicken Penis, halbsteif hatte er angeblich die Form eines Footballs. Und dann lachten sie, auch Jorinde. Auch um Spermabeschaffenheit war es gegangen und um Geschmacksrichtungen.

Christiane hatte auf einmal den Mund aufgemacht und etwas Kritisches gesagt und war dann nie wieder eingeladen worden. Aber was sollte es, sie hatte hinterher eine ganze Stunde duschen müssen, um sich wieder sauber zu fühlen.

All die Frauen würden morgen bei der Hochzeit sein, und die Männer, über deren Penisse Christiane im Bilde war, natürlich auch.

Sie würde durchhalten müssen, ohne auf Hosenställe zu starren. An jede Beschreibung der Glieder konnte sie sich exakt erinnern, und sie hatte diese Bilder im Kopf, und ihr brach jetzt schon der Schweiß aus.

Sie würde sehr viele Zigaretten rauchen müssen. Fast alle anderen Frauen hatten mit dem Rauchen aufgehört und lutschten nur noch Schwänze, weil Sperma gesund war und sogar sehr gesund, wenn der Mann sich vegan ernährte oder zumindest vegetarisch oder allermindestens keine Kuhmilch trank.

Zur Dämmerung hin würden mithilfe von Gin Tonics alte Geschichten ausgewalzt, die irgendwie mit der Zeit zusammenhingen, als man noch qualmte, und mindestens eine würde anfangen, Zigaretten bei ihr zu schnorren, und dann würde sie sich davonschleichen, um sich allein vor der Tür eine anzustecken, und auf dem Weg zum Busbahnhof hätte sie die Nachtluft wieder für sich, und dann wäre auch schon der zweite Tag der großen Ferien geschafft.

DIE SCHWELLUNG II

Noch immer im Bett rauchte Christiane schnell und heftig und beendete die Gedanken zum morgigen Verlauf mit dem letzten Zug.

Der Körper schmerzte, dabei war sie früh genug zu Bett gegangen und dann zu erschöpft gewesen, um einzuschlafen. Es hatte hin und her gerattert im Kopf, und sie hatte versucht, sich schwer zu fühlen, um endlich zu versinken. Möglich, dass sie sich gestern Nacht nicht einmal die Zähne geputzt hatte. So ein Durcheinander. Sie fuhr mit der Zunge mehrmals über die vordere Zahnreihe.

Aufgewacht war sie mit einem Schreck, als rasch Erleichterung einkehrte darüber, dass sie ja doch noch eingeschlafen war. Der Schreck beim Aufwachen war ihr lange schon zur Gewohnheit geworden, und er hatte damit zu tun, dass sie sich des Einschlafens nicht mehr bewusst war, dass sie den Moment davor verpasste, ihn nicht zu fassen bekam, weil sie ihn ebenso fürchtete wie sie ihn herbeisehnte.

Sie stellte sich manchmal vor, auf einem Baum zu liegen, wie eine Raubkatze in der Wildnis, die die Ohren selbst im Traum hin- und herwindet. Das war der letzte Trick, der funktionierte, und dann kamen die Geräusche hinter der Wand nicht mehr so nah. Wenn sie auf ihrem Baum schlief und ihr geflecktes Fell trug.

Der Dittmers konnte nicht mehr auf Bäume klettern, aber vielleicht hatte er noch seine Waffe, seine kleine Dienstwaffe, die er bestimmt gern auf eine wie sie gerichtet hätte. Dittmers schaffte sie, lästig war er, aber nicht wie eine Fliege, eher wie ein Bussard. All die Jahre hatten sie Wand an Wand gelebt, ohne sich füreinander zu interessieren. Nun bedrängte er sie mit seinem Senf und der Seelennot. Mit seinen Tränen, die er seiner Frau nachgeweint hatte und in denen er monatelang schwamm, und jetzt hielt er mit Argusaugen Ausschau nach einem Rettungsboot.

Unmöglich, sie in so eine Sehnsucht zu integrieren, er rannte mit offenen Augen in sein Verderben, sie konnte ihm so einiges, aber ihn sicher nicht an Bord nehmen.

Froh war sie gewesen, dass Dittmers der direkte Nachbar, der einzige war, der es fertigbrachte, jahrelang kein anständiges Wort zum Gruß hervorzubringen. Er brachte bloß mal ein »hmphrtach« raus, und er sah nur mal auf ihre Stirn oder gleich darüber hinweg.

Und nun, da sie allein lebte und er auch, nun sollte diese nichtige Übereinstimmung der Grund sein, sich penetrant an das Leben des anderen heranzumachen. Wie beliebig. Aber ihm Grund genug, so als könnte banale Einsamkeit Betonwände verschwinden lassen. Als wären sie plötzlich zwei Wanderdünen und das Mietshaus ein friedlicher Badestrand.

Dittmers interessierte sich doch überhaupt nicht für sie, er wollte nur ihre Weiblichkeit in sich spüren, weil er eben nichts als ein Eisen von einem Menschen war. Vielleicht steckte sie ihm zum Nikolaus eine goldbesternte Tüte mit einem Lötkolben in seine scheußlichen schwarzgelben Cowboystiefel, die er das ganze Jahr über zum Angeben auf dem Flur parkte.

Christiane interessierte sich nicht für seinen Gram, hatte sie nie. Wie konnte er es nun also für möglich halten? So eine Wut war ihr lange nicht hochgekommen, eigentlich noch nie. Ihr Leben lang hatte sie es nicht ausstehen können, wenn Leute über andere Leute und die Probleme, die sie mit ihnen hatten, sprachen. Sie sprach weder über andere noch über sich selbst. Immer hatten alle den nötigen Sicherheitsabstand eingehalten, nie hatte sie deutlich werden müssen. Aber es hatte sich ja alles verändert. Mit den Jahren. Seit diesem unsäglichen Jahrtausendhype.

Das war das letzte Mal gewesen, dass sie zu Sylvester das Haus verlassen hatte. Die Party von Hauke und Lerke mit allem Drum und Dran. Kurz vor Mitternacht hatte sie sich mit Roland im Badezimmer eingeschlossen. Das war ein schöner Moment gewesen. Nur sie beide.

Aber nun bedrängten alle einander überall und jederzeit mit ihren Gerätschaften und dem Versenden von Ballast, und dieser Zeitgeist ließ auch im nichttechnisierten Privaten alle Dämme brechen. Christiane hatte sich erst Ende 2010 ein Mobiltelefon zugelegt, was mit ihrem Kind mehr zu tun gehabt hatte als mit ihr selbst. Das mittlerweile fünf Jahre alte Handy hatte sie, seit es immer mehr hakte, ins Herz geschlossen, und am Abend zuvor hatte sie es wie immer in Alufolie gewickelt, denn das Schalterchen zum An- und Ausmachen war seit ein paar Wochen defekt.

Das Telefon schaltete sich ab und zu von selber aus und wieder an. Wann es wollte. Jedes Mal dachte sie mit einer Spur von Abschiedsschmerz, das war es nun, nun ist es vorbei, und dann plötzlich, manchmal erst nach Stunden, erschien wieder das klare weiße Äpfelchen darauf, verweilte stark leuchtend, und sie fürchtete, es würde sich in die Scheibe brennen.

Christiane zog die Schublade des Nachtschränkchens auf, nahm eines der ordentlich gestapelten Rubbellose heraus und das Centstück dazu, und ganz langsam und mit zärtlichem Druck schob sie die mattsilbrigen Beschichtungen mit jeweils drei gleichlangen Schüben beiseite, hob das Los vorsichtig an, sodass der Mikrosilberstaub nicht von dem Los auf ihr Schränkchen überging, und ließ den Stoff in die einst in billiges Gold getunkte Pyramide rieseln, schupps und zugeklappt. Erst dann sah sie nach, ob sie etwas gewonnen hatte. Keine drei Übereinstimmungen von Summen.

Christiane setzte einen Fuß auf das Parkett, erst den linken, dann denn rechten, stemmte sich einhändig ab von der festen Matratze, stand auf, und drüben am Fenster strich sie über die Blätter der kleinen robusten Bajonettpflanze – ein Geschenk Rolands von vor vielen Jahren, als er noch darauf aus war, ihr Freude zu bereiten. Das Los zerknüllte sie und warf es in den transparenten Kosmetikeimer auf der Herrenkommode. Am liebsten hätte Christiane sich wieder schlafen gelegt, so sehr setzten sie die ausgefeilten Ideen über den weiteren Verlauf des angebrochenen Tages unter Gestaltungsdruck. Aber den bösen Traum, der sie immer nur beim Einnicken überfiel, fürchtete sie. Ihm auszuweichen gelang nur durch einen ausgepowerten Organismus, der sie bei Nacht in einen Tiefschlaf führte, der dem Alptraum überlegen war.

Seit Sommerhelle die Stadt dominierte und sie mit der Wut auf das Gezwitscher selbstverliebter Vögel aufwachte, fand Christiane erst recht nicht mehr in sich zurück. Jetzt noch die Sommerferien, da war alles aus.

Und dann immer dieser Traum, dieser überaus gehässige Traum. Der ihr nichts sagte. Der war wie aus nichts, wie ein randloses Gebilde, das nur aus einem abartigen Gefühl von Identität aufgebauscht zu sein schien und bei dem sie sich vorkam wie beim Starren auf ein schier unlösbares Bilderrätsel in einem

Schmierblatt für nahezu Schwachsinnige. Als jemand, der nicht schaltete, nicht die einfachsten Zusammenhänge begriff, jemand, dem es an etwas fehlte, das oft schon Schulkinder beherrschten. Jemand, der die Welt einfach nicht verstand. Christiane war sie mit Ablauf der Kindheit immer rätselhafter vorgekommen. In dem Traum war sie dem Wesen nach ein Zufallsgenerator. Und sie wusste nicht, warum sie das wusste. Aber sie drehte und drehte sich mit beständigem Schwindel und wurde bis in den kleinsten Kern ihres Wesens hineingeschleudert, hinein in den Schlund des Zufallsgenerators, der sie selber war. In ihrem Inneren schrumpfte sie noch einmal auf ihr Innerstes zusammen und erwachte im Moment des Verschwindens, überrascht noch am Leben zu sein.

Christiane wickelte ihr Handy aus der Alufolie, es war nicht ausgegangen, und kein Kontaktversuch war darauf zu erkennen. Seit Roland sich gegen sie entschieden hatte, würde es noch schwerer als sonst sein, die ersten Tage der Sommerferien zu überstehen. Es war ja nichts mehr leicht seitdem. Aber heute, da war sie sicher, würde der schwerste Tag von allen werden. Heute brach etwas Neuartiges an, dem sie sich nicht mehr entziehen konnte.

Solange sie als Mutter aktiv gewesen war, war sie kein Freak gewesen – Mütter konnten keine Freaks sein, Mütter mussten sich kümmern, Mütter bezogen sich immer auf etwas. Solange sie sich gekümmert hatte, hatte sie nicht geträumt. Festungen träumten nicht.

Sie hatte nie erwartet, glücklich zu werden, nur gefestigt. Alles war aushaltbar gewesen, und sie war gern mal tagsüber weggedöst, einfach so, solange dieser Traum sie nicht bedrängt hatte. Der sie nun verlässlich aufsuchte, kaum begann ein Nickerchen bei Tag.

All die Jahre war sie kurz selbstvergessen eingenickt, und das hatte sie am Laufen gehalten. Überall, mit dem Kopf auf die Hände gestützt.

Sie hatte natürlich versucht, ihren Traum zu deuten, wusste ja, dass es auch dazu Literatur gab. Lerke hatte bestimmt drei verschiedene Bücher dieser Sorte. Nachschlagebücher. Traumsymbole in alphabetischer Ordnung oder nach Themen. Tiere, Fortbewegungsmittel, Sexualität und so weiter. Und sie hatte sich dann auch gleich drei dieser Bücher aus dem Internet nach Hause bestellt. In drei verschiedenen Preisklassen.

Auch vorab hatte sie das Internet nach ihrem Traum abgesucht. Seiten gab es reichlich zur Traumdeutung, meist in Farben, die den Augen was antaten. Aber das Stichwort Zufallsgenerator tauchte nirgends auf. Natürlich nicht.

Natürlich war sie auch im Traum noch eine Exotin. Sie war Christiane Tarpenbek.

Eine Abfolge von Buchstaben. Womöglich existierte sie nicht. Vielleicht war sie selber nur ein Stichwort. So wie sie unter Umständen wahnsinnig war. Das galt es herauszufinden.

Niemand zuvor hatte ihren Traum geträumt. Sie war allein, denn sie war ein menschlicher Zufallsgenerator. Ein Zufallsgenerator hatte kein bestimmtes Vorkommen, keine feste Form, nicht einen einzigen Zweck. Er wurde überall dort eingesetzt, wo es um nichts Weltbewegendes ging. Vielleicht würde Malventee helfen, die unnützen Gedanken sein zu lassen, oder ihr wenigstens den Blutdruck senken.

Der Malventee schmeckte anders als sonst. Wie Toilettenpapier mit Duft und einem Feuchtfilm, bedruckt mit rosa Schleifen, oder wie ein Kleenex, mit dem sich eine Frau, nachdem sie ein florales Deodorant benutzt hatte, den Achselschweiß abgewischt hatte. Der Tee war derselbe wie immer, selber Hersteller. Sie spuckte ihn zurück in den Becher und verließ die Küche.

Der Mangel an Verständnis und Schlaf erschwerten ihr jeden Schritt über den düsteren Flur. Sie sah sich in ihrem eierschalenfarbenen Leinennachthemd im Spiegel an wie einen ungebetenen Gast, hängte den Spiegel ab, drehte ihn um für alle Zeiten und schnüffelte an der Wand.

Jede Minute verzog sich etwas vom vertrauten Wohlgeruch ihrer Wohnung, aus den Kissen, Deckchen, den weißlackierten Holzmöbeln, den Fugen, den Wänden und trat durch die Ritzen der Fenster ins Freie, und ein ganzer Schwall entwich, wenn sie die Wohnungstür öffnete. Weswegen sie dazu übergegangen war, sich durch die Tür zu schieben und das Lüften zu unterlassen. Die Transformation des Wohnungsaromas schritt seit ein paar Tagen schneller voran und ließ sich vermutlich nicht mehr aufhalten.

Also Kapitulation.

Kapitulation hatte was.

Kapitulation bot Ordnung.

Hingabe.

Sie würde sich hingeben.

Aber mit Präzision.

Zuletzt würde nur die kaltschimmelige Süße bleiben.

Hasserfüllt identifizierte Christiane alle erbärmlichen Gerüche mit sich selbst. Deswegen lief sie immer der Nase nach und mit glühender Zigarette in dem handtellergroßen Aschenbecher von Zimmer zu Zimmer. Einzig das Schlafzimmer war kaum betroffen von den toxischen Aromata, vom Bett aus war alles beim Alten. Nur das herbe Aroma ihrer Zigaretten, befand Christiane, regulierte die Abart der raumübergreifenden Süße ein wenig, und in keinem Moment diagnostizierte sie zwischen ihnen beiden einen Zusammenhang. Eher noch kam sie zu dem Schluss, ihre Wohnung leide an einer Entzündung, ausgelöst durch Sporen eines exotischen Pilzes – dagegen gab es natürlich keine Gegenmaßnahmen in den hiesigen Drogeriemärkten.

Aber wie nur war etwas derart Fremdländisches bis in ihre Wohnung vorgedrungen? Troparium, Zoogeschäft, Blumenladen, das Tropenhaus in Planten un Blomen, öffentliche Toiletten, nie mehr dort gewesen. Jahrelang nicht. Aber draußen, draußen schon. Sie war ja nicht so eine Kauzige, die das Haus nicht verließ. Nein, so eine würde sie nie werden. Mit so einem Spleen. Es war das A und O, sich am Leben in der Stadt durch regelmäßige Anwesenheit in der Öffentlichkeit zu beteiligen. Passiv gesellig.

Nur unternahm sie niemals eine Reise. Zu abstrakt. Die einzige Spleenigkeit, die sie sich leistete: Urlaub als Methode zur Entspannung auszuschließen. Und Rauchen war das einzige Laster, das sie sich gönnte. Eines leisten, eines gönnen. Aus, Ende.

Jede an sich normale Frau hatte doch einen Spleen. Als Spleen galt ein Spleen ja auch nur unter Normalen. Also war sie normal. Wobei. Normale fuhren einmal im Jahr in Urlaub, flogen in die Ferien. Aber warum sollte sie? Urlaub war eine weitschweifige Form von Unordnung. Warum sollte sie wohin reisen, woher sie nach kurzer Zeit wieder abreiste? Das würde keine Erholung zur Folge haben. Wovon ja immer alle sprachen. Wonach sich alle sehnten. Erholung. Ach Gottchen. Erholung, Einholung, Entzündung. Alles einerlei. Einfangen konnte man sich bei allem und überall was. Wo Lebendiges flockte. Strauch oder Mitmensch. Da machte sie sich nichts vor. Längst nicht mehr. Aber Christiane wollte zumindest wissen, welch unsichtbarer Feind ihr übel mitspielte. Vielleicht nicht in tödlicher Absicht. In schwächender Absicht. Es schwächte sie nicht. Es brachte sie aus der Ruhe. Das reichte. Es suhlte sich.

Der kräftigen Schimmelhonigsüße hatte nicht einmal Essigreiniger etwas anhaben können. Zu Anfang des Infekts hatte sie ihn direkt auf die betroffenen Flächen gespritzt. Bis die Flasche leer war. Und als sie im Tropeninstitut angerufen hatte, wurde sie nicht durchgestellt, nachdem sie ihr Anliegen formuliert hatte. Mit »Gute Frau, suchen Sie Ihren Hausarzt auf und sprechen Sie mit ihm über Ihre innerlichen Probleme!« hatte irgendeine billige Sekretärin sie abgespeist.

Christiane rümpfte die Nase, sank auf die Knie und näherte sich schnuppernd dem unteren Drittel der Wand des Flurs an. Laut wie ein Hund schnüffelte sie jeden Millimeter ab. Hier hatte sie schon mehrfach verdächtige Nuancen aufgespürt. Heute entwich eine Mischung aus nasser Pappe und verbranntem Karamell. Sie kroch über den Boden und fuhr dabei mit der Nase über die Raufaser bis hin zum Türrahmen der Küche. Doch ein essentieller Ballungspunkt der Melange war nicht auszumachen. Es hatte kein Zentrum. Es variierte in der Intensität. Es stob hin und her. Somit musste es sich in der Tat um etwas Lebendiges handeln. Es war zu einer gewissen intellektuellen Leistung fähig und ihr immer einen Schritt voraus. Es narrte sie.

Christiane stemmte sich vom Boden ab, stellte sich kerzengerade hin und legte die flachen Hände auf die Brust, um zu neutralisieren. Wahrscheinlich roch sie bloß den Mief vom Dittmers. Der kochte sich nebenan ja immer einiges zusammen, auch im Kopf. Wenn jemand irre war, dann er. Der konnte das verschmerzen. Der hatte nichts zu verlieren. Dem würde Urlaub guttun. Dem schon. Der mit seinem Senf. Spielte seine Spielchen mit ihr. Versuchte sie einzunehmen. Seit Roland seine allerletzten Sachen aus dem alten Zimmer geholt hatte. Er kehrte nicht zurück. In die mit Sorgfalt und seit Jahrzehnten aufgeräumte Wohnung, wo man eigentlich immer alles wiederfand. Auch sich. Bis dahin.

Reisen sollte sie. Hatte Roland sie beschworen. Würde er an ihrer Stelle tun, hatte er oft gesagt, ohne sie dabei anzusehen. Hatte Sätze so angefangen, wie eigentlich sie Sätze anfing: Also ich an deiner Stelle würde …

Mit dem Schmerz wie der Biss eines Insekts in den Fuß hörte sie sofort auf zu fantasieren, und der Geruch zerbarst. Aber sie war wieder da. Die Schwellung. Der heiße Schmerz strömte über Christianes rechten Fuß. Ohne ersichtlichen Grund schwoll er mindestens einmal am Tag purpurfarben an. Von jetzt auf gleich. Es begann immer mit dem kleinen Zeh. Obwohl er weit entfernt von wichtigen, lebenswichtigen Organen lag, hoffte sie auf das Schlimmste. Auf das Ende.

Sie würde vielleicht einen neuen Fuß brauchen, weil sich dort drinnen etwas auswuchs, weil sie sich etwas eingefangen hatte, als sie neulich einmal ihre Schuhe ausgezogen hatte. Auf dem Nachhauseweg, als es so heiß war und ihr die neuen Schuhe gedrückt hatten. Gerannt war sie und war dann keuchend zu Hause angekommen und auf Zehenspitzen durch das Treppenhaus bis nach oben in die Wohnung gegangen. Und dann hatte sie das alte selbstgebastelte Schild von der Tür gerissen. Das, was Roland in der Schule aus Ton gemacht hatte. Wo ihre beiden Namen draufstanden.

So wütend war sie davor erst einmal auf ihn gewesen. Als sie damals die Wehen hatte. Auf dem Weg ins Krankenhaus, im Taxi, da hatte der Fahrer zudringlich gefragt, wie das Kind denn heißen werde. Sie hatte einen Schreck bekommen und aus dem Fenster gestarrt, als sie eine McDonald's-Filiale passierten. Ein überdimensionierter Ronald McDonald aus Klebefolie sorgte dafür, dass sie für den geschwätzigen Fahrer eine Antwort parat gehabt hatte. Der Taxifahrer hatte sich amüsiert, so glucksend gelacht, und da hatte sie trotz der Schmerzen plötzlich auch ein bisschen schmunzeln müssen und entschieden, dass es ein guter Name sei. Die zwei Buchstaben wurden später von der Behörde vertauscht. Das hatte sie hingenommen, ohne mit der Wimper zu zucken. Zufall und Zufall gesellt sich gern.

Christiane besah sich ihren Fuß, heute war es noch ein bisschen schlimmer. Sie würde zum Arzt gehen müssen, wenn das nicht besser wurde, aber sie ging nicht gern zum Arzt, der Arzt stellte immer nur dumme Fragen. Aber den Fuß würde sie in keinen Schuh bekommen, der einer Hochzeitsfeier angemessen war. Die Hochzeit. Roland musste die Hochzeitskarte unterschreiben.

Morgen würde sie ganz allein hingehen. Auf Jorinde und Ansgar konnte sie eigentlich gut verzichten. Beide waren von sich eingenommen, hielten sich für was Besseres. Und beide hatten so einen seltsamen fliederfarbenen Teint. Über die Einladung hatte Christiane sich gewundert. Vermutlich steckte Lerke dahinter. Sie sollte nicht hingehen. Aber jetzt, wo Roland weg war, hatte sie ja wieder ihr eigenes Leben. Als bräuchte sie das.

Ihr Zeh pochte, ganz heiß, als würde jemand von innen her ein Feuerzeug ranhalten. Sie sah wieder hin, ja, sah aus, als würde er glühen, als würde ein Flämmchen darin zuckeln. Schweiß brach ihr aus, lief ihr in die Stirn, und in der Küche öffnete sie den Kühlschrank. Und da war er wieder, der süßgammelige Geruch, strömte ihr gut gekühlt entgegen. Dabei hatte sie gerade gestern erst alle Lebensmittel herausgenommen und aufgegessen. Sogar zweihundertfünfundsiebzig Gramm Matjes, ohne Brot. Dazu hatte sie aus dem angebrochenen Glas die Rote-Beete-Kugeln und auch den ganzen Saft getrunken, beinahe schon geext. Nur die Kaisersülze hatte sie fürs Frühstück übrig gelassen.

Auch Rolands Favorit, den Lavendelhonig, den sie immer dahatte, hatte sie ausgelöffelt. Honig hält ewig, der kann nicht schlecht werden, das wusste sie noch von der Großmutter. Honig hält ewig, und Gott schützt die Kinder.

Natürlich war ihr ein bisschen schlecht geworden, weil sie ja nichts Süßes mochte, aber sie hatte alles aufgegessen.

Sie schloss die Kühlschranktür, verklebte sie mit drei Streifen des breiten Paketklebebands und duschte ihren Fuß dann auf dem Badewannenrand sitzend mit eiskaltem Wasser ab, bis sie ihn kaum noch spürte. Er schwoll tatsächlich ab, wurde ganz taub, statt zu schmerzen. Aber der Geruch war wieder da, schien aus den Fugen der blitzsauberen Kacheln zu treten, nachdem er durch die Wand hindurchgekrochen war. Sie stellte die Dusche aus, legte die flachen Hände auf die Brust und schloss die Augen.

Sie konnte die Geruchsmoleküle hören, wie sie von A nach B mäanderten, den Ausgang durch die Fugen fanden, mit einem gedämpften Zischen, und dann vernahm sie wieder dieses Plätschern hinter der Wand. Er hatte die Dusche gehört und urinierte nun in seine Wanne oder gleich gegen die Wand. Der Nähe wegen oder der Perversion wegen.

Es reichte!

Christiane Tarpenbek klingelte bei Egon Dittmers.

Er öffnete prompt die Tür, als hätte er direkt dahinter gelauert, und sah sie an, als wären sie beide die einzigen Menschen auf der Welt. Sie sah zu seinem Hosenstall, der vom grünweiß karierten Kurzarmhemd verdeckt war. Christiane entdeckte Tropfen, die über stark behaarte Arme perlten, und mit offenem Mund stand er da. Sie hatte noch nie zuvor bei ihm geklingelt, nicht mal, um sich zu beschweren.

»Warum tun Sie das?«, fragte sie sachlich.

»Was?«

»Sie wissen schon, Herr Dittmers.«

»Ich tue nichts.«

»Doch, Sie tun etwas.«

»Was tue ich?«

Hinter der Wand meines Schlafzimmers urinieren, dachte sie und sagte: »Ich brauche meine Ruhe.«

»Ja, man wird nicht jünger, nech.«

»Und Ihr Senf, Herr Dittmers, der riecht komisch.«

»Nein. Mein Senf ist sehr appetitlich, wollen Sie probieren?«

»Nein, danke, Herr Dittmers.«

»Ich heiße Egon.«

»Bleiben wir doch beim Sie.«

»Wollen Sie reinkommen, Frau Tarpenbek?«

»Wozu?«

»Bitte. Nur einmal. Ich muss Ihnen was zeigen.«

»Was?«

»Bitte kommen Sie rein, dann lass ich Sie in Ruhe danach.«

Sie folgte ihm bis vor sein schummriges Wohnzimmer und blieb in der Tür stehen.

»Und jetzt?«, fragte sie.

Er zeigte auf den Fernseher. »Da!«, rief er und verzog das Gesicht.

Christiane legte den Kopf schief und sagte: »Das ist ein Standbild.«

»Ja, ja, ja, das is klar, aber was ist da zu sehen?!??!«

Sie war nur hier, damit er sich beruhigte und weil er nicht besonders kräftig war, und nun beruhigte er sich keineswegs, stierte sie an und spielte irgendein Spielchen, ein Fernsehratespielchen? Es handelte sich um einen riesigen Breitbandfernseher, daneben auf dem Boden lag zerrissen der Karton.

»Ach so, Sie haben einen neuen, besonders großen Fernseher. Den wollten Sie mir zeigen.«

»Nein, also ja, und ein Digitalgerät, ja, ja, mit allem Pipapo, nech, hier, aber darum geht es nicht! Sieh mal das Bild an!«

»Nun gut, ich sehe Publikum in einem Fernsehstudio. Alle schauen ernst.«

»Und?«

»Das ist alles.«

Dittmers rannte zu dem Gerät und tippte immer wieder auf eine Stelle des Bildes.

Auf eine Frau im Publikum mit einem Kopftuch und sagte: »Das ist Doris.«

Christiane ging näher heran, das Gesicht wurde dabei noch unschärfer. »Also ich weiß nicht, Herr Dittmers.«

»Doch, doch, natürlich. Das ist meine Doris. Unverkennbar ist die das.«

»Na und?«

»Was jetzt? Siehst du das nicht?«

»Was denn?«

»Das Kopftuch!« Er brüllte jetzt.

»Sie ist konvertiert!«

»Warum sollte sie konvertiert sein?«

»Um sich an mir zu rächen. Sie kannte da meine Vorausahnungen, dass wir alle aussterben.«

»Wer stirbt aus?«

»Wir Deutschen, Christiane. Die vermehren sich ungestoppt und übernehmen alles.«

Christiane verstand nicht so recht, wovon er sprach, beugte sich noch einmal runter zum Fernseher, tippte mit dem Finger auf die Frau, die sicher nicht Doris war. Diese Geste des Tippens lag dem Dittmers, also tippte sie immer weiter auf dem Fernseher herum, einmal um diese Person herum, und als ihr endlich etwas eingefallen war, sagte sie: »Ja, jetzt habe ich mich nochmal konzentriert, und ich glaube auch, dass das Doris ist, und sie will Ihnen etwas mitteilen.«

»Ach ja, was denn?!«

»Sie trägt dieses Kopftuch für Sie.«

»Wieso das denn jetzt?«

»Es ist ein Hilfeschrei. Gucken Sie diese Sendung regelmäßig?«

»Ja, ich mag die Moderatorin gern ansehen. Auch wenn die mir 'n büschen zu links ausschlägt.«

»Und das wusste Doris?«

»Doris weiß alles von mir, deshalb ist sie ja auch gefährlich.«

»Herr Dittmers. Doris will zu Ihnen zurück. Deshalb trägt sie das Kopftuch.«

»Jetzt komm ich gar nich mehr mit.«

»Damit Sie sie retten.«

Sein Gesicht erhellte sich und er rief aus: »Vor dem Islam!«

»Meinetwegen, Herr Dittmers.«

»Aber wie mache ich das? Wie rette ich sie?«

»Indem Sie sich an ihre Fersen heften.«

»Aber sie ist für mich gestorben, ich rette sie nicht. Ich will, dass einer von denen sie misshandelt, das können die nämlich, das können die. Da haben wir in Deutschland so für die Frauen gekämpft, und jetzt kommen die und wollen uns das Mittelalter wieder einführen.«

»Sie haben für Frauenrechte gekämpft, Herr Dittmers?«

»Ich? Nee, ich doch nicht, ich bin Polizist und hatte nur Ärger mit solchen Linksfaschisten, und der Scheißärger soll jetzt umsonst gewesen sein?!«

»Nun, Herr Dittmers, ich muss jetzt ...«

»Essen wir mal zusammen?«

Christiane konnte sich nichts Unappetitlicheres vorstellen.

»Ich habe gerade überhaupt keine Zeit, mich zu verabreden.«

»Aber es sind doch Sommerferien, und Sie sind doch Lehrerin.«

»Ja, aber ich mache … einen Kurs.«

»Was denn?«

»Eine pädagogische Fortbildung. Finden Sie Doris!«

Egon Dittmers starrte wieder auf das Standbild.

»Nee, nee, die is gestorben, die Alte, gestorben!«

Christiane wandte sich zum Gehen, da rief Dittmers: »Halt, Moment!« Dann rannte er durch den Flur, kam mit zwei Gläsern Senf zurück und übergab sie Christiane. »Sanddorn und Hagebutte. Für dich, weil du so ein Augenschmaus bist, Frau Tarpenbek.«

»Grauer Senf?«

»Geheimzutat.« Er lächelte verschmitzt und tippte sich selber gegen die Stirn.

»Der hält sich aber nicht lang, oder?«

»Doch, doch, wegen der Geheimzutat. Da sind auch viele Vitamine drin. Hab ich zugesetzt.«

»Wie lang hält sich das denn?«

»Bis zum St. Nimmerleinstag. Die Geheimzutat tötet alles ab. Alles.«

Zurück in ihrer Wohnung lauschte sie an der Wand, hörte ihn mit sich selber sprechen und seinen Fernseher, den er immer lauter drehte, und wenn applaudiert wurde, drückte er Stopp und fluchte vor sich hin, und ihr kam nur noch ein Gedanke: Sie musste hier raus! Aus der Wohnung, aus dem Haus, unter Leute. Laufen und ein paar Dinge erledigen, bis sie müde genug war, um zumindest zwei oder drei Stunden zu schlafen. Bis die selbstsüchtigen Vögel, die so gern am Leben waren, wieder lautstark sangen, so als wären sie gar nicht klein und sehr leicht zu ermorden. Von jeder banalen übersättigten Hauskatze, verspeist von einem gelangweilten Tier. Kleiner Vogel Immerstill.

Sie musste hier jetzt sofort raus.

Auf dem Weg zum Arzt, bei dem man keinen Termin brauchte, schmerzte Christianes Fuß mit jedem Schritt weniger, und als sie im überfüllten Wartezimmer saß und ihr Name aufgerufen wurde, war der Schmerz bedauerlicherweise ganz verschwunden. Vorführeffekt lass nach!, dachte sie, und während sie langsam wie eine Seiltänzerin in Richtung des Behandlungszimmers schritt, konzentrierte sie sich darauf, den Schmerz zu reaktivieren, indem sie ganz fest an ihn dachte, und mit einem Ziepen im kleinen Zeh und einem Funken Hoffnung betrat sie Dr. Polanskis Sprechzimmer.

»Guten Tag, liebe Frau Tarpenbek, Sie wirken ein wenig mager und blass«, sagte er, ohne aufzublicken. »Leiden Sie wieder an dieser unerklärlichen Appetitlosigkeit?«

»Nein, morgens habe ich wieder Appetit.«

»Nur morgens?«

»Das ist doch die wichtigste Mahlzeit von allen drei Mahlzeiten.«

»Ja, wie Sie schon selber sagen, eine von dreien. So geht die Rechnung nicht auf. Es bedeutet, dass das Frühstück ruhig üppig ausfallen darf, aber nur zu frühstücken ist bei weitem nicht genug, selbst dann nicht, wenn Sie einen ganzen Braten essen würden. Außer, Sie verbrächten den Rest des Tages im Liegen. Aber das tun Sie wohl nicht, denn Sie stehen ja nun hier vor mir. Setzen Sie sich doch. Was haben Sie denn gefrühstückt, doch sicher keinen ganzen Braten, oder?«

»Nein, aber Fleisch, ich esse jeden Morgen kaltes Fleisch. Das tut mir gut.«

»So, so. Wie Sie ja sicher wissen, ist täglicher Fleischkonsum umstritten, und ich würde jemandem wie Ihnen durchaus etwas Warmes am Morgen empfehlen.«

»Jemandem wie mir?«

»Nichts für ungut, aber nur zu frühstücken ist ebenfalls fatal für das psychische Gleichgewicht, zumindest ein ordentliches Mittagessen sollten Sie hinzuplanen, und abends dann vielleicht noch ein paar Nüsse. Dann kommen Sie wieder zu Kräften.«

Christiane stieg ein abscheulicher Geruch in die Nase, und sie sah ein großes Stück dampfende Rinderleber unter einem Berg kandierter Zwiebeln vor sich. Jeden Samstag hatte ihre Mutter sie zum Verzehr von Rinderleber mit Zwiebeln gezwungen. Damit sie zu Kräften kam. Und wenn sie sich übergeben musste, hatte sie auch den erbrochenen Leberbrei wieder aufessen müssen. Dann gab es aber ein Glas Erdbeermilch dazu, und ihre Mutter sagte: »Ich bin ja kein Unmensch.«

Dr. Polanski sah Christiane besorgt an, befühlte ihre Stirn und tastete die Lymphdrüsen ab.

»Wo drückt der Schuh denn dieses Mal, Frau Tarpenbek?«

»Ja, Sie werden lachen, Dr. Polanski, deswegen bin ich hier.«

»Ich verstehe nicht recht …«

Sie zog ihren rechten Schuh aus, dann die schneeweiße Socke.

»Der Fuß schwillt jeden Tag an, Dr. Polanski, es beginnt mit einem Ziepen.«

Sanft nahm er ihren Fuß in seine beiden Hände, als wäre er ein halbtotes Vögelchen. Sie war immer froh über ihre kleinen Füße gewesen, die sie von ihrem Vater hatte.

»Sehen Sie nur, die Schwellung hat schon wieder begonnen, dort am kleinen Zeh!«

Er rückte seine Brille zurecht, sie mochte seine bauschigen Augenbrauen.

»Nein, beileibe nicht. Keine Schwellung. Nichts zu sehen.«

»Aber es brennt und pocht und wird ganz heiß.«

»Jetzt, in diesem Moment?«

Sie schüttelte den Kopf.

»Natürlich nicht, aber das liegt nur am Vorführeffekt.«

Dr. Polanski seufzte.

»Der Vorführeffekt ist etwas Abstraktes, Frau Tarpenbek, ich bitte Sie, ich bin Arzt, und ich sehe nichts.«

Er hatte ja recht, es war gerade nichts zu sehen, der Fuß lag schlank und hautfarben in seiner lieben Pranke. Er drückte ein bisschen daran herum und seufzte erneut.

»Frau Tarpenbek. Also. Ich hatte ja schon vorgeschlagen, Sie zu einem Therapeuten zu überweisen, mit dem Sie über Ihre imaginierten Symptome sprechen könnten. Oder auch zu einer Therapeutin, wenn Ihnen das lieber wäre.«

»Das habe ich doch schon abgelehnt. Ich möchte mit niemandem sprechen, ich möchte nur, dass der Fuß untersucht wird.«

»Gut, dann gehen Sie bitte zu einem Orthopäden, und dann sehen wir weiter. Wie geht es denn eigentlich Ihrem Sohn?«

»Oh, warum fragen Sie?«

»Ach, nur aus Interesse.«

Christiane gähnt. »Es geht ihm gut. Es geht ihm sehr gut. Morgen unternehmen wir was. Er wird mich zu einer Hochzeit begleiten. Von guten Freunden aus alter Zeit.«

»Oh, wie nett. Meine Töchter melden sich selten. Sie stehen aber auch mitten im Leben.«

»So wie Roland auch. Ist immerzu beschäftigt, aber wir stehen uns trotzdem noch sehr nahe.«

»Hat er eine Freundin?«

»Ach, nein, nein. Dafür hat er ja keine Zeit. Weil er ja immerzu beschäftigt ist.«

»So, so, nun ja … na gut. Die jungen Leute. Sind immer unter Strom und auch so flexibel heutzutage. Was macht er überhaupt beruflich?«

»Ach, er ist, ja, er macht, er zeichnet, er macht und tut, ein Tausendsassa eben, aber in erster Linie gestaltet er.«

»Interessant. Was gestaltet er denn?«

»Ähm, ja, klar, ach so, ja, na … ach hier, ach, wie soll ich sagen … Na, in erster Linie Wohngegenden.«

»Wohngegenden? Ist er etwa Architekt oder Stadtplaner?«

»So was in der Art, aber im Inneren und Äußeren.«

»Er ist also kein Architekt im klassischen Sinne?«

»Nein, nein, eben nicht! Es ist absolut innovativ! Er gestaltet die Atmosphäre und die Situation als solche. Von schon Vorhandenem.«

»Aha. Das klingt irgendwie … konservativ subversiv. Wie heißt denn der Beruf?«

»Ähm, ach, das vergesse ich immer, weil die Bezeichnung aus einer anderen Sprache entlehnt wurde, einer asiatischen Sprache.«

»Witzig, von dem Beruf hab ich noch nie gehört, aber das ist heutzutage ja nicht außergewöhnlich. Alles Mögliche gibt es, wovon man noch nie was gehört hat.«

»Sie sagen es, ich komm auch nicht mehr hinterher … Vor allem bei den Gerüchen.«

»Ja? Aha. Hm, hm, hm … So, jetzt ist aber Schluss mit lustig, das Wartezimmer ist voll, und ich schreibe Ihnen jetzt einfach mal was auf, Frau Tarpenbek. Das nehmen Sie bitte ein, wenn der Fuß wieder kneift, es ist rein pflanzlich gesüßt und schmeckt sogar ganz lecker.«

»Oh, ich hätte aber lieber etwas rein Synthetisches, wenn es geht.«

»Nein, immer noch nicht, gute Frau. Kommen Sie wieder, wenn es schlimmer wird, dann überweise ich Sie zu einem Kollegen, dort gibt es dann eventuell schnelle Hilfe in Tablettenform. Aber nun haben Sie erst mal einen schönen Tag. Gehen Sie ein bisschen in die Sonne.«

Dr. Polanski strich ihr nicht wie gewohnt zum Ende der Behandlung über den Arm, er hatte sich bereits dem Computer zugewandt. Schnell und heftig tippte er auf die Tastatur ein, als wäre er eine Sekretärin von vor sechzig Jahren, und eigentlich sah er auch ein bisschen so aus. Warum war ihr das bisher bloß nicht aufgefallen, fragte sich Christiane, während sie ihre Socke wieder anzog, darüber den hellgrauen Stiefel.

Das braune Glas, voll mit bunten Perlen, steckte sie zuunterst in ihre Umhängetasche. Dr. Polanski schaute mit seinem runden glänzenden Sekretärinnengesicht noch einmal kurz auf, aber nur für einen Sekundenbruchteil, als er die Notiz über die Empfehlung eines Orthopäden auf einem neongrünen Klebezettel überreichte. Er wünschte sich, dass sie endlich verschwand, ohne dass er nochmal hinter seinem Schreibtisch hervorkommen müsste.

Kaum im Treppenhaus zerknüllte sie den Klebezettel und schluckte ihn runter, damit ihre Magensäure ihn neutralisieren würde.

Es war erschütternd, wie kalt der Abschied zwischen ihr und Dr. Polanski verlaufen war. Aber es gab wahrscheinlich kein Zurück …

Sie hatten immer eine wohlmeinende Ebene miteinander gehabt, und sein diskreter Einsatz hatte sie immer gerührt, aber natürlich wusste er genau, dass er dieses Mal eine Grenze übertreten hatte. Diese detailversessenen Erkundigungen nach Roland waren eine Frechheit gewesen und machten sie nun sehr, sehr wütend. Das hatte sie ihn spüren lassen, das musste er doch bemerkt haben. Warum hatte er sie nicht um Entschuldigung gebeten?

Ganz langsam hatte sie sich zur Tür gewandt, Schritt für Schritt, um ihm ein wenig Zeit einzuräumen. Jetzt war es zu spät, es war alles aus. Aber manchmal müssen hemmende Elemente temporär ausgegliedert werden, wenn man sein Leben in den Griff bekommen will.

So sachlich hatte Roland es formuliert, während das Rhinozeros am Himmel sich langsam aufgelöst hatte. Jetzt war es ihr wieder eingefallen. Sein genauer Wortlaut, den er kalt hervorgebracht hatte, als sei er gar nicht ihr Sohn, sondern ein Mann vom Amt für Zwischenmenschliche Sortierung.

Dass sie Dr. Polanski nun auch los war, darüber war sie froh und traurig in einem Rutsch, was ihr nicht ungewöhnlich erschien. Diese Kombination war unterm Strich ihr prozentual überschüssiges Lebensgefühl.

Sie verließ das Praxishaus, ohne sich umzudrehen, um nachzuschauen, ob Dr. Polanski am Fenster stand, nahm die U-Bahn und fuhr durch bis zum Jungfernstieg.

RHINOZEROS II

Als sie den Schlund der groß angelegten U- und S-Bahn-Station mitten in der City verließ, knallte ihr die Sonne unerträglich ins Gesicht, wie im Lehrerzimmer, wenn jemand, ohne zu fragen, die Gardinen aufriss und der wilden Staubzirkulation die große Bühne bot.

Christiane strich sich übers Gesicht, sie hatte vergessen, sich einzucremen, ihre Augenhaut fühlte sich an wie Pergament, und sie lief schnell auf ihr Ziel zu, das Alsterhaus mit seinem künstlichen Licht.

Sie zog eine der schweren gläsernen Hochtüren auf und schritt geradeaus durch die Parfüm- und Kosmetikabteilung im Erdgeschoss bis hin zu den Rolltreppen. Die freundlich leuchtende Informationstafel wies ihr den Weg in die richtige Abteilung, und nach einer halben Stunde fand sie heraus, dass der Geschenketisch Oswald / Egger eine Onlineangelegenheit gewesen war. Eine bereits beendete Onlineangelegenheit, wenn sie die unfähige Verkäuferin mit der Narbe unter der glanzrosa Lippe richtig verstanden hatte.

Ebendiese Verkäuferin, dem schiefen Schildchen über der ausladenden Brust nach Frau Hurler, bot sich nicht sofort gnädig an, ihr nun bei der kreativen Auswahl des Hochzeitsgeschenks behilflich zu sein, und Christiane kam mächtig ins Schwitzen bei der Vorstellung, selber eine Entscheidung treffen zu müssen. Also sagte sie streng: »Frau Hurler, nun schlagen Sie mir doch einfach irgendwas vor. Ich bitte Sie! Das ist doch Ihr Beruf!«

»Aber ich kenne das Paar doch gar nicht.«

»Ich auch nicht.«

»Aber Sie sind da doch eingeladen.«

»Aber das heißt doch nichts, Frau Hurler.«

Frau Hurler trug ein Shirt mit fliederfarbenen Glitzersteinchen unter ihrem Blazer und zupfte nun daran herum, bis eines sich löste. Unauffällig steckte sie es sich in den Mund, als würde Christiane das nicht bemerken.

»Warum tun Sie das?«

»Was denn?«

»Ihre Glitzersteinchen essen?«

»Ich wusste nicht wohin damit, und ich kann es doch nicht einfach hier auf den Boden meines Arbeitgebers werfen.«

»Haben Sie denn keine Hosentaschen?«

»Nein, das sind nur Scheintaschen.«

»Na gut, Frau Hurler, dann schlucken Sie es runter, und dann hoffe ich, Sie können mir behilflich sein. Nun machen Sie schon!«

Frau Hurler sah Christiane ängstlich an und schluckte.

»Nun machen Sie schon, Frau Hurler!«

Frau Hurler schien nun tatsächlich nachzudenken, schaute leicht schielend in sich hinein und rieb sich dabei die Kinnnarbe, als wäre es Alibabas Wunderlampe, und Christiane wollte ihr am liebsten die Hand wegschlagen.

Frau Hurler griff sich, kurz bevor Christiane ausholen wollte, mit beiden Händen an den Kopf, als könnte sie Gedanken lesen, zerstörte dabei aber ihren perfekt gestylten Achtziger-Pony und begann zu jammern: »Wissen Sie, ich bin die erste Woche hier, ich war lange arbeitslos, und ich hab vorher was ganz anderes gemacht.«

Christiane wusste dazu nichts zu sagen, sollte das jetzt ein Problemgespräch werden? Vorsichtshalber erwiderte sie nichts und hoffte, dass der Selbstoffenbarungsanfall von Frau Hurler von alleine wieder aufhörte. Ihr Schweigen aber schien das Gegenteil zu bewirken, möglich, dass Frau Hurler sie für eine gute Zuhörerin hielt. Was für eine Katastrophe. Christiane wusste sich nicht zu helfen und hörte also zu.

»Ich … Ich hatte ein Zoogeschäft. Spezialisiert auf Fische.«

Christiane neigte den Kopf zu Boden und fuhr mit ihrer Stiefelspitze immer wieder über einen Halbkreis im Musterteppich, während Frau Hurler fortfuhr: »Eigentlich mag ich Fische gar nicht, ich hatte das Geschäft von meinen Eltern übernommen. Mein Vater hat mir auch im Ruhestand noch ganz viel ausgeholfen, und als er gestorben ist, gab es keinen mehr, dem das Herz dafür blutete.«

Was? Was hatte die gerade gesagt? Das Herz blutete? Wie redete die denn?

»Stopp, Frau Hurler. Sie meinen, es gab niemanden mehr, der mit Herzblut bei der Sache war!«

»Ja, ja genau, danke schön.«

Ach Gottchen. Was sollte man dazu sagen? Jetzt bedankte sie sich auch noch. Was nahm sich die Frau heraus, ihr diese Gesprächssituation aufzudrängen?

Und da endlich schien sie es selber zu merken.

»Bitte entschuldigen Sie, ich weiß auch nicht, warum ich Ihnen das jetzt alles erzähle, Sie erinnern mich ein bisschen an meine Mutter, und die ist meinem Vater direkt nachgestorben. Die waren immer noch total verliebt bis zum Schluss.

Christiane spürte das Ziepen, die Schwellung, da, da war sie wieder! Aber jetzt war Dr. Polanski natürlich nicht da, und dieser larmoyanten Person würde sie ihre Schwellung natürlich nicht ersatzweise präsentieren, wozu auch, obwohl die ja eigentlich gerade nichts anderes gemacht hatte. Es würde ihr nur recht geschehen. Als Frau Hurler den Mund wieder aufmachte, legte Christiane sich den Finger auf die Lippen.

»Frau Hurler, ich habe es ein bisschen eilig, ich bin ja nicht tot, und ich bin auch nicht Ihre Mutter.«

Frau Hurler erstarrte kurz und lief rot an, dann richtete sie sich ein wenig auf und sagte etwas gefasster: »Nein. Das sind Sie nicht. Sie sind eine mir vollkommen fremde Kundin, und ich kenne nicht einmal Ihren Namen, aber Sie kennen meinen, und als Sie den so direkt ausgesprochen haben, da fühlte ich mich plötzlich total nah bei mir selbst.«

»Das tut mir leid«, sagte Christiane.

»Aber, was ich damit nur sagen wollte, ist, dass es mich vielleicht überfordern könnte, für Sie eine Entscheidung zu treffen. Ich habe noch nie etwas selber entschieden, und der Job hier wurde mir vom Arbeitsamt vermittelt. Eigentlich wollte ich lieber in die Feinkostabteilung. Ich dachte, da gibt es ja auch Fisch. Nicht lebendig, aber roh. Jedenfalls wollte ich eigentlich auch für immer weg vom Fisch. Man klammert sich halt an jedes bisschen Vertrautheit im Leben. Aber entscheiden wollte ich das auch nicht, und deshalb habe ich das auch nicht zu Frau Lehmstedt von der Agentur gesagt. Die war ungefähr so alt wie Sie und hatte zu allem eine Meinung.«

Christiane wurde langsam müde, und da sie diese junge Frau nie wieder sehen würde, weil sie das Alsterhaus nach dieser unvermittelt intimen Episode nie wieder betreten könnte, entschied sie sich strategisch zu temporärer Offenheit: »Ich weiß einfach nicht, wie man andere glücklich macht.«

»Genauso wie sich selber, nur andersherum eben«, sagte Frau Hurler, ohne zu zögern.

»Aber ich weiß auch nicht, wie ich mich selber glücklich machen kann.«

»Das ist ja voll traurig.«

Frau Hurler legte den Kopf schief und sah möglicherweise wirklich traurig aus.

Christiane wusste nicht, wie jemand in Frau Hurlers Alter traurig aussah, hätte man zwanzig Jahre abgezogen, dann wäre es leichter gewesen, Kinder knallten einem ihre Traurigkeit ja sofort lautstark um die Ohren und waren meist sofort wieder still, wenn man ihnen ein Spielzeug oder einen Lolli vor die Nase hielt.

»Was würden Sie denn selber gerne zur Hochzeit geschenkt bekommen, Frau Hurler?«

Nun lief Frau Hurler eine Glückstränе über die Wange, Funken sprühten aus den aufgerissenen Augen, und sie antwortete mit glockenheller Stimme: »Ein monochromes Kuhfell. In Flieder. Ich habe da letzten Monat jemanden kennengelernt und habe schon in derselben Nacht darüber nachgedacht, was ich mir zu unserer Hochzeit am meisten wünschen würde. Da wusste ich, er ist der Richtige.«

»Aha. Haben Sie hier so ein Fell?«

»Ja, natürlich, Country ist gerade total im Trend.«

»Dann nehme ich so eins.«

»Das kostet aber über tausend Euro.«

»Geld spielt keine Rolle.«

»Wow, sind Sie adlig oder so?«

»Sparsam.«

»Ach so«, sagte Frau Hurler enttäuscht.

Die Adresse von Ansgar und Jorinde war im Hauscomputer hinterlegt, so würde das fliederfarbene Kuhfell dank Aufpreis morgen pünktlich eintreffen, und Frau Hurler bekam eine Provision, weswegen sie Christiane zum Abschied leider an sich drückte und sie dabei mit ihrer Körperwärme infizierte.

Damit konnte keiner rechnen, dachte Christiane immer wieder, um sich freizusprechen, aber es half nicht, Frau Hurlers Temperatur in Christianes Körper stieg sogar noch an. In Schüben überfuhr Frau Hurlers Hitze immer wieder ihren bis dahin gut sortierten Organismus – wenn man von der punktuellen Schwellsituation absah.

Auf der Rolltreppe abwärts wühlte sie hektisch nach dem Glas Perlen von Dr. Polanski und zerkaute alle auf einmal, obwohl die Schwellung ja noch im Beisein Frau Hurlers wieder abgeklungen war.

Der Perlenverzehr schien das Fremdfieber abzulenken, aber Christianes cremelose Gesichtshaut spannte nun wieder entsetzlich, da halfen weder Schweißtröpfchen noch Heileheile-Perlen.

Im Erdgeschoss angekommen, war Frau Hurlers Wärme weitgehend wieder ausgeleitet, nur ein Rest, eine Art Mikroglühen, wanderte noch diffus im Bauch umher, störte aber nicht weiter, und Christiane steuerte auf den ersten Kosmetikstand zu, der sich vor ihr auftat, und bat ohne Umschweife um eine reichhaltige und zugleich mattierende Gesichtscreme.

»Geben Sie mir irgendwas, der Preis spielt keine Rolle, entscheiden Sie, Sie sind die Expertin.«

Der Papagei mit goldgelockter Mähne, der dort regierte, hieß dem Schildchen nach Frau Kuhns, strahlte steif, empfahl und verkaufte Christiane zunächst das Gewünschte, nahm sie dann ins Visier, sagte kurz: »Darf ich?«, packte ihr Gesicht am Kinn wie sonst nur Dr. Polanski, drehte es hin und her und hielt ihr eine Art Zahnarztlampe davor, die so warm war wie Frau Hurlers Körper.

»Wir haben heute ein Gratisangebot für ein festliches Make-up, wenn Sie eines unserer Produkte kaufen, und das haben Sie. Ich würde Sie gerne schminken, Ihr blasses, vollkommen unberührtes Gesicht ist eine Inspiration.«

»Nein, nein, bitte nicht, ich habe für so was keine Zeit.«

»Sie würden mich damit echt glücklich machen!«

Das war doch mal ein Angebot. Christiane fragte: »Hält das auch bis morgen? Da muss ich zu einer Hochzeit.«

Frau Kuhns lachte: »Ach herrje, Sie sind wohl so ein Landei auf Stadttrip, oder?«

»Nein, ich bin aus Hamburg.«

Frau Kuhns sah sie ungläubig an, und dann kehrte die Entschlossenheit zurück in ihr Gesicht, eine Entschlossenheit, die Christiane noch nie zuvor bei einem Menschen gesehen hatte, und Frau Kuhns sagte: »Bitte, lassen Sie mich an Ihr Gesicht, mir ist so langweilig, der Tag geht einfach nicht vorbei. Es sind Ferien. Bitte, ich würde Sie so gern ein bisschen stylen.«

Hatte sie nicht schon ja gesagt?

Frau Hurlers Wärmezirkulation, die Verdauung von Dr. Polanskis Perlen und Frau Kuhns' Glücksrichtlinie hatten Christiane ermattet, und sie überließ Frau Kuhns ihr Gesicht. Wenn es Frau Kuhns denn glücklich machen würde. Eine gute Information. Warum konnten nicht alle Menschen so konkrete Angaben über die erforderlichen Umstände ihres Glücks machen? Alles wäre so viel leichter.

Der Atem der bunt bemalten Frau Kuhns roch nach Limette und Kautschuk, und Christiane fand ein wenig Gefallen an diesem Geruch und auch an Frau Kuhns' tiefweiblicher Stimme, mit der sie gerafft von den Auf und Abs ihrer jüngsten Vergangenheit erzählte und was ihr sonst noch in den Sinn kam, und als sie schließlich bei ihrem Cousin in Baden Baden angelangt war, der auf einer Droge hängengeblieben war und sich deshalb früh am Morgen nackt in ein Café gesetzt hatte, unterbrach Christiane sie zum ersten Mal, um zu fragen: »Woran merkt man denn, ob man verrückt ist oder nicht?«

Zum ersten Mal schwieg Frau Kuhns für ein, zwei Minuten, und dann sagte sie: »Na, er hat es wohl nicht gemerkt, aber er war ja auch schon auf dem Höhepunkt, der arme liebe Junge, war so ein süßes normales Kind gewesen.« Dann öffnete sie Christianes Hochsteckfrisur, fuhr ihr mit einer gigantischen Bürste durch die Haare und ergänzte: »Am Anfang, da kann man es vielleicht noch merken, und am Hauptbahnhof, da läuft wegen der Junkies doch so klassische Musik. Damit die da nicht alles bevölkern, und ich glaube, so ein Junkie ist ja irgendwann ziemlich verrückt von den ganzen Drogen, und der hält das deswegen nicht aus da, das ist da halt extra so gemacht, dass die das dort nicht aushalten, und wenn man selber auch verrückt ist, würde man das dort ja auch nicht aushalten. Schätze ich.« Sie band Christiane einen hohen Zopf und fuhr fort: »So, jetzt tusche ich die Augen nochmal nach, und dann sind Sie fertig. Bitte nochmal geradeaus gucken, nein, nicht nach oben, geradeaus.«

Christiane war vorn in den Bus zum Hauptbahnhof gestiegen, und der Fahrer zwinkerte ihr zu und winkte sie durch, als sie ihr Portemonnaie zückte. Auf ihrem Sitzplatz sah sie in der Fensterscheibe einen Papagei mit Kussmund und beurteilte die Tarnung einer Ausnahmesituation als angemessen.

Schon zweimal war sie um den Hauptbahnhof herumgelaufen, ohne irgendwo Musik zu vernehmen, und ihr war wieder eingefallen, dass sie mit Musik ja im Allgemeinen nichts anfangen konnte, weswegen das angedachte Versuchsprojekt zur Messung des Grades der eigenen Normalität ohnehin keinen Sinn ergeben hätte.

Musik kam Christiane einem Störgeräusch gleich, es zog sie bei Konfrontation schlafwandlerisch zum Schalter hin, und sie regulierte die Lautstärke oder entfernte die Musik vollständig aus ihrem Radius, selbst wenn sie sich dabei Unmut zuzog, beispielsweise im Lehrerzimmer. Die Klüwert hatte dort eigenmächtig ein blödes kleines Radio eingeführt – als Nettigkeit gegenüber den Untergebenen. Wahrscheinlich wäre das Schleimmanöver offiziell nicht einmal genehmigt worden.

Die Ruhe war es immer wert, leicht unangenehm aufzufallen, und sie hatte ihre Rechte, da gab es keine Diskussion. Warum musste es für einige immerzu dudeln, sogar noch zwischendurch am Arbeitsplatz, das brachte einem ja jeden Gedanken um. Da sollten Gefühle geweckt werden, um dann ungebeten darüber zu reden.

Frau Kuhns hatte einfach nur Bericht erstattet, ohne dabei in chirurgisch unappetitlicher Weise ihr Herz auf den Tisch zu legen.

Auch das Tanzen war Christianes Sache nicht, kam ihr beinahe vor wie öffentlicher Geschlechtsverkehr oder zumindest Petting, und das unvermeidliche Schwitzen war doch auch nur eine Variation des Tränenvergießens. Sie hatte Lerke niemals in Diskotheken begleitet, sondern immer nur in sehr enge Bars, die, wenn zu vorgeschrittener Betrunkenheit Tanzlust aufkam, nur Platz zum Vor-sich-hin-Wippen boten. Aber auch enge Bars waren natürlich das Gegenteil von allem, was Christiane sich unter einem ihr artgerechten Miteinander vorstellte. Und so gefiel es ihr rund um den Bahnhof, wo alle vorbeieilten oder sich unauffällig herumdrückten. Am Hachmannplatz und an der Kirchenallee gab es niemanden, der sinnierte, aber angenehme Impulse gingen von diesem Ort aus, und wenn die toxischen Vorgänge in ihrer Wohnung anhalten würden, könnte sie sich vorstellen, hier eines der Hotels zu beziehen, bis sie das Problem gelöst hätte oder der Kammerjäger, wobei, was sollte sie ihm sagen, wie sollte sie es ihm erklären?

In einem Kiosk in der Wandelhalle erwarb Christiane eine günstige Hochzeitskarte, deren Glitzerverzierung sie an Frau Hurlers Bluse erinnerte, und als sie schließlich dabei war, am Automaten eine neue Fahrkarte zu kaufen, da ihre alte durch die ausführlichen Begegnungen mit Frau Hurler und Frau Kuhns die Gültigkeit verloren hatte, tippte ihr jemand sanft auf die Schulter und sprach: »Hallo Christiane Tarpenbek.«

Sie drehte sich um, ein langer Lulatsch mit Walrossbart und goldverspiegelter Sonnenbrille stand dicht vor ihr und machte nun in ihrem Fokus einen Schritt zurück. Zwei weißblonde Flechtzöpfe lugten unter seiner Zipfelmütze mit Tarnmuster hervor, und er trug ein buntgestreiftes Beduinengewand, leuchtrote Adidas-Turnschuhe, und in der Hand hielt er einen Öffentliche-Bücherhallen-Jutebeutel in Dunkelblau, weißbeschriftet, schwang ihn hin und her, während er es aushielt, dass Christiane ihn musterte, und dann lächelte er und sagte: »Christiane, Christiane, nun sag schon was, du machst mich noch immer nervös mit dieser Art.«

»Ich, ich … Ich kenne Sie nicht.«

Er nahm die Sonnenbrille ab. »Ach komm, jetzt mach mal das Licht an. Aber ich hätte dich auch fast nicht erkannt mit der ganzen Schminke und mit diesem koketten Zopf … Das hast du doch gar nicht nötig, das ist doch gar nicht dein Ding. Was ist los, Christiane?«

»Wer sind Sie, ich kenne Sie nicht!«

»Christiane, jetzt komm.« Er grinste breit und zeigte stolz sein schneeweißes Gebiss und auf den Schneidezähnen grün funkelnden Schmuck.

»Der liebe Gilbert … Aus der Schule.«

»Gilbert? Ich kenne keinen Gilbert aus der Schule.«

Er roch stark und edel nach Bergamotte.

»Du bist mir eine, wir haben zusammen Abi gemacht. Vielleicht erinnerst du dich nur noch an meinen Spitznamen.«

Christiane wartete auf die Verkündung des Spitznamens. Gilbert wippte mit seinen Leuchtschuhen fröhlich auf und ab, und Christiane sagte: »Ja?«

»Ich bin Mono.«

»Mono? Ach ja. Mono.«

Ach, der war das. Der unheimliche Streberjunge, der manchmal Leggins getragen hatte und der sich immer so unerträglich gutgelaunt mit ihr hatte anfreunden wollen. An den hatte sie seit zwanzig Jahren nicht mehr gedacht.

»Mono. Bitte entschuldige, aber du siehst anders aus als damals und so riesig, bist du noch gewachsen?«

»Vielleicht bist du ja geschrumpft.«

»Ja, das ist natürlich Unsinn … Gilbert … Mono.«

»Gilbert Montz! Ach, Christiane, du musst nur an deiner Haltung arbeiten, dann wächst du auch wieder.«

Wie er sich freute.

»Warum freust du dich so?«, fragte Christiane.

»Weil ich dich endlich wiedersehe. Ich war so waaaaaahnsinnig verliebt in dich.«

»Nein, nein, niemand war in mich verliebt, alle waren verliebt in Lerke.«

»Lerke? Die war doch bloß eine eingebildete Pissnelke, und die hatte Angst vor dir.«

»Vor mir?«

»Ja, und vor mir, wir waren ein Team.«

»Wir waren ein Team?«

»Ja, aber ich habe immer gewusst, dass du das nicht weißt.«

»Das hast du also gewusst, ah so …«

»Das habe ich.«

»Na ja, immerhin hast du als der Intelligenteste der Klasse gegolten.«

»Das war aber eigentlich Kassandra.«

»Das Drogenmädchen.«

»Ja, so wurde sie genannt, da hatten die anderen weniger Angst vor ihr.«

»Aber sie hat doch ständig irgendwas eingenommen, sogar auf dem Klo, während der großen Pause.«

»Woher weißt du das?«

»Von Lerke«, sagte Christiane und senkte den Kopf.

»Du musst dich nicht schämen, sie hat ziemlich viel gekifft und auch ein paar andere schöne Sachen gemacht.«

»Ich hatte ihren Namen vergessen, dabei ist er ja ziemlich ausgefallen.«

»Ja, den hast du vergessen, weil ihr Kassandra alle immer nur das Drogenmädchen genannt habt.«

»Warum hast du nicht mit ihr die Klasse übersprungen?«

»Weil ich in deiner Nähe bleiben wollte.«

Christiane sagte nichts, und er sagte: »Du musst nichts dazu sagen, und es besteht auch kein Grund zur Sorge, du könntest mir erneut das Herz brechen, ich bin ein glücklicher Mensch und freue mich nur, dich wiederzusehen.«

»Was macht dich denn so glücklich?«

»Ich bin sehr reich und lebe mit mehreren Menschen in offenen Beziehungen.«

»Mit Männern und Frauen?«

»Ja, Männer und Frauen.«

Er strahlte.

»Aber ich weiß, dass du das nicht verstehst, deshalb könnten wir auch nie miteinander glücklich werden.«

»Nein.«

»Wie schade …« Er streckte eine Hand aus und berührte sanft ihre Wange, Christiane machte einen Schritt zur Seite, und er zog sie zurück, zwirbelte seinen Bart und sagte: »Bitte entschuldige, ich weiß, du kannst nicht …«

»Ähm … äh, ja, schon gut … Wie bist du denn reich geworden, also was machst du beruflich, Gilbert? Das muss ja was Tolles sein. Ich bin bloß Grundschullehrerin.«

»Ja, ich weiß.«

»Woher?«

»Na, eine Zeitlang war ich dir noch auf den Fersen, ich wusste zumindest, dass du auf Lehramt studiert hast, aber als du dann schwanger von einem anderen wurdest, habe ich dich ziehen lassen.«

Christiane segelte ihr Fahrschein aus der Hand, er fing ihn auf und steckte ihn in die Tasche ihres Blazers, berührte dabei ihre Brust, und sie regte sich nicht.

»Bist ganz schön warm angezogen, meine Liebe.«

»Du bist ganz schön seltsam angezogen, Mono.«

»Das ist Berufsbekleidung. Damit man mich gut sieht. Ich verkaufe hier Feinkost.«

»Feinkost?«

»Nur Premium-Drogen auf Emphetrylbasis, dazu exklusives Zeug, gibt es nur bei mir. Einer pro Bundesland vertickt das, die Leute reisen dafür extra aus dem Umland an, blütenreines Zeug, Zeug, das in Deutschland noch so unbekannt ist, dass es nicht verboten ist, so unbekannt, dass die anderen Loserdealer noch nicht einmal davon gehört haben, nicht einmal die, aus deren Ländern es stammt. Wenn die anderen Wind davon bekommen, finden sie Wege daranzukommen, und dann fangen sie an, es zu strecken, und dann wird es dreckiger Mainstream, und die Konsumenten kriegen Probleme davon, und die Bullen kriegen es deshalb mit, und ich bin längst raus, wenn es verboten wird.«

»Oha. Das ist aber illegal.«

»Eben nicht.«

»Hast du kein schlechtes Gewissen?«

»Nee, aber einen schlimmen Schmachter, seit ich dich gesehen habe. Dabei habe ich das Rauchen aufgegeben, und du rauchst jetzt schon die Dritte. Lässt du mich mal ziehen oder darf ich dich küssen?«

»Ich küsse nicht.«

»Ja, dachte ich mir.«

Christiane gab ihm ihre Zigarette und steckte sich eine neue an.

»Bist du glücklich, Christiane?«

»Nein.«

Er grinste.

»Das würde auch nicht zu dir passen.«

»Nein.«

Er grinste wieder.

»Nein, natürlich nicht. Kann ich irgendwas für dich tun?«

»Sag mir, was dich glücklich macht.«

»Wenn ich dir was von meinem aktuellen Stoff schenken darf.«

Sie steckte sich noch eine an und fragte: »Ich weiß nicht, was soll ich damit? Was ist denn das überhaupt für ein Stoff?«

Er reichte ihr ein aufklappbares Brillenetui, darin lagen einzeln in Plastik verschweißte hellgraue Kapseln.

»Rhinozeros«, sagte er.

Christiane fuhr zusammen.

»Warum heißen die so?«, fragte sie zitternd.

»Was glaubst du wohl?«

Sie sagte: »Ich habe neulich ein Rhinozeros gesehen, als mein Sohn sich von mir verabschiedet hat.«

»Wart ihr im Zoo?«

»Nein, zu Hause, es flog am Himmel vorbei.«

»Wolke, du meinst eine Wolke. Du hast deine Gedanken an eine Wolke verloren.«

Christiane nickte und sagte: »Ich träume ständig, ich sei ein Zufallsgenerator.«

»Das bist du, das bin ich auch, wir alle sind es.«

»Danke.«

»Wofür?«

»Für deine Worte.«

»Habe ich dich aufgemuntert?«

»Geordnet.«

»Du solltest Rhinozeros probieren, es macht erst mal ordentlich Wumms und ordnet dann alles neu, es erzählt dir deine eigene Geschichte.«

»Oh, nein, bitte nicht, das ist nichts für mich.«

»Dann entschuldige bitte.«

»Aber wenn es dich glücklich macht, nehme ich die Kapsel an und werde sie als Glücksbringer bei mir tragen.«

»Nimm sie, ich muss die letzten sowieso schnell loswerden. Schon zu viele Leute wissen davon, bald geht Rhinozeros steil, und dann verkaufe ich es nicht mehr. Behalt die Kapsel und denk mal an mich. Denk an deinen Glücksbringer, und ich will, dass du auch meine Sonnenbrille bekommst, sie wird dich beschützen.«

»Oh nein, danke, ich, das ist zu viel …«

»Ja, sehr teuer. Paul Smith, ich trage nur Paul Smith, ich mag die Schlichtheit des Namens. Bitte nimm sie, ist keine große Sache, ich verschenke meine Sonnenbrillen immer, wenn ich denke, jemand braucht ein bisschen Schutz.«

»Ein bisschen Schutz, einverstanden, aber jetzt muss ich weiter.«

»Was hast du denn noch vor?«

»Unter einem Vorwand meinen Sohn treffen.«

»Das klingt traurig, geht es nicht ohne Vorwand?«

»Nein.«

Christiane legte die eingeschweißte graue Rhinozeroskugel in das Glas von Dr. Polanski, setzte die goldene Sonnenbrille auf und streckte Gilbert die Hand entgegen. »Wir werden uns nicht mehr wiedersehen, du weißt jetzt zu viel von mir, Mono.«

JOSEPH

Christiane Tarpenbek bestieg einen der mittleren S-Bahn-Waggons und setzte sich auf den letzten freien Platz neben ihre Mutter, die sie seit vierundzwanzig Jahren nicht mehr gesehen hatte.

Die Frau wandte sich ihr sofort zu, und sie spürte ihren Atem, als sie ihr mit heiserer Stimme leise in Ohr sprach: »Ich bin so froh, dass Sie sich zu mir gesetzt haben, junge Dame, ich hatte schon befürchtet, der Neger wäre schneller.« Sie knuffte Christiane in die Seite, und Christiane nahm die Sonnenbrille ab und wandte ihr den Blick zu. Die Frau, die ihre Mutter war, deutete mit dem Kopf in Richtung des jungen Mannes, den sie den Neger genannt hatte, und kurz bevor die Waggontüren sich schlossen, stieg eilig eine schwarze Frau mit einem Kleinkind und zwei jugendlichen Söhnen zu, da sagte die Frau kichernd: »Ach Gottchen, hier ist wohl irgendwo ein Nest.«

Christiane wandte sich ab und ließ die Szenerie auf sich wirken.

Der erste, auf den ihre Mutter sich bezogen hatte, war um die zwanzig, lehnte seitlich an der Wand zur Tür, hielt eine dm-Plastiktüte fest, und ihm fielen ein paar Mal die Augen zu. Die Familie stand daneben um die Haltestange herum und beachtete ihn nicht. Die Jungs im Teenageralter unterhielten sich lachend auf Deutsch, zeigten sich abwechselnd etwas auf ihren Telefonen, die Mutter hockte vor ihrer Tochter und gab ihr einen Kuss auf die Stirn, wickelte einen Lolli aus, den das Mädchen strahlend entgegennahm.

Christiane sah sich in den goldverspiegelten Gläsern der Sonnenbrille, die sie auf dem Schoß hielt, nahm dann ihre Mutter damit ins Visier und erinnerte sich an den Nachmittag, als sie die Cosby-Show im TV angesehen hatte, ihre Mutter sich neben den Fernseher gestellt hatte und sagte: »Wenn sie zivilisiert sind, sind sie ja ganz niedlich.« Da hatte sie genauso gekichert wie eben gerade. Es gab keinen Zweifel.

Erkannte eine Mutter ihr Kind nicht unter allen Umständen wieder, hieß es nicht so? Oder lag der Irrtum bei ihr selbst? War es nicht ihre Mutter? Diese Frau besaß die Abgründigkeit ihrer Mutter und ebenso eine gnadenlose Fratze, in die sich das Böse mit den Jahren hineingefressen hatte. Jeder Mensch habe mindestens einen Doppelgänger, hieß es auch, und plötzlich begriff Christiane, dass sie der einzige Mensch auf der Welt war, der nur sich selbst glich. Dafür hatte ihre Mutter sie immer verachtet und ignoriert.

Sie drehte die Spiegelgläser wieder zu sich, natürlich, sie war stark geschminkt, aber Gilbert Mono hatte sie sofort erkannt.

An der Haltestelle Dammtorbahnhof öffneten sich die Türen, und Christiane stand in Ruhe auf, stellte sich vor die Frau, die vielleicht ihre Mutter war, beugte sich runter und sagte: »Wie ist es denn so in der Hölle, du Monster?«, und spuckte ihr ins Gesicht.

»Was erlauben Sie sich, Sie Dreckshure!?!«, schrie die Frau ihr nach, aber Christiane stürmte aus dem Wagen, kurz bevor die Türen sich wieder schlossen. Einer der Jungen hatte versucht, sie festzuhalten, und ihr nachgerufen, ob sie nicht ganz dicht sei.

Sie rannte ein kurzes Stück über den Bahnsteig und holte den müden Mann mit der dm-Tüte ein, der sofort, nachdem die Türen sich geöffnet hatten, ausgestiegen war und von alledem nichts mitbekommen hatte.

»Hallo, hallo Sie, bitte warten Sie!«

Er reagierte nicht, da rief Christiane: »Sir, Sir, please wait!«

Er drehte sich um und sah sie mit einem Ausdruck an, den sie nicht verstand, und vermutlich ging es ihm genauso.

Sie erreichte ihn, blieb stehen, deutete zum Himmel und sagte: »Strong sun.«

Er lächelte ein bisschen und schüttelte den Kopf.

»No.«

Sie reichte ihm die Sonnenbrille, und er runzelte die Stirn.

»Protection«, sagte Christiane, und er rührte sich nicht.

»Do you need protection?«, fragte er.

»No, protection for you.«

»You want to protect me?«, fragte er erstaunt.

Sie hielt ihm die Brille hin, aber er zögerte noch immer, und sie sagte: »I want to give the glasses to you, I can not use it, it's too big for my … my … nose … ähm … Nasenrücken.« Sie tippte auf ihren Nasenrücken.

»Bridge of the nose«, sagte er.

»Yes, and the German meaning is Nasenrücken.«

»Nasenrucken«, wiederholte er.

»Right and I'd like to give you the sunglasses. The Sonnenbrille.«

Er sah sie verwundert an und sagte: »But you don't know me, and they look expensive. I am a stranger to you. What do you want? Do you want to fuck?«

Christiane schüttelte den Kopf und sagte: »Are you nuts? You could be my son.«

»Sorry Ma'am.«

»You … you really remind me of my son. For that reason, I will give them to you!«

Nun sah er sie amüsiert an und sagte: »Is his father from Nigeria?«

Christiane schüttelte den Kopf, zuckte mit den Schultern, und er nahm ihr die Sonnenbrille, die sie ihm die ganze Zeit über entgegengestreckt hatte, endlich aus der Hand, setzte sie auf und fragte: »Now, are you satisfied?«

Christiane nickte, und er sagte verlegen: »Thanks, Ma'am. Take care.«

»Take care«, sagte Christiane leise, und er drehte sich um, und sie blieb stehen, wollte ihm einen Vorsprung lassen, das Gespräch war beendet, was hätte noch folgen sollen.

Christiane zählte bis zwanzig und ging dann gemächlich los, und als sie sicher war, er hätte nun den Bahnhof verlassen, selbst wenn er noch ein Brötchen gekauft hätte, betrat sie die Rolltreppe. Weit und breit war überhaupt kein Mensch zu sehen, die folgenden Züge waren an der Station vorbeigebrettert, und so lief Christiane auf der Rolltreppe immer wieder ein paar Stufen nach oben, bis die nächste Bahn mit abnehmendem Tempo einfuhr. Zwei Stationen waren es mit dem Bus bis zum Gänsemarkt, und von da aus machte sie sich auf den Weg ins Gängeviertel, um ihren Sohn aufzusuchen.

Christiane näherte sich der Gruppe alt aussehender Häuser mitten in der gepflegten Hamburger City mit schnellen Schritten. Bisher kannte sie das Innenleben des Viertels nur aus dem Fernsehen. Sie durchschritt einen buntbemalten Torbogen und blieb kurz stehen, um sich die Malereien genauer anzusehen, doch ihre Sinne fühlten sich sofort überfordert, und so ging sie noch ein wenig schneller weiter und sprach einen jungen Typen an, der ein

Fahrrad reparierte, und fragte nach ihrem Sohn. Er verwies auf eine Frau und einen jungen Mann, die ein paar Meter entfernt im Hof standen. Christiane ging schnurstracks auf den Mann zu, der aus der Nähe betrachtet älter und wie ein freundlicher arabischer Terrorist aussah, und sie hob den Finger, um ihre Frage einzuleiten. Da klingelte sein Handy, das er in der Hand hielt, eindringlich scheppernd wie ein uraltes Telefon mit Wählscheibe. Er nahm den Anruf sofort an, wandte sich ab, entfernte sich ein paar Schritte, und Christiane stand nun da mit dieser Frau, die ihr zwar direkt in die Augen sah, aber keine Miene verzog.

Christiane erklärte der Frau, worum es ging, aber die zog nur die Schultern hoch und sagte, sie habe keine Ahnung, was Roland gerade treibe, sie wisse nicht, ob sie ihn heute oder morgen früh zu Gesicht bekäme, und forderte Christiane auf, sich mit der Hochzeitskarte an jemand anderes zu wenden oder sie in der Bar abzugeben, und zeigte in eine Richtung und sagte, es sei dort ums Eck.

Da bat Christiane die seltsam alterslose Frau noch einmal nachdrücklich, in sich zu gehen, um draufzukommen, wo Roland jetzt sein könnte. Und die Frau sagte mit frecher Ironie, sie habe kein Ortungssystem und Roland keine Abmeldepflicht. Im Laufe dieses Gesprächs verschlechterte Christianes Laune sich wieder, und am liebsten hätte sie dem Araber die Karte übergeben, aber der sah nicht mal zu ihr rüber, telefonierte unentwegt, wie ein richtiger Geschäftsmann.

Und dann holte Christiane die Karte aus dem Umschlag und hielt sie der Frau unter die Nase, und die verzog nur das Gesicht, als sei die hübsche Verzierung Hundekot.

So verließ Christiane unverrichteter Dinge das exotische Territorium und fälschte zu Hause mit einem mehr als mulmigen Gefühl Rolands Unterschrift. Sie würde Roland bei nächster Gelegenheit mitteilen, wie unhöflich diese Frau gewesen war, aber sie hatte ihren Namen vergessen, irgendwas mit J … Jolena, Julia? Nein, sie kam nicht drauf, weil irgendetwas an dieser Frau gewesen war, was sie sofort wieder vergessen wollte, also hatte sie eben ihren Namen wieder vergessen.

GRACE

Endlich war die Trauung so gut wie vollzogen. Die Kirche war voll, alle Babys schrien verständlicherweise, und eine wunderschöne Cousine, die nicht singen konnte, presste »If I ain't got you« von Alicia Keys, das Christiane ohnehin hasste, noch hysterischer aus sich raus als Alicia Keys.

Lerke und Hauke waren an ihr vorbeigerannt und saßen nun drei Reihen vor ihr. Auch Berenike war wie Roland der Veranstaltung ferngeblieben, was Christiane triumphierend registrierte.

Christiane entdeckte Lerke nach der Shuttlebeförderung gleich beim Eintritt in die Elbvilla ganz hinten in der Garderobenschlange, stellte sich hinter sie und tippte ihr auf die Schulter.

Lerke setzte ihren Kreischton auf, um die Situation zu überspielen, und nur fünf Minuten später hatte Christiane eine Einladung zu einer Grillparty bei Petris. Hauke erhob nur aus der Ferne die Hand zum Gruß, Lerke verabschiedete sich auf die Toilette, und Christiane machte sich alleine auf den Weg zur Schlange vor dem Brautpaar, gratulierte artig, jedoch ohne Küsschen, nur mit leichtem Händedruck. Weder Jorinde noch Ansgar bedankten sich für ihre Anwesenheit oder das fliederfarbene Kuhfell.

Fahrig vor Wut suchte Christiane lange vergeblich ihr Tischkärtchen an einer der Tafeln, bis eine aufmerksame Angestellte mit einem Klemmbrett ihr schließlich half.

Das Essen war nicht nach ihrem Geschmack, wie erwartet, außerdem hatte man Joswig neben Christiane gesetzt, und der schnaufte die ganze Zeit vor sich hin und verschwand dann nach einem Reizhustenanfall bis zum zweiten Gang.

Nach seiner Rückkehr starrte er Christiane von der Seite an, während er das Lammkarree benagte, und sagte: »Hallo sagen könnte man aber schon mal.«

»Hallo«, sagte Christiane und sah einmal kurz zu dem Knochen in seiner Hand.

»Willst du mein Lamm auch noch?«

»Gern, danke Chérie. Gibt es Neuigkeiten?«, fragte er mit vollem Mund.

»Du bist seit heute Schwager«, sagte Christiane und nahm einen Schluck Mineralwasser.

»Was gibt es Schöneres«, antwortete Joswig schroff und schnaufte, als wolle er etwas aus sich herausschleudern.

»Freust du dich nicht für Jorinde?«

»Nee, was hat der Pomp mit mir zu tun? Und wie du ja sicher bemerkt hast, sitze ich nicht mal am Familientisch.«

»Hm. Wie kommt das?«

»Sie haben mich ganz lieb gefragt, ob es mir was ausmachen würde, woanders zu sitzen, weil die Familie von Ansgar so groß sei, und zwei Drittel davon seien extra aus Regensburg angereist.«

Jorinde sah zu ihnen rüber und hob ihr Glas, und da sagte Joswig: »Ich glaube, die wollen uns verkuppeln, Chérie.«

»Ich bin nicht im Mindesten interessiert. Bist du denn auf der Suche?«

»Ja, aber ich hasse deutsche Frauen, und du bist so ein richtig fieses Exemplar.«

Christiane gefiel seine Offenheit.

»Was meinst du?«

Er flüsterte ihr ins Ohr: »Du bist so verkrampft und hast bestimmt nie Bock zu ficken.«

»Und das ist typisch deutsch?«

»Volle Elle, ich habe da empirisch geforscht.«

»Ach ja?«

Er schnaufte wieder und hielt der Servicekraft sein halbvolles Weinglas hin. Als sie ihm nachgeschenkt hatte, trank er den Rotwein in einem Rutsch aus und hielt es ihr erneut hin.

»Bitte gleich nochmal vollmachen, Chérie, du bist ja nie da, wenn ich eine trockene Kehle habe!«

»Wie charmant du bist«, sagte Christiane.

»Ach, charmant my ass. Ich konnte euch deutsche Frauen noch nie von mir überzeugen. Auf charmante oder uncharmante Weise nicht.«

»Gibt es denn eine, die du gerne überzeugen würdest?«

»Ich habe schon eine überzeugt, die würde mich sofort heiraten, ich habe aber keine Kohle, um ihr den Flug von den Philippinen nach Deutschland zu bezahlen.«

»Warum nicht? Ich meine, hattest du nicht eine gutgehende Videothek?«

Er sah sie mit hochgezogenen Augenbrauen an: »Lebst du im Jahr 2005? Wann, Christiane, hast du dir zuletzt ein Video ausgeliehen?«

»Ich? Noch nie, na ja, doch, damals für Roland mal, wenn er eine gute Zensur bekommen hatte.«

»Das ist durch mit den Videotheken. Alles vorbei. Ich habe meinen Laden verkauft. Da ist jetzt ein Butlers drin.«

Christiane wusste dazu nichts zu sagen, da sagte Joswig: »Tut dir das nicht unendlich leid für mich?«

»Ach so, nein, eigentlich nicht, du warst nie besonders freundlich zu mir.«

»Immerhin habe ich versucht, dich zu bumsen.«

»Du hast mir doch nur Drogen angeboten.«

»Ja, sag ich doch.«

»Und deshalb sollst du mir jetzt leid tun?«

»Ja, warum nicht, ich mag es, bemitleidet zu werden.«

»Bemitleidet werden macht dich also glücklich?«

»Entschuldigung, hallo Service, Chérie, könnte ich einen doppelten Bourbon haben, einfach was du dahast, aber zügig bitte.«

»Würde dich das glücklich machen?«, wiederholte Christiane.

»Was?«

»Wenn du mir leid tätest.«

»Pah, nee, das würde mir vielleicht ein bisschen die Eier wärmen, aber glücklich würde mich machen, wenn ich Grace endlich hier hätte und sie heiraten könnte. Die süße Grace. Meine Chérie …«

»Und warum hast du kein Geld für den Flug? Ich denk, du hast deinen Laden verkauft.«

»Habe alles für Drogen und Nutten ausgegeben, und jetzt habe ich einen beschissenen Job im Elektromarkt und kann mir kaum die Miete leisten.«

»Können dir Jorinde und Ansgar nicht aushelfen? Denen scheint es ja hervorragend zu gehen.«

»Ach, die riechen doch die Lunte, die würden mir für Grace' Flug nicht einen Cent geben. Letzten Monat ist mein Bett durchgebrochen und da ist Jorinde mit mir ein neues kaufen gegangen, damit ich auch ja kein Geld für Scheiße ausgeben kann, wie sie sagte.«

»Hast du nicht auch mal Drogen verkauft?«

»Ja, aber das war vor der Videothek, na ja, unterm Tresen habe ich noch Gras vertickt, wenn jemand nach *Life of Brian 2* gefragt hat. Hach, Alter, das war 'ne Zeit, da war ich noch wer. Heute kennt diesen *wer* nur noch Grace, weil alle anderen haben ihn nicht mehr verdient.«

»Vielleicht kann ich dir helfen, Joswig. Aber nenn mich bitte nicht mehr Chérie.«

»Das klingt ja spannend, lass hören, Christiane.«

»Nein, nicht hier. Wir gehen raus und rauchen!«

»Geil, hast du Zigaretten? Mein Arzt sagt, ich soll's lassen, jetzt schnorr ich nur noch, ich mag dich Christiane, ich mag dich!«, rief er laut, und Jorinde und Ansgar sahen rüber, stießen an und lächelten einander verschwörerisch zu.

Christiane und Joswig standen auf, und Joswig nahm der Kellnerin im Vorbeigehen den Bourbon ab. Am Rauchertischchen vor dem Eingang steckte sie sich und ihm eine an und holte das Glas von Dr. Polanski aus ihrer Tasche, drehte es auf und ließ Rhinozeros in Joswigs geöffnete Hand fallen.

Fasziniert besah er die blaugraue Kapsel.

»Wo hast du das denn her? Ist das dieses irre Zeug, von dem ich gehört habe? Sag bloß, das ist 'ne echte Rhinozeros!?«

Christiane nickte und legte den Finger auf die Lippen.

»Christiane, was geht ab!? Die kostet doch ein kleines Vermögen, und wie bist du, ich meine, woher hast du den Kontakt?«

»Das geht dich nichts an. Ich schenke sie dir, dann kannst du sie verkaufen.«

»Ich würde das lieber gleich nehmen, wollen wir zusammen?«

»Aber du brauchst doch das Geld für Grace' Flug.«

»Wenn ich das nehme, brauche ich kein Geld mehr und auch keine Grace.«

Christiane versuchte, ihm die Kapsel wieder wegzunehmen, sie rangen darum, und dann fiel sie zu Boden, und sie hockten sich beide hin, und kleine dicke Tropfen fielen Joswig von der Stirn, und er ließ von der Kapsel ab und sah in den Himmel und Christiane sagte: »Grace liebt dich doch für immer, was ist da schon ein einziger Rausch.«

»Ach, Unsinn, die liebt mich doch nicht, ich habe sie nur von mir überzeugt.«

Joswig hielt ihr seine geöffnete Hand nun entgegen, und sie konnte den kleinen Jungen sehen, der er einmal gewesen war.

»Ich werde jetzt gehen, Joswig, pass auf dich auf.«

»Aber dann verpasst du den besten Teil, den, wenn alle besoffen sind und nicht nur ich.«

IDRIS

Es klingelte Sturm, kaum hatte Christiane ihre Wohnung betreten, und durch den Spion sah sie Dittmers in Unterhemd und Boxershorts. Nun schlug er auch noch mit beiden Händen gegen die Tür, rief immer wieder ihren Vornamen, und sie öffnete irgendwann mit einem Ruck, sodass er mit seinen ungeheuer behaarten Füßen über ihre Schwelle stolperte. Sie schubste ihn zurück, wischte sich die Hände am Rock ab, und als er sich wieder ausbalanciert hatte, taxierte sie ihn mit einem Blick, in dem sie ihre sämtliche Abneigung bündelte, und mit seinen kleinen verheulten Augen wich er ihr aus, und seine Haare standen ab, als käme er direkt aus einem Sturm.

»Wir hätten es vielleicht schön miteinander«, stammelte er und sah zu Boden.

»Ich muss jetzt gehen, Herr Dittmers, und hören Sie auf mit dem Unfug, benehmen Sie sich endlich wie ein Erwachsener, das ist doch nicht schwer.«

»Wo willst du denn hin?! Lass mich nicht allein, lass mir dir wenigstens beim Leben zuhören. Bleib nebenan. Bitte, sei zumindest heute Nacht nebenan! Dann höre ich auf, versprochen.«

»Lassen Sie mich, ich gehe Sie nichts an.«

Sie trat aus der Tür, schob ihn mit der Elle beiseite, schloss ihre Tür zweimal ab, rannte die Treppen runter und dann noch ein Stück die Straße entlang, drehte sich einmal um, aber er war nirgends zu sehen. Es regnete nun in Strömen, und Christiane stellte sich in den nächsten Hauseingang und wühlte in ihrer Tasche nach den Zigaretten, aber sie hatte sie auf dem Rauchertischchen vor der Villa liegen lassen.

Christiane Tarpenbek rannte ein Stück weiter die Straße hoch bis zur Ecke und öffnete die Tür zur Bettkante, schob sich durch den schweren dunklen Vorhang, wechselte am Tresen einen Schein und kaufte zwei Schachteln.

»Sie sind ja ganz durchnässt!«, sagte die Wirtin, und kurz bevor Christiane den schweren Vorhang wieder zur Seite schieben wollte, stellte sie plötzlich die Musik aus. Ein paar Gäste protestierten, und Christiane drehte sich langsam um, und die Barfrau nickte ihr freundlich zu, und Christiane ging zurück zu ihr und fragte: »Warum haben Sie die Musik ausgemacht?«

»Na ja, immer dieses Gedudel, das raubt einem ja noch den letzten Nerv.«

»Ja. Ja, genau.«

»Bierchen?«

Sie zwinkerte ihr zu, und Christiane sagte: »Nein, aber hätten Sie einen Weißwein da? Ich glaube, einen spritzigen Weißwein würde ich wohl trinken.«

»Einen Silvaner hätte ich im Angebot, ist ganz anständig.«

»Ja, danke. Ist in der Ecke noch frei?«

»Na klar, hier is nix mit Reservieren … Ich bring Ihnen gleich das Weinchen, und ich hole auch mal ein sauberes Handtuch von hinten, dann können Sie sich die Haare trocken schubbeln, sonst fangen Sie sich noch was ein. Machen Sie es sich schon mal bequem.«

Eine Woche war seit dem ersten Abend in der Bettkante vergangen, und Christiane war jeden Tag nach Sonnenuntergang dorthin zurückgekehrt. Nach und nach hatte sich die schimmelige Süße ihrer Wohnung aus ihren Gedanken verzogen, so wie auch das Treiben von Dittmers, und sogar die Abwesenheit ihres Sohnes war nur noch ein blasses Flimmern am Horizont, und auch im Reich ihrer angeschickerten Träume tummelte sich bloß noch das Kneipenvolk. Es war zwar anwesend, ließ sie aber in Ruhe, war Gesellschaft ohne Fragen. Verachtete sie nicht für das, was sie war und was sie nicht war, und Christiane fühlte sich auf eine wohltuende Weise wie von sich selbst abgestorben, und in der Kante teilten alle diese Empfindung ohne groß herumzureden, den Fremden hier war nichts fremd, und alle sprachen dieselbe Sprache. Und ihre altbekannten Befürchtungen, die Sommerferien würden niemals enden, hatten sich schon nach einer Woche als angehende Trinkerin ins Gegenteil verkehrt.

Nebenher ahnte sie nach drei, vier Gläsern Wein, dass diese neue positive Aufbereitung ihrer Tage nicht mit dem Alltag einer gewöhnlichen Grundschullehrerin vereinbar sein würde. Aber der Sog ließ nicht nach, und es war ja noch etwas Zeit hin, und an einem Abend spürte sie einmal plötzlich ihr Telefon in der Tasche vibrieren und hatte eine Nachricht erhalten, die erste seit Wochen, und sie war überzeugt, dass es ein Irrtum sei, dabei war es Lerke, die sich nach ihrem Verbleib erkundigte und sogar einen lieben Gruß schickte und im PS schrieb, die anderen Gäste würden schon langsam aufbrechen.

Zunächst fiel Christiane gar nicht ein, worum es ging. Aber dann kam ihr die abgebrochene Hochzeitsfeier wieder in den Sinn und Joswig im Regen auf den Knien und Lerke und der Schreck in ihren Augen und das Kreischen, als sie Christiane unerwartet entdeckte.

Eine Woche musste das her sein, und es kam Christiane vor wie aus einem anderen Leben, und das galt es zu überprüfen. Sie zahlte in Ruhe ihre Flasche Silvaner und machte sich durch die Abendhitze zu Fuß auf den Weg zu Lerke und Hauke in Winterhude.

Hauke öffnete ihr, sagte mit verhaltener Freundlichkeit »'n Abend Christiane« und so etwas wie dass er hoffe, sie habe Appetit mitgebracht, es sei noch viel da, aber alle schon weg wegen der Kinder, dann nahm er einen Schluck aus seiner Bierflasche und bat sie herein.

Im Garten saß Lerke vor dem aufgeklappten Laptop und blickte nicht einmal auf, bis Christiane sagte: »Hallo?! Hier bin ich.«

»Ja, das wurde auch mal Zeit, ich muss morgen superfrüh nach München.«

Christiane überlegte, wieder zu gehen, da stand Lerke auf und sagte gewohnt überschwänglich: »Ach komm, meine Liebe, lass dich mal drücken!«

Christiane ließ sich drücken, und ihr wurde ein bisschen übel, da sie das letzte Glas Silvaner hinuntergestürzt hatte.

»Hast du etwa eine Fahne?«, fragte Lerke bestürzt.

Christiane zuckte mit den Schultern, und Lerke fügte hinzu: »Muss ich mir etwa Sorgen machen?«

»Wenn es dich glücklich macht.«

Lerke sah finster zu ihr hin, schüttelte kurz den Kopf und sagte: »Whatever, setz dich doch einfach, ich muss hier gerade, äh …«, wandte sich wieder dem Laptop zu, tippte etwas herum und fuhr erst Minuten später fort, ohne den Blick vom Bildschirm abzuwenden: »Wir haben gleich einen Skype-Termin mit Berenike in Südafrika. Genaugenommen mit Berenike und Idris. Idris ist ihr neuer Freund.«

Hauke stellte einen Teller mit Bratwürsten hin, sagte: »Na, so neu ist Idris nun auch nicht mehr!«, schenkte Christiane ein Wasser ein, Lerke Riesling nach, und Lerke sagte: »Vielleicht hätte sie lieber Wein?«

Christiane schüttelte den Kopf und sagte: »Ich wusste gar nicht, dass Berenike in Südafrika ist.«

»Wie denn auch!«, sagte Lerke glockenhell und feindselig.

Christiane sagte nichts und biss in die kalte Bratwurst.

»Geht es Berenike denn gut? Ist sie glücklich?«

»Glücklich? Na, sie hat neuerdings eben so die Abenteuermarotte. Aber das liegt im Endeffekt sicher an ihrem quasi neuen Freund. Idris! What a name!«

»Idris. Klingt doch ganz hübsch«, sagte Christiane, und Hauke sagte: »Ja, sag ich doch, wie dieser Schauspieler Idris Elba.«

»Was tut denn das jetzt zur Sache?«, zischte Lerke, und Hauke sagte: »Das ist ein sehr guter Schauspieler«, und Lerke zog die Schultern an, hielt die Handflächen himmelwärts und sagte: »Was bitte tut das hier zur Sache? Namen sind Schall und Rauch!«

»So wie Hauke und Lerke, meinst du? Früher nanntest du unsere identischen Endungen doch hochbedeutsam und hochromantisch, Lerke.«

»Ach, ja?! Ich erinnere mich nicht, vielleicht war ich früher eben auch einfach jünger!«

»Das warst du mit Sicherheit.«

»Ist gut jetzt, Hauke, ist gut, piano, piano, wir müssen gleich skypen, Idris ist meinetwegen ein superschöner Name. Ich konnte mir den am Anfang aber kaum merken.«

»Hat doch nur zwei Silben …«

Lerke verzog keine Miene, aber ihr Gesicht war rot angelaufen, und Christiane fragte schnell: »Wie lange geht das denn schon mit den beiden?«

»Kein Jahr. Und schon macht Berenike alles, was der will.«

»Aber du und Hauke, ihr seid damals doch sogar schon nach drei Monaten zusammengezogen.«

»Das war was anderes, wir kamen ja aus demselben Kulturkreis.«

»Wie meinst du das?«

»Na, da weiß man, was man kriegt, da sind bestimmte Probleme quasi von Grund auf ausgeschlossen.«

»Woher kommt er denn? Ist er Türke?«

»Nein, Quatsch, um Gottes willen, no way, wie kommst du denn darauf? Na ja, eigentlich ist er sogar halber Deutscher, aber der Vater kommt aus Libyen, und das sieht man auch, die dunklen Gene sind auch äußerlich superdominant, und wenn die mal Kinder kriegen sollten, dann ist das Risiko von roten Haaren ziemlich groß. Meine blonde Linie stirbt damit so gut wie sicher aus, da Hauke ja auch schon ziemlich dunkelblond ist, was jetzt nicht schlimm ist, aber irgendwie will man ja schon auch was sichtbar hinterlassen auf dieser Welt, also auch außer Büchern.«

»Hmhm«, machte Christiane, aß ihre Wurst auf; und Hauke kam dazu, setzte sich neben Lerke, nahm sich eine von Christianes Zigaretten, ignorierte Lerkes Blicke; und dann meldete Berenike sich mit einer überschwänglich fröhlichen Stimme aus Südafrika.

Christiane stand auf und machte einen Spaziergang durch den weitläufigen Garten.

Aus der Ferne beobachtete sie nach einer guten halben Stunde, dass Lerke den Computer zuklappte und Hauke wieder im Haus verschwand. Gemach trottete sie zurück und überlegte sich mit großer Mühe, was sie gleich Passendes sagen könnte.

Lerke starrte vor sich hin, und Tränen liefen ihr über das Gesicht, als Christiane sich wieder setzte und leise hervorbrachte: »Das ist als Mutter schon nicht leicht auszuhalten, wenn das Kind so weit weg ist und einen eigentlich gar nicht mehr braucht.«

Da wich die Traurigkeit mit einem Mal aus Lerkes Gesicht, Hass machte sich breit, und sie zischte: »Was fällt dir ein? Natürlich braucht sie mich noch, jetzt schließ mal nicht von dir auf andere, jetzt projizier dich hier mal nicht, du verstehst das doch überhaupt nicht, Roland hat dich noch nie gebraucht, außer am Anfang zum Windeln wechseln und füttern vielleicht.«

Christiane machte sich eine Zigarette an, Lerke schrie: »Hier wird nicht mehr geraucht, und das gilt auch immer noch für dich Hauke!!!«

Christiane drückte die Zigarette auf ihrem Pappteller aus und sagte: »Tut mir leid.«

Lerke schluchzte nun los: »Dieser Scheißtyp hat ihr den Kopf verdreht, damit sie mit ihm sonst wo in der Welt herumreist, von so was hat Berenike doch nie vorher gesprochen. Eigentlich wollte sie Jura studieren oder Germanistik, und jetzt wird sie wahrscheinlich Tauchlehrerin oder Animateurin oder was weiß ich. Nur wegen diesem Scheißmoslem. Ja, du hast recht, das muss man erst mal aushalten als Mutter.«

»Ja, wenn das Kind einen nicht mehr braucht und …«

»Hör auf, hör auf, Christiane, du musst es nicht immer besser wissen, natürlich braucht sie mich noch, Nike ist nur gerade völlig verblendet. Die kommt schon zurück, wenn sie merkt, dass sie ihr eigenes Ich verliert durch diesen Araber, die wird schon vernünftig werden. Ich habe sie nicht umsonst als Feministin erzogen. Jetzt misch dich nicht ein und guck bitte auf dich, Christiane, du hast doch Probleme! Ich und meine Tochter, wir waren schon immer beste Freundinnen. Wann hast du denn das letzte Mal was von Roland gehört, hä?! Oder … Oder von mir?! Fragst du dich nicht manchmal, warum keiner so richtig was mit dir zu tun haben will? Du schnallst doch gar nichts, und jetzt geh bitte, geh und komm nie wieder und schleich dich nicht bei Hochzeiten an mich ran, und auch sonst nicht, wenn wir uns zufällig treffen! Es hat mir schon gereicht, wie du dich vor einem Jahr zwischen mich und Hauke gestellt hast hier im Garten, als es um die ganzen Asylanten ging!«

Hauke steckte den Kopf durchs Küchenfenster und fragte: »Alles in Ordnung bei euch?«, und Lerke sagte: »Christiane wollte gerade gehen, sie ist ein bisschen neben der Spur, sie ist ehrlich gesagt total besoffen!«

Christiane zog unten vor ihrer Haustür die Schuhe aus, schlich bis nach oben zu ihrer Wohnung durch das Treppenhaus. Sie war zu entkräftet gewesen, um noch einmal in die Bettkante einzukehren, zu kaputt, traurig nicht, nein, aber unendlich müde.

Im Dunkeln schloss sie so langsam wie möglich die Tür auf. Von Dittmers war nichts zu hören, aber kaum hatte sie sich ins Bett gelegt, hörte sie ihn hinter der Wand in sein Waschbecken pissen und verfiel trotzdem in einen tiefen Schlaf, der von einem irrelevanten Sonntag mit relevanten Kopfschmerzen unwesentlich unterbrochen wurde. Sie verbrachte den Tag zum ersten Mal in ihrem Leben auf dem Sofa vor dem Fernseher, ohne sich später daran zu erinnern, was sie überhaupt angeschaut hatte, und schlief immer wieder ein und stand irgendwann am frühen Montag auf und schleppte sich ins Bett und träumte zum ersten Mal seit Tagen den Zufallsgenerator und drehte sich unzählige Male, wurde immer winziger, aber bevor sie erneut vollkommen in sich selber verschwunden war, klingelte der Zufallsgenerator laut und immer eindringlicher, und dann wachte sie mit einem großen Schreck auf, als sie realisierte, dass es ihr Festnetztelefon war, und im Halbschlaf lief sie über den langen Flur, in Erwartung eines Todesfalls, und sagte leise: »Tarpenbek.«

Eine hysterisch überdrehte Männerstimme erwiderte: »Spreche ich mit Christiane Tarpenbek?«

»Ja, bitte, was ist passiert?«

»Herzlichen Glückwunsch, Sie haben gewonnen!«

»Was?«

»Gewonnen, Frau Tarpenbek, Sie haben gewonnen! Wir haben Ihnen schon vor einer Woche ein Schreiben zukommen lassen, haben Sie Ihren Briefkastenschlüssel verloren? Oder ist da einfach irgendwie was untergegangen?«

Stimmt, sie war seit Tagen nicht mehr am Briefkasten gewesen.

»Das Messerset?«

»Was bitte?«

»Habe ich das Messerset gewonnen?«

»Nein, nein, besser, eine Reise in eine Weltstadt, nach Kairo, nach Ägypten!«

»Was? Nein, ich hab doch gar nicht … Und da ist doch Bürgerkrieg oder so.«

»Nein, Frau Tarpenbek, das wüssten wir aber. Da ist kein Krieg, da ist aber ein ganz hervorragendes Fünf-Sterne-Hotel, in dem Sie eine Woche in der schönsten Suite residieren werden, und jetzt kommt's, tatatataaaa: Reiseantritt nach Wahl!«

»Nein, nein, guter Mann, ich trete gar nichts an, ich reise nie und würde gerne jetzt gleich von meinem Gewinn zurücktreten.«

»Das können Sie nicht, Frau Tarpenbek.«

»Wieso nicht?«

»Ein Rücktritt ist nicht vorgesehen in den Richtlinien, Sie könnten allerdings die Zeit verstreichen lassen bis zu dem konkreten Zeitpunkt, wo der Gewinnanspruch unwiederbringlich verfällt.«

»Dann nehme ich das.«

»Das können Sie nicht nehmen, das müssen Sie eben passieren lassen.«

»Kann ich die Reise verschenken?«

»Nein, der Gewinn ist nicht übertragbar, so steht es in den Richtlinien.«

»Nicht mal der Flug?«

»Der Flug? Die Flüge ja, aber der Aufenthalt im Hotel Jasmin ist nicht übertragbar.«

»Hotel Jasmin?«

»Ja, benannt nach der Revolution im arabischen Raum, das Hotel liegt in der Nähe dieses Platzes mit T … ähm … Haben Sie davon nichts mitbekommen? Das war sooo schön.«

»Hören Sie, ich bin keine Revolutionstouristin, und ich habe auch garantiert bei keiner Verlosung dieser Art mitgemacht, hier muss ein Irrtum vorliegen.«

»Doch, das haben Sie, das Gewinnspiel lag dem neuen Magazin *Frau von Welt* bei, woher hätte ich denn sonst Ihre Adresse und Telefonnummer?«

Christiane lief mit dem Hörer am Ohr zu ihrem Altpapierstapel in der Kammer, und schon auf dem Weg dahin fiel es ihr wieder ein. Auf dem Titel dieses Magazins war Lerke gewesen, und ein Interview mit Lerke alias Julika Lee war angekündigt gewesen, deshalb hatte sie es gekauft und dann aus Gewohnheit alle Gewinnspiele gemacht. Sie hatte gar nicht drauf geachtet, was es zu gewinnen gab.«

»Herr …«

»Burb.«

»Herr Burb, kann ich mir da nicht was auszahlen lassen?«

»Nein, Frau Tarpenbek, entweder Sie treten die Reise an, oder die Reise löst sich in nichts auf. Zum hundertsten Mal.«

»In nichts, sagten Sie.«

Seine Formulierung versetzte ihr einen Stich, und der Schwindel kehrte zurück, als würde sie noch träumen, aber dann hörte sie Dittmers laut und hochaggressiv husten.

Dittmers kam niemals in ihren Träumen vor.

»Herr Burb, sagen Sie, wann würde die Reise denn beginnen?«

»Den Reiseantritt bestimmen Sie selber, mindestens vierundzwanzig Stunden vorher sollten Sie sich melden. Wenn Sie Glück haben, geht es dann gleich los, kommt auf die Kapazitäten der Fluggesellschaft und des Hotels an. Nach zwölf Monaten verfällt Ihr Gewinnanspruch. Frau Tarpenbek, ich bitte Sie, Kairo ist eine so aufregende Stadt.«

»Waren Sie denn schon dort, Herr Burb?«

»Nein, aber das weiß man doch.«

»Aber da ist es doch gefährlich.«

»Na, passieren kann einem doch überall was, es kann einem auch in Deutschland das eigene Haus auf den Kopf fallen, wie da einmal in Köln zum Beispiel.«

»Ich, ja, aber Herr Burb, ich kenne da doch niemanden.«

Burb hob seine Stimme an: »Das ist doch der Wihitz!«

»Der Witz?«

»Am Reisen. Neue Eindrücke und Geschichten.«

»Aber dafür gibt es doch Filme und Bücher.«

Stolz betonte er: »Ich lese nie. Ich habe echt kein Buch mehr gelesen seit der Schule!«

»Und das ist Ihnen nicht peinlich?«

»Ich bin eben ich.«

»Ja, gut, gut, Herr ähm, Burb, also Herr Burb. Ich werde es mir überlegen, aber bitte freuen Sie sich nicht zu früh.«

»Oh, ist doch völlig egal, ob Sie fahren oder in Timbuktu eine Dattel von der Palme fällt, ich mache hier nur meinen Job.«

»Wissen Sie denn, wo Timbuktu liegt?«

»Das gibt es doch gar nicht, dafür steht das ja, für etwas, das es gar nicht gibt, und deshalb ist es wurscht.«

»Nun hören Sie mal, Burb! Selbstverständlich existiert Timbuktu. Sie sollten sich schämen.«

»Ja, ja, kommen Sie wieder runter, ich guck die Tage mal bei Wikipedia, wenn es Sie glücklich macht. Jetzt seien Sie nicht so streng, ich mache hier nur meinen Job, wie gesagt, Frau Tarpenbek, und ich hab noch mehr Leute zu beglückwünschen heute.«

»Es würde Sie also nicht glücklich machen, Herr Burb, wenn ich die Reise antrete?«

»Warum sollte es mich glücklich machen? Ich krieg da ja keine Provision für oder so.«

»Herr Burb, ich melde mich. Eventuell. Aber rechnen Sie nicht damit.«

»Wie gesagt, mir egal, ich bin nur zuständig für die Information, hätten Sie Ihre Post mal durchgesehen, hätte ich Sie gar nicht angerufen, dann hätten Sie mich angerufen, ha ha ha ha.«

»Was ist daran witzig? Ich rufe Sie an, falls ich meine Meinung ändere, was nicht passieren wird, Herr Burb.«

»Ich weiß nicht, wer rangeht, falls Sie wieder anrufen. Das ist hier ein Callcenter mit über hundert Mitarbeitern.«

»Machen Sie es gut, Herr Burb.«

Christiane blieb in ihrem Nachthemd neben dem Stapel Altpapier sitzen, eine Stunde lang. Dann zog sie sich an, leerte den vollen Briefkasten und fand das Schreiben der Gewinnspielgesellschaft. Nichts wich von dem ab, was Herr Burb gesagt hatte.

Herr Burb, der niemals las und dem sie einerlei war.

Ein angenehmer Mensch.

SÄURE

Christiane saß im Dunkeln am Küchentisch, vor sich einen Frühstücksteller mit einem großen Stück Kaisersülze, Messer, Gabel, Serviette, Zigaretten, Aschenbecher, Feuerzeug.

Der erste Vogel begann zu zwitschern, Christiane begann zu rauchen.

Am Ende des Sonnenaufgangs hatte sie die Kaisersülze behutsam und wie üblich in mundgerechte Happen zerschnitten, diesmal aber, ohne zu überlegen, schnitt sie weiter daran herum, schnitt jedes Teil noch einmal durch und noch einmal, dann schnitt sie vorsätzlich Stücke für jeden verbleibenden Tag der Ferien daraus, und sie rauchte zwei Zigaretten auf einmal dabei, immer abwechselnd nahm sie erst die eine, dann die andere aus dem Aschenbecher, legte sie zurück und hackte immer weiter mit einer Hand, und zuletzt lagen unzählige Stückchen Kaisersülze vor ihr auf dem blaugrauen Teller. Und dann hatte sie sich eine dritte und eine vierte Zigarette angesteckt und aus den Stückchen ein Gemetzel angerichtet, einen Haufen Fleischfetzen und Geleepartikel.

Minutenlang sah sie sich das Durcheinander reglos an und war nicht ganz zufrieden dabei, und sie brachte das Messer in die Spüle und versuchte, den Zustand auf dem Teller mit der Gabel zu Mus zu zerdrücken, was die Struktur nicht zuließ, und so ließ sie von ihrem Frühstück ab.

In ein Glas Wasser spritzte sie einen guten Schuss Apfelessig, stürzte es in einem Rutsch runter, bügelte alle Handtücher und die Bettwäsche, ihr ockerfarbenes Kostüm, bekleidete sich damit, dazu die graugrünen Stiefel, nahm, unmittelbar bevor sie das Haus verließ, schließlich die Gabel zur Hand, aß im Stehen hastig das Gemetzel auf, putzte sich erneut die Zähne, ignorierte Dittmers, der vor seiner Tür stand, ihr ein Glas Senf mit beiden Händen entgegenhielt und flehte: »Bitte nimm wenigstens meinen Senf! Du musst ihn ja nicht essen, es reicht mir, wenn er in deiner Küche steht«, und nahm die U-Bahn, fuhr bis zum Gänsemarkt und lief in hohem Tempo durch die Innenstadt, konsumierte nichts außer zwei Wurstcroissants von *Le Crobag*, einem Tütchen Orthomol-Immun-Granulat und einem Liter Sprite, lief kreuz und quer durch die Wallanlagen, begab sich in das Tropenhaus und verließ es nach einer knappen halben Stunde wieder, da die Vögel ausgesprochen aggressiv lärmten und das Rauchen streng verboten war, lief einmal und dann noch einmal um die Binnenalster, pinkelte im Hotel Atlantic und zählte Liebespaare, bis sie so weit war, mit geringer Anspannung die Bettkannte betreten zu können und, meist schweigend, zu verweilen, bis nur noch wenige Stunden blieben, den Tag von vorne zu beginnen, und sie infolge von Gesellschaft, Alkohol und Erschöpfung vergaß zu träumen oder schlaflos mit sich abzurechnen.

In Wahrheit wurde sie leider nicht zu einer Trinkerin, sosehr sie es auch versuchte, in Wahrheit mochte sie das Trinken nicht, es half nicht, sich weniger an den anderen Menschen zu stören und an ihrer Musik. Sie trank eben nur, um nicht aufzufallen und sich anzupassen, um auch in der Kneipe kein allzu großes Interesse zu wecken.

So entfloh sie Tag für Tag der schimmeligen Honigsüße, die ihre Wohnung sukzessive gänzlich in Beschlag nahm, und auch der Sehnsucht des Kobolds hinter der Wand.

Die Wahrheit schleppte sie demütig mit sich herum, aber etwas, das ihr neu war, überkam sie gelegentlich, wenn sie ihren Platz in einer hinteren Ecke der Kneipe eingenommen hatte. Einverständnis mit der Tatsache: Sie konnte nicht gut allein sein. Und mittlerweile konnte sie es nicht nur nicht gut, sie konnte es gar nicht mehr.

Noch immer aber hatte sie keine Ahnung, wie man das Leben mit anderen teilte, ohne in Schwierigkeiten zu geraten, und sie ahnte nicht, dass es allen anderen genauso ging – aber wenn sie von abends bis nachts in der Kneipe unter Menschen gewesen war und später ins Bett fiel, begegnete sie der Schimmelsüße ohne Hass, nahm es ihr die Furcht vor der Existenz des Kobolds nebenan, und dann irgendwann im Zuge dieser Erkenntnis war nur noch ein Tag von den großen Ferien übrig geblieben.

Vor einer Klasse stehen zu müssen mit lauter rundgesichtigen kleinen Leben auf sich gerichtet, denen ausgerechnet sie etwas erhellen sollte, erschien ihr nun unerträglich, und so war es eigentlich immer schon gewesen, vor allem ihrem Sohn gegenüber, und ungebremst brach sie darüber in der letzten Nacht vor ihrem Weinglas in einen Tränenschwall aus.

In den Armen von Kneipenwirtin Roswitha kam Christiane langsam wieder ein wenig zu sich. Diese Frau trug immer ein Parfüm, das so ähnlich roch wie das Unerträgliche in der Wohnung, nur ohne die Schimmelnote, und noch während Christiane wimmerte, fragte sie sich sachlich, wann ihr das das letzte Mal passiert war. Sie erinnerte sich zum ersten Mal, dass es im Fahrstuhl des Hotels nach Rolands Zeugung gewesen war. Angeschrien und rausgeworfen hatte er sie, weil sie ihm das Laken vollgeblutet hatte, denn er schlafe nicht mit Frauen, die menstruierten.

Roswitha stellte keine zudringlichen Fragen, Roswitha stellte ihr eine große Flasche und ein kleines Glas hin. Die Flasche war bald leer und Roswitha hinterm Tresen beschäftigt, also schleppte Christiane sich zum Ausgang, ohne Roswitha mitzuteilen, dass sie morgen zur Schule müsse und nie wieder kommen würde. Niemals wieder.

HALIMA

Am nächsten Morgen ging der Wecker los wie eine Sirene, und ihr Körper tat entsetzlich weh, und auch ihre Gedanken taten weh, und der einzig klare Gedanke schmerzte am meisten von allen. Heute war der erste Schultag.

Christiane hatte den ersten Kater ihres Lebens, und sie roch nichts außer diesem Duft nach Leder überall in ihrem Bett, und sie wusste genau, was passiert war. Sie war an der frischen Luft vor der Bettkannte diesem Barmann in die Arme gefallen, und irgendwie war es ihr logisch erschienen, in umgekehrter Weise vorzugehen und dieses Mal nach den Tränen Sex zu haben. Im Rausch hatte es einen Sinn ergeben, alles war ihr logisch und umgekrempelt vorgekommen, und nun lag ein zugeknotetes Kondom auf dem Fußboden, und ihr Kopf schmerzte, egal in welche Richtung sie ihn anhob, und in zwei Stunden begann der Unterricht.

Christiane kroch auf allen vieren durch ihre Wohnung und zog sich im Badezimmer am Waschbecken hoch, im Schränkchen darüber fand sie eine Packung Aspirin, die seit sieben Jahren abgelaufen war. Sie schluckte trotzdem drei davon mit ein bisschen Wasser aus dem Hahn, duschte dann eiskalt und stieß dabei Schreie aus, die dem Kobold bestimmt große Freude bereiteten. Eine Stunde später ging es ihr zumindest so viel besser, dass sie in der Lage war, sich anzuziehen, die Haare zusammenzustecken, das Haus zu verlassen, geradeaus zu gehen, durch die frische Luft einen Fuß vor den anderen zu setzen bis zur Schule, die im selben Stadtteil lag.

Direktorin Klüwert stand in einem knallgelben Sommerblazer vor dem Lehrerzimmer und erwartete sie mit grausamer Aufmerksamkeit.

»Frau Tarpenbek, auf die allerletzte Minute? Wie ungewohnt! Schöne Ferien gehabt?«

»Hmhm.«

Christiane atmete mit verschlossenen Augen tief ein, schlug sie auf und atmete sehr langsam wieder aus, und obwohl sie einen starken Magen hatte, schien die bedrohliche Farbe von Klüwerts Blazer ihre Schleimhaut nun auf direktem Wege anzugreifen.

»Sie sehen aus, als hätten Sie noch keinen Kaffee getrunken.«

»Ich trinke nie Kaffee.« Sie würgte ein wenig, sah konzentriert zu Boden, und der Anblick des schwarzweiß gesprenkelten Linoleums linderte die Übelkeit.

Frau Klüwert schien nichts bemerkt zu haben und fuhr in ihrer sublim abschätzigen Tonlage fort: »Ach ja? Nun, Sie werden mit oder ohne Hilfe von Koffein ja sicher noch auf der Agenda haben, dass in der dritten Klasse, die Sie gleich unterrichten werden, die neue Schülerin aus Somalia sitzt, insofern …«

»Was, bitte was?«

»Halima, Frau Tarpenbek! Das Flüchtlingsmädchen aus Somalia. Darüber hatten wir doch vor den Ferien gesprochen, und ich hatte Ihnen letzte Woche zur Erinnerung auch nochmal eine Nachricht auf dem Anrufbeantworter hinterlassen.«

»Hatten Sie, ja. Ähm.«

»Geht es Ihnen nicht gut, Frau Tarpenbek?«

»Ja, ja, doch, selbstverständlich geht es mir gut, ich habe nur schlecht geschlafen letzte Nacht.«

»Das kenne ich, die letzte Nacht bevor es wieder losgeht, das kenne ich nur zu gut.«

Klüwert streckte eine Hand nach ihr aus, und noch bevor Christiane einen Schritt zur Seite machen konnte, berührte sie ihren Arm. Zu welchem Zweck war Christiane nicht klar, und Klüwert seufzte einmal laut auf und erklärte sachlich beschwingt: »So, also Halima ist schon elf, aber sie ist sehr, sehr intelligent, hat während der Ferien einen Deutschkurs besucht und gleich ganz große Fortschritte gemacht, trotzdem spricht sie es natürlich noch nicht, aber ich denke, das wird schon sehr bald werden, ähm ... Und Englisch spricht sie perfekt, insofern habe ich gedacht, sie sitzt am besten neben Birthe, die hat ja ein Jahr in Amerika gelebt, weil der Vater beruflich dort zu tun hatte, und sie ist zudem ja Klassenbeste, da kann sie Halima bestimmt optimal unterstützen. Sie freut sich sicher auch, ihr Englisch mal bei einem anderen Kind anzuwenden. Eine klassische Win-win-Situation also. Kinder sind uns Erwachsenen in Sachen Integration ja oft auf sehr natürliche Weise Meilen voraus.«

»Ja, toll, die Kinder«, brachte Christiane hervor und versuchte dabei Klüwerts Tonfall zu imitieren, was offenbar nicht ganz gelang, denn Klüwert sah sie an und sagte: »Finden Sie Ironie in diesem Zusammenhang wirklich angebracht?«

»Ironie? Was, nein, ich bin nie ironisch. Kein Kaffee, keine Ironie.«

Klüwert zog die Augenbrauen hoch und sagte: »Wie auch immer, Frau Tarpenbek, es sind außer Ihnen schon alle in der Klasse, denn es hat ja längst gegongt, Mathilde hat die Aufsicht bis zu Ihrem Eintreffen übernommen, vielleicht lassen Sie nochmal kaltes Wasser über Ihren Puls laufen, zum Wachwerden.«

»Was, wer, Mathilde?«

»Mathilde, die Referendarin. Sie kennen sie doch.«

»Ach … ja, natürlich.«

»Ist wirklich alles in Ordnung?«

Christiane lief rot an. Plötzlich erinnerte sie sich halbwegs an die letzte Nacht und den nackten Mann in ihrem Bett, und ihre Ohren wurden immer heißer, und das Blut raste ihr einmal durch den Körper, und erstaunlicherweise ging es ihr danach besser.

»Alles gut, Frau Klüwert, ich werde das Kind schon schaukeln. Halima. Birthe. Ich freue mich auf die Herausforderung. Vertrauen Sie mir.«

Dea Klüwert legte den Kopf schief und massierte sich die Schläfe.

»Gut. Gut, gut, sehr gut. Dann sprechen wir einfach hinterher, wie es gelaufen ist. Ich müsste dann auch …«

Auf der Toilette hielt Christiane den Puls unter kaltes Wasser, wusch die Hände heiß, trocknete sie gründlich mit dem groben Papier und verwendete die sensitive Gesichtscreme für 149,90 Euro von Frau Kuhns.

Vor dem Klassenraum blieb sie stehen und suchte nach irgendeinem Ansporn in sich, fand aber nichts außer Pflichtbewusstsein und trat ein.

Ach ja, Mathilde. Die war das, die, die gar nicht aussah, als würde sie so heißen, sondern eher Matthias. Deshalb konnte Christiane sich den Namen auch nie merken.

Mathilde strahlte Christiane an, alle saßen auf ihren Plätzen, es hatte sich nichts Wesentliches verändert … obwohl … Da ragte dieses schwarze Mädchen aus der zweiten Reihe heraus, wie alt sollte sie sein? Elf? Die sah ja aus wie fünfzehn.

»Bleiben Sie noch?«, fragte Christiane, versuchte es mit einem Lächeln, und im Kopf pochte der Schmerz.

»Nein, ich muss schnell in die 2b, Frau Klüsemann, sie hat sich krankgemeldet, hat wohl gestern Nacht Fieber bekommen, so inklusive Magen-Darm.«

Gute Ideen haben immer nur die anderen, dachte Christiane, während Mathilde eilig aus der Klasse schritt und mit einem höflichen Lächeln die Tür schloss.

Christiane schluckte, sie wusste nicht, wie sie hier heute anfangen sollte, sie hatte sich zum ersten Mal nicht einen einzigen Gedanken darüber gemacht, und nun saß da dieses riesige schwarze Mädchen und sah sie durchdringend an, als wüsste sie genau über sie Bescheid. Christiane schloss kurz die Augen, kniff sich mit den Nägeln in den Unterarm, und als sie von sich abließ und wieder aufblickte, hatte Halima den Kopf gesenkt, und Christiane hatte endlich eine Idee und sprach laut: »Welcome Halima, willkommen Halima. Und jetzt alle bitte: Willkommen Halima.«

Und die Klasse wiederholte brav, und Halima lächelte kurz und sah nun wieder zu ihr und erwartete, dass … Aber Christiane hatte keine weitere Idee, in ihren Ohren piepte es, sie konnte das ja schlecht die ganze Stunde über wiederholen mit dem Willkommenschor. Sie konnte nicht anders, als Halima wieder anzustarren, wissend, dass man das nicht machte, schon gar nicht sie als Lehrerin, was, wenn die anderen Kinder es mitbekamen, und sie sah aus dem Augenwinkel, wie Streberin Birthe, die zudem eine widerliche Schleimerin war, sie taxierte, und sie nickte Birthe sehr freundlich zu, und dann wanderte ihr Blick wieder zu Halima, und Birthes Blick ebenso, und die ganze Klasse wurde langsam unruhig.

Warum konnte sie nicht aufhören, das Mädchen anzusehen,

und sich stattdessen etwas einfallen lassen oder einfach den normalen Verlauf abspulen wie tausende Male zuvor. Sie erinnerte sich an nichts mehr, alles war weg, sie wusste nicht einmal mehr, wer genau sie war, und dann dachte sie, es sei ein Blackout, und das klang rassistisch. Sie starrte das Mädchen an, weil sie eine Rassistin war, aber nein, das war es auch nicht, vielleicht Faszination, das Mädchen war schön, aber Schönheit rief nie Irritation in Christiane hervor, es war etwas ganz anderes, etwas Persönliches, das Mädchen war ihr vollkommen vertraut, nicht fremd, und das eben rief die totale Irritation hervor. Es kam ihr so vor, als könnte dieses Mädchen sie durchschauen, als würde Halima denken, ich verstehe dich, du brauchst mir nichts erklären, ich kenne dich gut, komische deutsche Frau.

Christiane hörte das Kind denken, während sie weiter in seine klugen traurigen Augen sah, und Halima hielt ihrem Blick stand, ohne zu blinzeln, und Christiane erkannte diesen Blick plötzlich wieder, und die Erinnerung knallte mit Wucht aus ihrem Gedächtnis. Wie sie sich den wissenden Blicken ihres kleinen Sohnes ausgeliefert gefühlt und gewusst hatte, dass er ihr überlegen war und es nur eine Frage der Zeit sei, bis er es auch bemerkte.

Nun begann sich alles in Christianes Kopf zu drehen, und sie musste hier weg, dem Blick dieses kleinen Mädchens entkommen, das ihre Hilfe brauchte. Hätte sie doch etwas vorbereitet über Somalia, Halima konnte ja nicht selber erzählen, aber vielleicht konnte man irgendwas übersetzen, vielleicht konnte Birthe, die war doch ein Jahr in Dallas gewesen und liebte es, sich hervorzutun, hatte das ganze letzte Halbjahr damit angegeben, da konnte sie doch mal zeigen, was sie konnte, diese … Die anderen Kinder lachten und begannen nun ebenfalls, sich nach dem neuen Mädchen umzudrehen, und Christiane setzte sich schnell hinter das Pult und gab vor, etwas in ihrer Tasche zu suchen, ausgiebig wühlte sie darin herum und sagte dann extralaut: »Ach, wo habe ich es denn, ach, ich habe es liegen lassen, holt schon mal eure Fibeln raus!«, und dann wurde ihr so komisch, dass sie unterm Schreibtisch hyperventilierte, ihre Beine begannen zu zittern, was sie von der Atemnot ablenkte, und sie atmete und fischte aus ihrer Tasche das Pfefferminzöl und rieb sich so viel davon in die Nasenlöcher, dass es brannte und schmerzte und ihre Augen heftig tränten. Was sollten die Kinder denken, was dachten die Kinder bloß?

Christiane hielt sich die Hand über die Augen, kam unterm Tisch hervor und rief: »Kinder, ich habe was im Auge, ich bin gleich zurück!«, lief die Tasche fest umklammert aus der Klasse und auf die Toilette, wusch sich erneut die Hände, bis sie das Pfefferminzöl entfernt hatte, dann spülte sie sich die Augen gründlich mit warmem Wasser aus, aß das Dextro-Energen-Zitrone, das sie bei der Scheinsuche in ihrer Tasche entdeckt hatte, und dann ging es ein wenig besser.

Als sie aus der Toilette kam, stand Birthe allein im Gang und schien auf sie zu warten.

Nun machte das Kind ein paar Schritte auf sie zu, griff nach ihrer Hand, wie sie es auch auf dem Schulhof während der großen Pause immer tat, blickte zu ihr hoch und sagte mit lieb unschuldigem Tonfall: »Frau Tarpenbek, ich will nicht neben der Negerin sitzen, die stinkt!«

Christiane brauchte einen Moment, um zu begreifen, was Birthe gesagt hatte, und sie flüsterte: »Pscht, was redest du denn da, Birthe.«

»Aber das stimmt, die stinkt wirklich. Ich lüge nicht!«

»Pscht, Birthe, jetzt schrei hier nicht rum und sag nicht Negermädchen, das ist nicht das richtige Wort.«

»Ist es wohl! Meine Eltern sagen das auch so.«

Christiane wusste nun wirklich nicht mehr weiter, und weil ihr Kopf nichts Besseres hergab, fragte sie zum Zeitgewinn: »Wonach riecht deine Klassenkameradin denn?«

»So wie die Wäsche, die Paulina zu spät aufgehängt hat.«

»Wer ist Paulina?«

»Unsere Putze.«

»Eure Putzfrau meinst du.«

»Ja, und ich hab ihr das auch schon immer oft gesagt, dass sie die Wäsche sofort aufhängen muss, weil da sonst Bakterienfamilien einziehen. Aber die macht nie, was ich sage, und dann sage ich das Papa, und dann kriegt sie aber richtig Ärger, hi hi hi hi hi.«

Birthe hielt sich gespielt beschämt die Hände vor Nase und Mund, und ihre Augen funkelten fröhlich.

Christiane sagte: »Birthe, hör mir mal gut zu, du bist nicht alleine auf der Welt, und du bist noch ein Kind, und ich hoffe, irgendwann begreifst du ein paar Dinge, die deine Eltern wohl nicht begriffen haben, meine Mutter hat auch …«

Christiane brach ab, sie war dabei, sich einem Kind zu offenbaren, noch dazu diesem Kind.

»Nun, gehen wir zusammen zurück in die Klasse, und du setzt dich wieder neben Halima.«

»Nein, die stinkt! Ich will da nicht sitzen, sonst muss ich spucken.«

Christianes Magensäure machte sich wieder bemerkbar.

»Birthe, bitte, ich bitte dich, benimm dich jetzt!«

»Nur wenn Sie ihr sagen, dass sie stinkt und nach Haus gehen und sich waschen muss, und dann soll sie ganz hinten sitzen, wo ich sie nicht sehen muss, weil ich sonst nicht im Unterricht aufpassen kann.«

Birthes wasserblaue Kulleraugen leuchteten diabolisch, während sie eine ihrer langen blonden Haarsträhnen eindrehte, und

Christiane hätte ihr am liebsten gesagt, sie solle reingehen und sich sofort bei Halima entschuldigen, aber Halima wusste ja nichts von alledem, und nachdem sie einen weiteren Würgereiz unterdrückt hatte, brachte sie hervor: »Birthe, ich bin deine Lehrerin, und ich befehle dir jetzt sofort, in die Klasse zu gehen und dich zu Halima zu setzen und ihr zu übersetzen, was in der Fibel steht. Ich gehe inzwischen nochmal auf die Toilette.«

»Nein, das mach ich nicht, sie ist eine Scheißniggerin!«, rief Birthe, und Christiane knallte ihr eine.

Christiane zuckte zusammen, und in Erwartung, dass Birthe nun in Tränen und Geschrei ausbrechen würde und alle aus den Klassen geströmt kamen, auch Direktorin Klüwert, erstarrte Christiane und bekam kaum noch Luft. Birthes Augen funkelten nun noch ein bisschen mehr, und sie sah Christiane erst ein paar lange Sekunden an, ohne zu blinzeln, strich sich dann dreimal sanft über die Wange, malte mit dem Zeigefinger eine unsichtbare Träne unter das Auge, grinste, drehte sich um und lief zurück in die Klasse.

Ruhig Blut, ruhig Blut, dachte Christiane und ging auf die Toilette, schloss sich ein, rutschte an der Wand hinunter und zündete sich trotz Übelkeit eine Zigarette an. Adrenalin schoss durch ihren Körper. Nur nicht ausflippen, keine Panik, Panik hilft nichts, das Kind hat vielleicht einfach etwas begriffen, alles wird gut, nur die Ruhe, es wird nichts passieren, gar nichts, manchmal passiert eben nichts, Birthe ist ein Kind, die kann dir nichts, niemand hat euch gesehen, und du tust das nie wieder, du schlägst niemanden, du bist nicht deine Mutter, und wir schieben gleich alle zusammen die Tische beiseite und bilden einen Stuhlkreis, alle zusammen. Und ich werde Halima bitten, auf Englisch von ihrer Heimat zu erzählen, ich übersetze selber, und Birthe sitzt dann woanders und regt sich wieder ab, und danach wird aus den Tischen ein Hufeisen und das Problem ist wortwörtlich vom Tisch. Ja, so machen wir das. Puh. Ach was, großartig, alles wird gut, wird schon, wird schon, dachte sie und spülte die Zigarette im Klo runter.

Als sie die Klasse wieder betrat, herrschte eine unheimliche Stille. Alle starrten auf Halima, die nun noch größer war, da sie hinter dem Tisch stand und gerade ihre Tasche verschloss.

»Halima?«, sagte Christiane, und Halima sah zu Boden, lief an Christiane vorbei und eilig aus der Klasse, während Birthe, die als Einzige ebenfalls stand, ununterbrochen grinste.

»Was ist hier los?«, fragte Christiane mit einem Bangen in der Stimme.

Und Birthe sprach laut und stolz: »Ich habe Halima gesagt, dass Sie gesagt haben, dass sie stinkt und sich waschen soll und dass sie nach Hause gehen soll und dass ich ihr das sagen soll, weil Sie nicht so gut Englisch können wie ich, und dann habe ich es für alle anderen nochmal auf Deutsch übersetzt.«

»Aber, das hast doch du … Birthe, du hast doch …!!!«

Birthe legte sich die Hand an die Wange und sah Christiane durchdringend in die Augen.

»Ja, bitte schön, ich habe das für Sie gemacht, Frau Tarpenbek.«

Alle Kinderaugen waren auf sie gerichtet, und da sagte sie: »Kinder, es gibt Dinge, die manchmal nicht leicht zu verstehen sind, für uns alle nicht, auch nicht für uns Erwachsene. Ich … Ich habe einen Fehler gemacht. Einen Sprachfehler. Also einen Fehler in meiner Ausdrucksweise, Sprache kann manchmal etwas durcheinanderbringen, deshalb ist es sehr wichtig, auf die Sprache zu achten, Kinder. Birthe hat da etwas ganz, ganz falsch verstanden.«

»Hab ich nicht!«, sagte Birthe, machte ein paar Schritte auf sie zu, rieb sich die Wange und sagte: »Haben Sie etwa geraucht? Rauchen ist gefährlich, das kann töten!«

Christiane wurde nun ganz ruhig, so ruhig, dass sie sagte: »Ich fühle mich nicht wohl, ich muss jetzt gehen, die Stunde endet in wenigen Minuten. Bis dahin bleibt ihr auf euren Plätzen.«

Christiane stieg die Treppen langsam nach unten und verließ die Schule. Zu Hause legte sie sich ins Bett, neben sich ihr Handy und das Festnetztelefon, und wartete. Nach drei Stunden war es endlich so weit. Direktorin Klüwert rief an und sagte: »Frau Tarpenbek, ich bin schockiert, was ist bloß in Sie gefahren? Kommen Sie bitte morgen früh um acht in mein Büro. Halima und ihre Eltern werden ebenfalls anwesend sein, und wir werden versuchen zu retten, was zu retten ist.«

»Ich habe dem Mädchen nichts getan. Das war alles ganz anders.«

»Dann hat das kleine Mädchen sich das also alles ausgedacht, oder wie soll ich das verstehen? Was ist denn Ihrer Meinung nach passiert, Frau Tarpenbek?«

»Nichts, nichts. Schon gut.«

»Sie werden sich entschuldigen müssen, und ich bin mir nicht sicher, ob das ausreichen wird, Frau Tarpenbek. Das ist ein sehr schwerwiegender Fall.«

»Ich … Ich werde dort sein. Aber ich werde mich nicht entschuldigen. Ich habe das nicht getan, ich werde es nicht eingestehen, so etwas getan zu haben. Ich nicht. Ich …«

»Frau Tarpenbek, ich bitte Sie, hier geht es nicht um ein Kavaliersdelikt. Wir sehen uns morgen, ich möchte jetzt auflegen, sonst fange ich an zu schreien.«

»Die Wahrheit ist …«

»Ja?«

»Nichts.«

»Dann lege ich jetzt auf, Frau Tarpenbek.«

Die Wahrheit war, sie hatte ein Kind geschlagen, eine leistungsstarke Drittklässlerin, die aussah wie ein Engel. Christiane stand auf und öffnete alle Fenster in der Wohnung. Es war ein schöner sonniger Spätsommertag.

Am nächsten Morgen im Büro von Frau Klüwert blieb Christiane neben der Tür stehen, auch als Frau Klüwert ihr einen Stuhl zuwies. Der Vater des Mädchens schien sehr ruhig zu sein, aber die Mutter lief sofort auf Christiane zu, redete auf Englisch auf sie ein, sie würden sich im Wohnheim zu viert noch mit Halimas kleinem Bruder ein Zimmer teilen und sie hänge die Wäsche immer dort auf, weil draußen dauernd was gestohlen würde, sie vermute von den Afghanen, und ihr Mann zog sie zurück und sagte wütend etwas in einer fremden Sprache, und Christiane sagte auf Englisch, sie sei nur hier, um zu sagen, sie habe Halima nichts getan, und sie werde sich deshalb nicht entschuldigen, und dann sagte Frau Klüwert, Christiane sei bis auf weiteres beurlaubt, damit müssten nun alle erst einmal leben.

Zurück in der Wohnung ließ Christiane alle Fenster offen stehen, selbst als am nächsten Tag ein Gewitter aufkam. Am übernächsten Tag begann plötzlich ihr Festnetz zu klingeln, und fremde Menschen von Zeitungen sprachen ihr auf den Anrufbeantworter, bis der Speicher voll war, auch private Beschimpfungen waren dabei, ziemlich heftige Beschimpfungen. Ein paar Mal klingelte es an der Tür, und einmal war es der Dittmers, der durch die Tür brüllte, er habe sie in der Zeitung gesehen, aber nicht mit vollem Namen, aber er sei sicher, es handele sich um sie, und er sei absolut auf ihrer Seite, ihm wäre auch so etwas zugestoßen und der Rest der Welt sei schlecht, aber er auf ihrer Seite.

Christiane googelte ihren Namen und fand sich selber im Internet. Sie war ein Monster. Irgendjemand hatten ihren richtigen Namen verbreitet. Überall sah sie dasselbe Bild von sich, es war beim letzten Schulfest aufgenommen worden, sie stand auf dem Rasen, hielt einen Luftballon in der Hand und hatte Glitzersteinchen im Gesicht, die ihr der kleine Tobias am Schminkstand aufgeklebt hatte. Sie stellte sich vor, wie Roland sich dieses Bild ansah und sie vielleicht ein bisschen vermisste, und wusste doch, dass sie nun sicher niemals wieder etwas von ihm hören würde. Sie schaltete den Computer aus, zog den Stecker und sah in den Kühlschrank, zählte zwei Kaisersülzen, zweimal Frühstück, dann würde sie langsam verhungern, an Einkaufen war nicht zu denken, verabscheuungswürdig wie sie war.

Seltsam war, dass sie sehr gut schlafen konnte seit dem Vorfall, und in einer Nacht hatte sie zwölf Stunden durchgeschlafen. In ihren Träumen war es warm gewesen, und am nächsten Morgen setzte sie sich an den Schreibtisch und schrieb einen langen Brief an ihren Sohn, dann nahm sie das Festnetztelefon und wählte die Nummer auf dem Schreiben, das sie neulich erhalten hatte. Über der Nummer stand: Herzlichen Glückwunsch.

»Gewinnspielhotline Sunnytimes, Sie sprechen mit Ilona Heik.«

»Ja, guten Tag Frau Heik, hallo, ich würde gerne Herrn Burb sprechen.«

»Herr Burb? Den kenne ich gar nicht. Kann ich vielleicht etwas für Sie tun?«

»Ja, ähm. Also, ich habe da was gewonnen. Eine Reise nach Kairo in ein Hotel, das Hotel … äh, Jasmin.«

»Jaaaaaa, warten Sie, da hatten wir eine Ausschreibung. Warten Sie bitte kurz, einen Moment, ja, da haben wir es ja schon, wie war Ihr Name noch?«

»Ähm, Tarpenbek, Christiane«, presste sie beschämt heraus, aber der Frau am anderen Ende schien nichts aufzufallen, vielleicht hatte sie eigene Sorgen.

»Soho, Frau Tarpenbek, hier hab ich Sie, da steht, Sie wollten die Reise vorerst nicht antreten!«

»Doch, doch, doch, das will ich wohl, Kairo ist touristisch nicht allzu beliebt gerade, oder?«

»Da können Sie ruhig hinfahren, da fahren auch viel mehr Leute hin, als man denkt, es kann einem ja überall was passieren.«

»So hab ich das nicht gemeint, ich hab es gerne ruhig, also nicht so viele Deutsche um mich, ja, so meine ich das.«

»Ach so, nicht zu viele Deutsche. Da können Sie ganz beruhigt sein, Kairo ist ja nicht Palma de Mallorca.«

»Nein. Da haben Sie recht, Frau Heik. Kairo, sehr gut. Am besten sofort.«

»Warten Sie, ich gucke mal, ob da was geht in den nächsten Stunden, das ist von der Kapazität der Flüge abhängig, aber das sieht ganz gut aus, ist ja schon Nachsaison, und das Hotel ist sowieso nie ausgebucht, schon gar nicht die Suiten. Aber ich müsste da kurz mal telefonieren. Kann ich Sie dann gleich zurückrufen?«

»Ja, natürlich. Ich laufe nicht weg.«

VIERTER TEIL

CHECK-IN

Wenige Tage später betrat Christiane Tarpenbek gegen sieben Uhr früh das Flughafengebäude in Hamburg Fuhlsbüttel. Sie trug eine Plastiksonnenbrille, das graue Regencape sowie ein Kopftuch und ging im Stechschritt auf die erste uniformierte Person zu', zeigte das Ticket vor und ließ sich zum Schalter begleiten. Die Frau, die ihr Gepäck entgegennahm und Christianes Ausweis verlangte, forderte sie auf, die Sonnenbrille abzusetzen, und Christiane tat, wie ihr befohlen, und sah die Frau mit weit aufgerissenen Augen und heruntergezogenen Mundwinkeln an, genauso wie auf dem biometrischen Passbild. Die Frau mit dem perfekten Dutt fing an zu lachen und sagte: »Schon gut, Sie sind es, und Sie sind sehr lustig, danke, ich konnte die Aufheiterung gerade gut gebrauchen, angenehmen Flug wünsche ich.«

Christiane war irritiert, sie hatte nicht versucht, die Frau zu erheitern, und sie hatte keine Ahnung, wie man lustig war. Sie hatte noch nie versucht, lustig zu sein. Jetzt aber lächelte diese fremde Person sie zufrieden an, ohne zu ahnen, dass es Christianes erster Flug war. Plötzlich schien Christiane diese Übergangshalle ein angenehmer Ort zu sein, vielleicht sogar der angenehmste, an dem sie sich jemals aufgehalten hatte. Voller Trubel und flüchtiger Begegnungen.

Christiane war seit Tagen nicht zur Ruhe gekommen. Nun setzte sie sich ins oben gelegene Café und aß eine Schale Erdbeeren mit Sahne vom Frühstücksbuffet, ließ die Schale einfach stehen, rannte die Treppen wieder runter und wurde von einer jungen Mitarbeiterin verfolgt, die immerzu rief: »Hallo, hallo, bleiben Sie stehen!«

Sie wies Christiane darauf hin, dass hier nichts umsonst sei, und Christiane entschuldigte sich und sagte, sie habe gedacht, mit dem Flugticket sei alles inklusive. Die junge Frau sah sie an, als sei sie von einem anderen Stern, und ein bisschen gefiel Christiane das, und dann begleitete sie die junge Frau zurück nach oben und zur Kasse, die sie übersehen hatte, und bezahlte die Erdbeeren.

Später betrat sie einen großen Kiosk, nahm eine Zeitschrift nach der anderen in die Hand und legte sie wieder hin, bis ihr erneut ein Mitarbeiter über die Schulter sah und fragte, ob er ihr helfen könnte.

»Gewiss nicht. Obwohl, haben Sie hier auch Getränke?«

Christiane erwarb eine Flasche Fanta.

»Wissen Sie«, zischelte ein weichgesichtiger mittelalter Mann mit Glatze und Seehundschnäuzer in einem lilafarbenen Trenchcoat von der Seite zu ihr, »wissen Sie, dass die Produktbezeichnung Fanta nicht von ungefähr kommt?«

Christiane drückte ihre Kinder-Plastiksonnenbrille fest auf den Nasenflügel und schüttelte energisch den Kopf.

»Fanta ist abgeleitet von Fantasie, gute Frau. Haben Sie Fantasie?«

»Nein.«

»Aber warum tragen Sie dann eine solche Sonnenbrille und so ein Kopftuch, ist das ein Geschirrtuch?«

»Das geht Sie gar nichts an.«

Christiane verstaute das Portemonnaie tief in ihrer Tasche und verließ im Rückwärtsgang, um den Mann im Blick zu behalten, den hellgelb erleuchteten Laden, der nach einer voll aufgedrehten Heizung roch. Da zog er einen goldenen Flakon aus seinem weißen Aktenkoffer und besprühte, ohne die Augen von ihr abzuwenden, die Glatze. Der pudrige Geruch zog zu ihr rüber, und sie drehte sich um und rannte in Trippelschritten davon und erreichte ein wenig aus der Puste das kleine Labyrinth vor der Handgepäckabfertigung.

Die Kontrollpersonen rochen alle frisch geduscht und nach aquatischen Eau de Toilettes. Ein großer Krümel Schlaf hing der Frau mit stark getuschten Wimpern an den Augen, die sich Christianes Ausweis ansah. Dieses Mal versuchte sie nicht, ihr Foto zu imitieren, und sie brachte auch niemanden zum Lachen. Diese unterbezahlten Menschen in Uniformen hatten eine beruhigende Wirkung auf Christiane.

Als Christiane durch das rechteckige Kästchen ging, nachdem sie ihr Handgepäck in einer der sperrigen Plastikschalen verstaut und man ihr streng die Fanta abgenommen hatte, wartete eine sehr kleine x-förmige Frau mit einer überdimensionalen Lupe und lächelte sie schläfrig schief an.

Nach unten hin wurde die kleine Frau breit, und Christiane fühlte eine Traurigkeit, die direkt aus der Mitte des Leibes dieser kleinen Frau zu kommen schien.

Als diese Frau einen Schritt auf Christiane zumachte, machte Christiane zunächst einen Schritt zurück, und die Frau sah sie kurz, aber fest an, und Christiane überlegte, einen Aufstand zu machen und erschossen zu werden, entschied sich dann aber anders. Starr stand sie da, als die kleine Frau sie berührte und von oben bis unten betastete. Mit ihren kleinen Patschern suchte sie streng nach etwas Bösem an Christiane, und Christiane wünschte sich, dass sie es finden und ihr unter die Nase halten würde und dass man sie dann abführte und irgendwo hinbrachte, wo sie für immer bleiben durfte.

Aber die Angestellte, die auch nach aquatischem Eau de Toilette roch, hatte schon längst aufgehört, sie grob zu befühlen, und sagte zu Christiane herauf: »Danke schön, Sie können jetzt gehen.«

Christiane zerrte ihre große Umhängetasche aus der Plastikschale, lief durch die Gänge, erst einmal in die falsche Richtung und dann zurück, schlängelte sich durch Geschäfte, versprühte Parfüm und lief weiter und weiter, nahm sich vor, in Bewegung zu bleiben, bis sie das Flugzeug endlich bestiegen hatte.

An einem einsamen Sandwichstand auf der letzten langen Strecke zum richtigen Gate hielt sie kurz an und tappte weiter von einem Fuß auf den anderen, wie ein Jogger an der Ampel, und kaufte zwei 0,5-Liter-Flaschen Fanta und ein Schinkensandwich. Schließlich aß sie es an ihrem Gate am Schalter, ganz vorne, ganz allein, und es bildete sich eine Schlange hinter ihr, sie drehte sich nicht um, aber sie hörte die Stimmen, arabisch, englisch, hier und da ein Fetzen deutsch.

Als sie als Erste das Flugzeug betrat, nickten die gründlich geschminkten Stewardessen ihr freundlich zu, und Christiane erinnerte sich an Frau Kuhns aus dem Alsterhaus. Da fragte sie sich, ob es in dem Moment, als sie zugelassen hatte, von Frau Kuhns unkenntlich gemacht zu werden, ob es da begonnen hatte. Das hier. Dass sie jetzt hier war in einem Flugzeug. Das hatte doch überhaupt nichts mehr mit ihr zu tun.

Die Stewardessen wiesen sie mit galanter Geste auf einen Stapel mit Zeitungen und einen mit Magazinen hin, und Christiane las auf dem Magazin in großer pinkfarbener Schrift: Warum tut sie sich das an?!? Und sah das Bild einer gründlich geschminkten

Frau, die nicht lächelte. Die Stewardessen lächelten noch immer und nickten ihr zu.

Christiane versuchte auch zu lächeln, aber sie schaffte es nicht, sie bekam ihre Mundwinkel nicht nach oben, zog stattdessen die Augenbrauen hoch. Ihr Mund war wie gelähmt, sie hatte sich in ihr Passbild verwandelt. Also blickte sie zu Boden und dann auf das Ticket in ihrer Hand und vergaß danach zu fragen, wie man den richtigen Platz findet.

Sie hatte, während sie am Gate gestanden hatte, versucht, sich die Sitzplatznummer zu merken, falls sie das Ticket auf dem Weg ins Flugzeug verlieren sollte. Es war ihr nicht gelungen, sie hatte sich nicht konzentrieren können, und eine Eselsbrücke war ihr auch nicht in den Sinn gekommen.

Hätte man sie überhaupt noch ins Flugzeug gelassen, wenn dieses Stück Papier fort gewesen wäre? Sie starrte darauf und lief dabei an ihrem Platz vorbei, weil sie ja auf die Bordkarte starrte und nicht auf die kleinen Nummern und Buchstaben über den Sitzen.

Ich Idiotin, dachte sie und betrat die Toilettenschachtel am Ende des Gangs. Ich Idiotin, dachte sie, während sie in der Toilette ausharrte, einfach so dort stand. Ich Idiotin. Nach einigen Minuten wusch sie sich die Hände und öffnete die Tür. Da niemand sich angestellt hatte, blieb sie dort stehen und beobachtete die Passagiere durch das rote Glas ihrer weißen Plastiksonnenbrille, die sie in einem Schuhkarton zwischen den Plastikrosen gefunden hatte. Die hatte sie auf dem Frühlingsdom gewonnen, als Roland noch ein Kind gewesen war.

Das Flugzeug war nun fast voll, die Leute standen herum und verstauten ihr Gepäck, andere sahen auf ihre Bordkarte und nach oben über die Sitze, und so tat Christiane es dann auch und setzte sich schließlich auf ihren Platz am Gang.

Neben ihr besetzte ein Zweihundert-Kilo-Mann in einem pastellblauen Seidenhemd und schwarzglänzendem Haar zwei Plätze auf einmal und hatte die Augen geschlossen.

Seit Tagen hatte Christiane kaum geschlafen, und nun, beim Anblick des ruhenden Fremden, fiel ihr der Brief an Roland ein, den sie in ihrer Tasche in dem Extrafach mit Reißverschluss untergebracht und bereits frankiert, aber vergessen hatte einzuwerfen, und sie stand wieder auf und drängte sich eilig durch die überwiegend männlichen Passagiere zu den Stewardessen durch und bat alle auf einmal, den Brief an ihren Sohn in Deutschland einzuwerfen. Sie hatten überhaupt nichts dagegen und wollten nicht einmal ein Trinkgeld dafür, und als Christiane zurück an ihrem Platz war und der Mann aufwachte und ihr freundlich zunickte, nickte sie freundlich zurück.

Der breite Mann roch dezent nach Lakritze und Bergamotte, und Christiane war sicher, noch nie zuvor einen so beruhigenden Menschen getroffen zu haben. Er stellte ihr eine Frage: »Why do you travel to Cairo, madam?«

Christiane setzte die Sonnenbrille ab, rieb sich die Augen und sah ihn lange an: »What do you think, stranger of my life?«

Er lachte, und sein ganzer riesiger schöner Leib schnurrte dabei. Er sah kurz aus dem Fenster, als das Flugzeug sich in Bewegung setzte, und Christiane stellte fest, dass sie zum zweiten Mal jemanden zum Lachen gebracht hatte, als er plötzlich mit einem bitteren Ernst in der Stimme antwortete: »Certainly not because of the pyramids.«

Der Mann bot ihr ein Hubba Bubba an, als das Flugzeug zu rasen begann, und stellte zunächst keine weiteren Fragen mehr. Während des Essens sprachen sie über die schlechte Qualität desselben und dass er auch so dünn wäre wie sie, wenn das Essen immer so schlecht wäre. Und dann erzählte er ihr, dass seine

Mutter in Alexandria das beste Essen der Welt mache und dass er Golfplätze baue und nun sogar ein neues Kairo östlich von Kairo gebaut werde, weil das alte Kairo aus allen Nähten platze, überall Gürtel aus Slums, wo Islamisten rekrutiert würden, und in den Armenvierteln mitten in der Stadt würden häufig Menschen unter ihren einstürzenden illegalen Stockwerken begraben. Kaum jemand sei bereit, in die sperrige alte Stadt zu investieren, außer vielleicht einige sentimentale Kulturleute mit Visionen und beneidenswert niedrigem Blutdruck, die aber kaum Geld hätten. Im neuen Kairo würden einige Golfplätze benötigt, für die er in Asien und Europa Investoren geworben hatte, und als Christiane weitere Fragen stellen wollte, war er bereits wieder eingeschlafen, und als das Flugzeug zur Landung ansetzte, wachte sie auf und fand sich mit offenem Mund mit dem Kopf an seiner Schulter wieder. Sie entschuldigte sich höflich, er grinste und bot ihr wieder ein Hubba Bubba an. Nachdem sie den Gurt gelöst hatte, fragte sie ihn: »Is Cairo dangerous?«

Und er antwortete schleunig, als hätte man ihm diese Frage schon zu oft gestellt:

»It is not dangerous, it's annoying.«

Eine gute Stunde später stand sie hinter dem Flughafen in der staubigen Hitze des Kairoer Oktobers, und alle Taxifahrer starrten sie furchteinflößend an. Im stark klimatisierten Flughafen hatte sie ihr ganzes Bargeld gewechselt und das Bündel auf der Toilette in ihren Stiefeln verstaut.

Der Mann aus Alexandria hatte ihr angeboten, sie in seiner Limousine mitzunehmen, aber sie hatte abgelehnt, weil sie erwartete, dass das Hotel jemanden schicken würde, das kannte sie aus Filmen und Serien.

In der Ankunftshalle hatte sie deshalb auf den unzähligen

hochgehaltenen Schildern nach ihrem Namen oder dem des Hotels Ausschau gehalten. Immer weniger waren es geworden, und am Schluss blieb nur noch ein älterer Herr übrig, auf dessen Schild Mrs. Buchholz stand. Kurz überlegte Christiane, ob sie sich als Mrs. Buchholz ausgeben sollte, aber vermutlich wohnte Mrs. Buchholz nicht im selben Hotel, und was war, wenn an Mrs. Buchholz bestimmte Erwartungen geknüpft waren, die sie nicht erfüllen konnte, und das würde dann zu allerlei Verwicklungen führen, denen sie sicher nicht gewachsen war. Gerade, als sie doch noch ein letztes Mal in Erwägung zog, Mrs. Buchholz' Identität zu übernehmen, begann der Herr zu telefonieren, klemmte sein Schild unter den Arm und ging nach draußen, um eine zu rauchen. Vermutlich hatte er sich im Flug geirrt. Christiane sah ihn rauchen, registrierte ihren Schmachter und folgte ihm.

Das Geld drückte bei jedem Schritt auf ihre Knöchel, und sie holte ihr ausgeschaltetes Telefon aus der Tasche, tippte zum Schein darauf herum und hielt es sich ans Ohr: »Hallo, wo bleibst du denn? Ja, ja, verstehe. Okay!«

Sie hoffte immer noch, gleich käme ein Reisebus mit der Aufschrift *Hotel Jasmin* um die Ecke gerast.

Sie legte ihren kleinen blauen Rollkoffer auf den Boden, setzte sich darauf und suchte in ihrer riesigen Tasche nach ihren Zigaretten. Die Taxifahrer riefen sich laut etwas zu, lachten, und sie fand die Schachtel Marlboro, steckte sich eine in den Mund und wühlte in ihrer Tasche nach Feuer, sehnte sich danach, selbst ganz darin zu verschwinden. Plötzlich sah sie ein Paar gelbe Turnschuhe dicht vor ihren grauen Stiefeln, und jemand hielt ihr ein Sturmfeuerzeug hin. Der Taxifahrer mit den gelben Turnschuhen steckte sich auch eine an, deutete mit dem Kopf auf seinen Wagen und sagte: »You need to drive?«

Christiane nickte, und er reichte ihr die Hand, zog sie sanft hoch, nahm ihren Koffer und sagte: »You smoke in Taxi, no problem.«

Kaum hatte sie sich gesetzt und ihr Ziel genannt, drückte er aufs Gas, und Christiane sah die Wüste an sich vorbeirasen, presste ihr Gesicht an die Scheibe und wollte ihn bitten, kurz anzuhalten, aber sie brachte keinen Ton heraus. Sie waren auf einer Art Autobahn, dann bald schon kurvte er sie flink durch die überfüllte Stadt. Christiane wollte nicht mehr aussteigen und hatte keine Ahnung, wie spät es war, alle waren in großer Eile, und der Taxifahrer sagte: »Look the Nil, beautiful! Where you from?«

Christiane sah das tiefdunkle Wasser und sagte: »Germany.«

Er deutete wieder auf den Nil: »Germans on boats, many Germans on the Nil old times. Now not. Now only one boat with Germans, more boats with tomatoes. But Germans better than tomatos.«

Christiane zuckte zusammen, als er die Musik in seinem Radio voll aufdrehte und sagte: »Taylor Swift, you like?«

»No, please, stop the music, it is terrible!«

»You not like Taylor Swift?«

»I don't know Taylor … Who?«

Er schaltete das Radio aus und sagte: »Do you like drive with boat?«

»No.«

»What do you like?«

Christiane hatte keine Ahnung und antwortete deshalb nicht.

Er schaltete das Radio wieder ein und drehte am Knopf, bis er einen Sender gefunden hatte, auf dem nur gesprochen wurde.

»Only news, no music!«

»Thank you Mr.« Christiane schloss die Augen und lauschte der fremden Sprache. Sie genoss, dass sie kein Wort verstand.

»What are you to do in Cairo?«, fragte er, nun verlegener als zuvor.

»Stay in the hotel.«

Er lachte, wirkte dabei jünger, als sie zunächst angenommen hatte, sehr jung sogar, vielleicht war er fast noch ein Kind. In seinen Augen, die sie im Rückspiegel fröhlich taxierten, entdeckte sie etwas Vertrautes in seinem Blick, den Sohn, der nicht aufgehört hatte, Kind zu sein, und sie fragte: »How is your mother?«

»My mother?«

»Sorry, it's a private question, sorry, forget it.«

»No, okay, ma'am, no problem. She good. My mother good and strong.«

Christiane nickte und er sagte: »Cairo beautiful, but Cairo also nervous. Like you.«

Christiane erschrak und sagte: »What do you mean?«

»Nothing, sorry ma'am.«

Christiane wurde heiß, ihre Füße begannen nun unerträglich zu schwitzen und zu jucken, die Geldbündel drückten, aber sie konnte unmöglich ihre Schuhe ausziehen und das ganze Geld herauszerren. Sie lenkte ihre Gedanken und das Gespräch auf die Stadt: »What is your favorite place in Cairo?«

Ohne nachzudenken, antwortete er: »Oh, the top of my house!«

»The top of your house?«

»Yes, outside the top!«

»You mean the roof?«

»Yes, the roof. Is green roof. My wife has garden there with fruit.«

Sie fuhren über eine Brücke zum Tahrir scharf in eine Kurve, und Christiane gefiel es, herumgeschleudert zu werden, und dann bremste er. Sie zog ein paar Scheine aus ihren Stiefeln und hielt sie ihm hin.

»Shukran. I thank you, you have to learn shukran.«

Christiane nickte und griff zur Tür, er verschloss sie und sagte: »No, you not go, first say shukran!«

»Shu…kran.«

Christiane fand sich in der großen goldmarmorierten Halle zwischen Säulen und schäbigen Postern von Veranstaltungen von 2012 und 2013 neben dem Rezeptionstresen wieder, und es drang kein einziger Ton aus der Stadt herein, nicht einmal ein Hupen vom nahegelegenen Tahrir-Platz. Sie war allein.

Kurz setzte sie sich in einen der schwarz-rot gemusterten Polstersessel, von denen bestimmt hundert in der weitläufigen Halle in Grüppchen angeordnet waren. In der Mitte jeweils ein schwarzer Marmortisch in der Form eines Tieres. Christiane entdeckte eine Schildkröte, einen Panther, einen Hai, ein Krokodil und eine Giraffe. Auf den Tischen standen kleine Schälchen aus Elfenbein, gefüllt mit geschälten Pistazien, und ein riesiger gläserner Aschenbecher in funkelndem Purpur. Darin lag eine Schachtel Streichhölzer mit dem Schriftzug des Hotels, darunter arabische Schrift.

Nirgends entdeckte sie eine Uhr. Deshalb kramte Christiane ihr Handy aus der Tasche und schaltete es ein. Es war früher Abend. Sofort boten sich mehrere Mobilfunkanbieter an, da schaltete sie das Telefon schnell wieder aus.

Christiane lehnte sich im Sessel zurück und sehnte sich danach, ihre Schuhe auszuziehen, einen Schnaps zu trinken und in einen Schlaf zu versinken. Gerade als die Müdigkeit sie holen wollte, spürte sie, dass sie auf etwas saß, und zog es hervor. Eine zerfledderte Ausgabe des SPIEGEL vom 7. Februar 2011. Eine junge Frau war darauf zu sehen, die die ägyptische Flagge hält.

Christiane legte das Magazin auf die schwarze Marmorgiraffe

vor sich hin, steckte sich eine Zigarette an und versuchte, sich zu erinnern, was sie im Februar 2011 gemacht hatte. Nichts Weltbewegendes vermutlich. Machte sie ja nie. Auch jetzt nicht. Sie war bloß woanders. Andere waren ständig unterwegs. Also wusste sie zumindest, wo sie im Januar und Februar gewesen war, als es hier losging.

Wahrscheinlich hatte sie sich über Dea Klüwert geärgert oder über Lerke und vielleicht auch über Roland. Ägypten, Kairo, das war ihr egal gewesen, wie sämtliches Weltgeschehen. Wie sämtliches Geschehen. Was stimmte bloß nicht mit ihr? Sogar letzte Deppen wie der Dittmers rieben sich an etwas auf.

Der Magen grollte in die Stille hinein, und das Deckblatt des Magazins wurde einmal hochgeweht. Christiane sah vorsichtig über die Lehne ihres Sessels, niemand war hinter dem langen dunklen Holztresen zu entdecken. Ein gutes Dutzend Mitarbeiter hätte dort Platz gehabt.

Christiane zog ihren Koffer hinter sich her bis zum Tresen, fuhr mit dem Finger darüber, staubfrei, glatt und glänzend. Er verströmte einen angenehm pomadigen Geruch, simpel männlich und aus der Zeit gefallen. Eine Klingel fand sie nicht, aber es ertönte plötzlich irgendwo aus den Katakomben hinter dem Tresen Rockmusik, und dann kam die Musik immer näher, und die hohe Tür hinterm Tresen öffnete sich mit großem Schwung, und vor ihr stand ein junger Mann mit Lipgloss in einem engen Pullover mit einem verliebten Tweety drauf, der noch ein bisschen erschrockener darüber war, sie zu sehen, als sie selber.

Die Musik drang aus einer kleinen Box, die ihm um den Hals baumelte, wie eine Kette, und er machte eine Geste, als würde er etwas in die Luft schreiben wollen, wischte sich mit dem Handrücken grob über die Lippen, verschwand unterm Tresen und tauchte mit einem schwarzen Jackett, an dem ein Namensschildchen prangte, wieder auf, nahm die Box ab, schaltete sie aus und sagte: »Hello. I am so sorry, I am Dimitri, and actually I am finished with the work today, where the hell is Tamim, that lazy asho …?! Sorry, sorry madam.« Er tippte auf sein Namensschildchen.

»Oh, hello, I'm Christiane Tarpenbek, and there must be a room for me in this hotel.«

»Ohohohoo …« Er klatschte in die Hände und rief begeistert: »Ich liebe Deutschland! Aber da leben? Nein! Ich komme aus Russland! Aber da leben? Nein!«

»Ich habe die Reise gew…«

»Bestimmt fragen Sie sich, warum ich so gut Ihre Sprache spreche.«

»Nein, ich will eigentlich nur meine Schlüssel.«

»Gleich, gleich, aparte Frau. Ich habe lange in Berlin gewohnt! Illegal, aber romantisch. Ich war verliebt, und der Junge war auch illegal, ein Ägypter, schönster Ägypter der Welt, aber pschpschpscht. Jetzt leben wir zusammen hier. Besser als Russland für uns.«

»Das freut mich für Sie, aber kann ich jetzt meine Schlüssel haben?«

»Natürlich, bitte verzeihen Sie mein Vertrauen. Wie war der Name?«

»Christiane Tarpenbek.«

Er musterte sie, und sie sagte: »Haben Sie hier keinen Computer?«

»Doch, doch, doch … hm, ähm, aber der Boss changes password jeden Tag, und er schickt es nur, zu dem, der hat gerade den Dienst, und ich bin fertig mit Diensthaben, Tamim ist dran, aber er ist nicht hier.«

Er fing an, Notizblöcke durchzusehen, dann tippte er auf seinem Smartphone herum, und Christiane sagte: »Das ist doch das Hotel Jasmin, oder?«

Dimitri hob den Kopf und zog die Augenbrauen hoch: »Sure.«

Schließlich telefonierte er ein paar Minuten auf Arabisch und wandte sich dann wieder Christiane zu: »Der Chef versucht Tamim zu erreichen, schickt aber auch einen kleinen Boten los.«

»Einen kleinen Boten?«

»Ja, einen Botenjungen, für password, für Computer!«

»Geht das nicht übers Handy?«

Dimitri lachte ein dunkles, besserwisserisches Lachen, und dann sagte er wieder sanft ironisch: »So sweet, ihr Germans.«

Unverfroren hustete jemand, laut und kratzig von oben her, das Husten einer sehr alten oder sehr süchtigen Person, und man hörte die Person die Marmortreppe herunterkommen, ein durchdringendes Tacken bei jedem Schritt, gemächlich und nervig.

Dimitri notierte etwas und sagte, ohne aufzusehen: »Mrs. Montgomery, Mildred Montgomery aus Birmingham, oder war es Brighton? England ist mir so egal! Sie hat tagein, tagaus Pumps an den Füßen, auch wenn der Fahrstuhl wieder kaputt ist, und dabei hat sie Füße wie ein Nilpferd. Nur ist das Wasser in den Füßen statt außen herum. Immer ist sie allein beim Dinner, die Alte aus der alten Dynastie, keiner mag ihre Nähe, weil sie wie schwarzer Tee riecht, der viel zu lange gezogen hat. Bitter innen und bitter außen. Verstehen Sie?«

Christiane atmete tief durch und fragte: »Könnte ich sonst nicht irgendeinen Schlüssel haben? Das Hotel sieht ja nicht allzu bewohnt aus.«

Dimitri hob den Blick und sah sie finster an. »Das Hotel ist voll, wir haben Gäste aus aller Welt, alle bleiben gern für sich, die meisten essen auf den Zimmern, warum auch nicht.«

»Sind noch weitere Gäste aus Deutschland hier?«

Dimitri schüttelte energisch den Kopf und hob dann doch den Finger: »Doch, natürlich, die Rommbachers. Bizarr, diese Leute. Schon so lange hier und so alt, dass ich immer denke, sie sind schon tot, und dann tauchen sie wieder auf, wie ein Spuk. Ah, na endlich, hello password.«

Ein Kind in Lumpen kam hereingestürmt und übergab Dimitri einen versiegelten Umschlag. Dimitri steckte ihm etwas zu, und es rannte wieder hinaus.

»So, dann schauen wir mal, ach, das ist ein witziges password, der Boss ist eigentlich kein witzige Kerl, wissen Sie, aber seit er immer neues password überlegen muss, wird er immer besser, vielleicht überlegen auch seine Töchter, die haben sonst nicht viel zu lachen, er ist sehr traditionell, außer er macht Geschäfte, da hat er Ferien von Allah, sagt er.«

»Wohnen hier nur alte Leute?«, fragte Christiane.

»Was, nein, wer sagt das?«

»Na, Sie, Sie erzählen nur von alten Leuten.«

»Nur, weil sie sind interessanter! Soooo, ich bin drin in System und das System sagt, Sie haben hier eine Reservierung und alles ist schon bezahlt, Frau Christiane Tarpenbek. Hier ist Ihre Karte, Zimmer Nr. 474, wow, es ist eine kleine Suite. Ich wünsche einen angenehmen Aufenthalt, aparte Frau.«

Christiane nahm die Karte entgegen. Sie hatte einen Schlüssel erwartet und fragte: »Was ist das?«

»Ihre Karte, wie ein Schlüssel, sind Sie von gestern?«

»Ich hätte lieber einen Schlüssel.«

Hinter Dimitri hing ein großer gläserner Kasten voll mit großen Schlüsseln an der Wand. Dimitri drehte sich um, als hätte er den Kasten noch nie gesehen, und sagte: »Tut mir leid, ich weiß nicht, wo Schlüssel zu Schlüsselkasten ist.«

Christiane blieb stehen und fixierte ihn, und ohne dass sie

noch ein weiteres Wort miteinander sprachen, griff Dimitri erneut zum Telefonhörer, drückte eine Taste, sprach kurz auf Arabisch und verschwand dann für eine Weile nach hinten.

Es war nun wieder mucksmäuschenstill, und Christiane drehte sich um, um nach Mildred Montgomery zu sehen. Sie stand mitten in der Lobby. Ihre geschwollenen Füße waren in dem tiefroten Teppich versunken. Sie ließ den Kopf hängen und hechelte wie ein durstiger Hund. Christiane schüttelte sich und rieb sich die Augen. Da richtete Mildred sich auf, hustete und stieß mit ihrem Stock mehrmals in ihre Richtung und sagte: »Welcome to the Hotel Jasmine, bloody German!« Dann setzte sie ihren Weg in Richtung Speisesaal schnaufend fort.

Als Christiane sich umdrehte, war Dimitri bereits zurück hinter dem Tresen und schloss den verglasten Kasten auf, stellte sich auf einen Tritt, nahm einen der Schlüssel von dem Bord und übergab ihn Christiane mit den Worten: »Wir sehen uns morgen, Tamim kommt erst in ein paar Tagen, er wurde festgenommen, er hat schon wieder so ein political Lyrikabend organisiert in ein Haschischhöhle. Dieser Idiot. Vielleicht kommt auch nie mehr zurück.«

Ein dünner Kofferjunge in einem eleganten blauen zu weit sitzenden Anzug kam von irgendwoher angelaufen und hob Christianes Koffer hoch, als sei er leicht wie eine Feder. Sie folgte dem Kind, das ein paar Mal fast über seine zu langen Hosen stolperte, bis in den vierten Stock.

ZIMMER 474

Der Junge nahm ihr den Schlüssel flink ab, zog die Mundwinkel einmal hoch zu einem Lächeln und öffnete die hohe buntverzierte Tür. Er trug ihr den Koffer bis in die Mitte des weiten Flures und rannte dann durch die ganze Suite, um alle Lichter einzuschalten. Plötzlich stand er wieder vor Christiane, und sie sahen einander traurig an. Christiane hockte sich hin, und da streichelte er ihr über den Kopf, so wie sie es eigentlich hätte tun müssen. Aber nun, als sie sein Gesicht aus der Nähe betrachtete, erkannte sie die Züge eines alten Mannes unter der glatten Kinderhaut. Sie zeigte auf sich und sagte: »Christiane«, und dann auf ihn, und er rückte seine Mütze gerade und nickte.

»Name?«, versuchte sie es noch einmal und zog einen Schein aus ihrem Stiefel, so viel, wie der Taxifahrer sich genommen hatte, gab sie nun auch ihm, und da sagte er: »Shukran, danke schön.« Und steckte das Geld ein.

Christiane erhob sich wieder und sagte: »Shukran, ähm danke.«

Er verließ die Suite, schloss die Tür, um sofort wieder zu klopfen. Als sie öffnete, sagte er: »Mein Name ist Kamal«, und rannte davon.

Christiane setzte sich auf ihren Koffer und schlief beinahe ein, doch dann bemerkte sie diesen klebrig staubigen Geschmack in ihrem Mund, als hätte der Dunst der Stadt darin Spuren hinterlassen. Sie lief durch alle Räume auf der Suche nach der Minibar oder zumindest einer Schale mit Obst.

Nebeneinander aufgereiht lagen genau fünfundzwanzig Granatäpfel in einer langen Metallschale, aber sie konnte nirgends ein Messer finden, nur ein kleiner Dolch hing fest verankert an der Wand.

Auf der Toilette drehte sie das Leitungswasser auf und hielt einen Zahnputzbecher darunter, stellte es dann aber wieder ab und suchte nach dem alten schwarzen Telefon, das sie irgendwo gesehen hatte. Als sie es unter dem Dolch entdeckte, wählte sie die rote Taste.

Ewiges Tuten, gefolgt von minutenlanger theatralischer Musik, vorgetragen von einer offensichtlich stark leidenden Frau. Christianes Mundhöhle fühlte sich zunehmend wie mit Pappe ausgewischt an, und im Hals kratzte es wie sonst nur im tiefsten Hamburger Winter. Sie legte den Hörer wieder auf und lief umher, zog alle Gardinen auf, in jedem der fünf Räume hatten die Stoffe einen anderen Rotton, und dabei entdeckte sie einen schwarzen Schrank unter einem der breiten Fensterbänke, und dieser Schrank entpuppte sich als Minibar und war bis an den Rand gefüllt mit Mini-Fantaflaschen und kleinen Bechern Ben & Jerry's-Mint-Chocolate. In der Reihenfolge abwechselnd angeordnet.

Nachdem Christiane die Hälfte der Fanta ausgetrunken hatte, begann sie eine Zigarette nach der anderen zu rauchen, putzte sich dann die Zähne, duschte kalt, legte sich in das breite dunkelgrün lackierte Holzbett mit zerschlissener roter Seidenbettwäsche und schlief sofort ein.

Als das Telefon schrillte, schreckte sie hoch. Sie war nackt, konnte sich aber nicht erinnern, sich ausgezogen zu haben, und lief in die Bettdecke gehüllt durch die Düsternis der drei Zimmer bis zum Telefon, hob ab, und eine helle Frauenstimme erklang: »Hello, room 474, you called us, what can I do for you?«

»Oh, thanks, yes, but that was many hours ago, I think …«

»Yes? I don't think so, on my display it is just a few minutes ago«, sagte die Frau streng.

»Are you sure? It is not possible …«

»It is, do you think I am nuts?«, sagte die Frau empört.

»No … no … maybe I am.«

»What can I do for you?«

»I … I don't remember, I am sure it is maybe four hours ago.«

»Time is only time. Sorry for disturbing, masalema.«

Christiane sah aus dem Fenster, es dämmerte bereits, und sie sah einen großen Lastwagen und einen Mann, der etwas von der Straße aufsammelte und einem anderen Mann zuwarf, der in dem Laster stand, dann fuhren sie ein Stück weiter, und das Schauspiel wiederholte sich. Christiane versuchte zu erkennen, was es war. Die Decke rutschte ihr vom Körper, und sie lief ins Bad und zog sich einen der vielen Bademäntel an, die dort gestapelt und in Plastik eingeschweißt herumlagen. Als sie zurück an das Fenster trat, raste der Laster gerade um die nächste Ecke, sodass Funken sprühten.

Zurück im Bett blätterte sie in einer Broschüre, las etwas von einem Feuerschlucker, der ab Januar 1985 jeden Freitag im Ballsaal auftrete. Der Wellnessbereich in der oberen Etage wurde von der internationalen Presse gelobt. Sie legte die Broschüre beiseite, legte sich auf den Rücken, faltete die Hände, schloss die Augen, versuchte ihre Gedanken und neuen Eindrücke zu ordnen, aber es gelang ihr nicht. Sie schlief über dem Versuch vor Erschöpfung sofort ein und erwachte, als es an der Tür scharrte.

Immer heftiger scharrte es, und sie schaltete die Lampe auf

dem Nachttisch ein. Über ihr klimperte ein Kristalllüster mit seinen hunderten Tränen. Sie ging zur Tür und hatte keine Angst. Mit einem Ruck öffnete sie, und drei Katzen, eine orangefarbene, eine schwarze und eine weiße rasten an ihr vorbei in die Suite. Sie folgte ihnen und fand die Katzen im Wohnzimmer vor, sie hatten sich um eine Marmorkatzenstatue gesetzt und maunzten nun schrill und nervig.

Die schwarze begann an der Statue zu kratzen, und Christiane wusste nun plötzlich, was sie vorhin unten auf der Straße aus dem Fenster beobachtet hatte. Es waren Katzenkadaver gewesen, die dort in der Früh eingesammelt wurden, sicher hatte man sie vergiftet, und sie erinnerte sich an eine Episode aus ihrer Kindheit, als vergiftete Tauben morgens vom Himmel auf den Rathausmarkt gestürzt waren. Sie ging auf die drei zu, und sie strichen um ihre Beine. Es fühlte sich gar nicht mal schlecht an, und dann ging Christiane zur Minibar und holte das Eis heraus und fütterte die Katzen damit, bis nichts mehr übrig war. Satt trotteten sie zur Tür und maunzten nur noch träge. Christiane ließ sie heraus, und sie verschwanden in die mit Schwarzlicht beleuchteten Gänge.

Christiane hörte, wie sich die Tür des Notausgangs öffnete, der sich nur wenige Schritte neben ihrer Suite befand, und schloss ihre Tür schnell.

Zurück im Bett, schaltete sie das Licht des leise vor sich hin weinenden Kronleuchters an, legte sich darunter und überlegte, sich bei Roland zu melden, aber sie wusste nicht, was sie ihm hätte sagen können, es war ausgeschlossen, sie wollte nicht mit ihm sprechen, nichts erklären oder rechtfertigen, sie wünschte nur, seine Stimme zu hören, ihm zuzuhören, wie er Geschichten erfand, und deshalb stellte sie sich seine Stimme vor, seine Kinderstimme, an seine heutige Stimme konnte sie sich sowieso nicht mehr erinnern. Er war so ein liebes versponnenes Kind gewesen …

Christiane war nun überhaupt nicht mehr müde, sie hatte ihre Erschöpfung überwunden und stand auf, wählte die Taste zur Rezeption, und die unfreundliche Frau von zuvor ging sofort ran, ohne dass es tutete, und sagte: »Do you remember now, German Lady?«

»I want to order breakfast to my room.«

»Oh, I am sorry, it's too late.«

»But it is very early!«

»No, Lady, it is after ten! What is wrong with you?«

Christiane lief mit dem Hörer in der Hand zum Fenster und riss dabei das Telefon von seinem Sockel, sie zog die schweren Vorhänge auf, und tatsächlich: Kairo war längst wieder hellwach, die Sonne knallte ihr entgegen.

»Hello, hello, nuts Lady!«

»Yes, okay, you are right, maybe I am a little jetlagged.«

»Maybe you are a little jetlagged for life!« Sie brach in ein fieses Gelächter aus.

»What's your name? I want to complain about you.«

»Oh, you Germans, no humor, I know, but complain if you want to, insch Allah!«

»What's your name?«

»Maybe Sheherazade!«

Christiane legte einfach auf. Es klopfte an der Tür. Sie zog den Bademantel fest um ihren Körper und öffnete. Ein Wagen voll mit Köstlichkeiten stand davor, sogar ein Glas Champagner, aber niemand war zu sehen. Plötzlich hörte sie eine Stimme, die Stimme des kleinen Jungen, des kleinen Kamal: »Ich hoffe, alles ist gut, gnädige Frau.«

Der kleine Junge gab ihr einen fest verklebten Brief, zeigte auf sich, dann auf sie und rannte davon. Christiane rief ihm nach, er solle warten, aber er war schon verschwunden. Sie zog den Wagen in ihre Suite, betrachtete alles in seiner Schönheit und hob die Metallhaube an, unter der sie ein Rührei erwartete. Sie zuckte zusammen. Dort lag, garniert mit einer Peperoni, ein riesiges Stück Kaisersülze. Christiane atmete schneller und knallte den Deckel wieder drauf. Sie rührte nichts an, setzte sich auf den Boden und riss den Brief des kleinen Jungen auf, ein knittriger blau linierter Zettel und eine Glitzerpostkarte von den Pyramiden. Auf die Postkarte war mit rotem Buntstift eine Uhr gezeichnet, der dicke Zeiger stand auf der Vier. Christiane las:

Meine Mutter ist vor einiger Zeit gestorben. Meine Traurigkeit darüber wird niemals zu Ende sein. Die meiner Mutter wird auch nicht enden. Ihre Traurigkeit ist ein Teil von mir. Sie hat sechs Kinder zur Welt gebracht und wog über zweihundert Kilo. Sie starb an Diabetes oder Herzversagen oder an beidem. Meinem Vater war das egal, er hat noch eine Frau. Ich habe meine Mutter über alles geliebt und ich bin von zu Hause weggelaufen, damit ich Geld verdienen und um die Welt reisen kann. Ich will eine Frau finden, die ich wieder so lieben kann wie meine Mutter. Die kann überall sein, auch da wo Sie herkommen. Deutschland. Ich mag die blonden Mädchen, weil sie nicht aussehen wie ich. Ich will alles wissen von der Welt, alles kennenlernen, was anders ist als zu Hause, bevor ich sterbe. Ich lerne deshalb Deutsch von Walburga Rommbacher, die seit Jahren mit ihrem Mann in diesem Hotel lebt. Sie war Lehrerin, bis sie geheiratet hat. Zusammen sind wir sehr ehrgeizig. Ich bin genau wie meine Mutter, aber ich bin frei. Meine Mutter war viel klüger als mein Vater, und ich glaube, sie ist deshalb gestorben. Weil sie immer nur geputzt und gekocht und den ganzen Tag Süßes gegessen hat, und dabei war sie fast immer schwanger.
Sie waren sehr nett zu mir Christiane, und ich würde mich freuen,

wenn Sie heute Nachmittag mit mir spazieren gehen. Um sechzehn Uhr werde ich in der Lobby bei dem großen Fernseher auf Sie warten.
Kamal

Christiane weinte klebrige Tränen und trank vom Frühstückswagen den Orangensaft, den Kaffee, den Champagner, und dann fand sie unter der Tischdecke unten im Wagen zwei große Krüge Mineralwasser, trank alles aus, aß Bohnen mit Öl und Zitronensaft, Pfeffer und Salz, Oliven, Petersiliensalat und Obst, hob einen weiteren Deckel hoch und fand etwas vor, das aussah wie Spinat, es dampfte, und Christiane probierte, ihr Magen wurde zu heiß, und sie öffnete das Fenster, sah die Stadt unter ihrem braungrauen Schleier, sah auf die Satellitenschüsseln und Gärten der Dächer. Sie hörte so viele Geräusche, die sie nicht verstand, und die Autofahrer versuchten, alles mit ihren existentiellen Hupen zu übertönen, wenn sie um den Tahrir kurvten, über dem hoch oben nun die ägyptische Flagge strotzte.

In Kairo würde niemand sie finden, hier würde jeder sofort aufhören zu suchen. In dieser Stadt gab es für Fremde auf die Schnelle keine Ordnung, hier konnte man kapitulieren, denn hier herrschte das Leben, und alles nahm seinen Lauf.

Bevor sie das Hotelzimmer am frühen Nachmittag verließ, zerbrach sie die Sonnenbrille, zerriss das Kopftuch, lächelte und dachte, dass sie verrückt geworden war. Doch der Gedanke war ihr nicht mehr bedrohlich.

Viele glaubten, sie zu kennen, zu wissen, sie sei ein Unmensch, der Kindern weh tut. Schlimmer geht's nicht. Aber hatte sie ja auch. Birthe hatte sie geschlagen, und ihrem Sohn wer weiß wie oft das Herz gebrochen. Alle hatten recht. Deshalb war sie geflohen.

Vielleicht hatte alles sich abgespielt, wie es in den Zeitungen gestanden hatte. Sie war ein Unmensch, ein Monster, und es gab die böse kleine Birthe gar nicht, dieses Mädchen, das genauso aussah, wie man sich überall auf der Welt ein deutsches Mädchen vorstellte. Und Halima? Sie war genau das, was man sich unter einem Kind aus Somalia vorstellte. Schicksalsschwer, schön, schweigsam, hart im Nehmen. Vielleicht hatte es Halima auch nicht gegeben, und Christiane hatte sich all das nur ausgedacht, um endlich einen Grund zu haben, sich in der Ferne aufzulösen. Bis nur noch der Zufallsgenerator übrig blieb. In einer Suite in einem siebenstöckigen Hotel mitten in Kairo nahe des Tahrir-Platzes in einem Hotel namens Jasmin. Wie war sie zu diesen Wachträumen gekommen, die gar nicht ihre eigenen waren, die hier zu diesem Land, zu dieser Stadt gehörten? Hatte sie die Reise gewonnen oder hatte sie die Reise nicht vielleicht doch gebucht, um dieses Land kennenzulernen, von dem Roland schon als Kind geschwärmt hatte? Seine Begeisterung für Pharaonen und Pyramiden und heilige Katzen hatte aufgehört, als er pubertierte, und Christiane erinnerte sich erst jetzt wieder daran. Vor gut zehn Jahren hatte Roland damit aufgehört und statt der Nofretete plötzlich ein Mädchen aus seiner Schule gezeichnet, das ein paar Klassen über ihm war und blaue Haare hatte.

Christiane fing an, das Grüne zu essen, vielleicht waren es Algen oder vielleicht einfach nur Spinat, es war ihr egal, es tat ihr gut. Und als sie satt war, hatte sie nur noch den einen altbekannten Gedanken. Sie musste hier raus.

Sie hatte noch Zeit, bevor sie sich mit dem Jungen treffen würde, und so lief sie durch die Hotelflure, betrat den violettgläsernen Fahrstuhl, der wieder funktionierte und der sie bis auf das Dach des Hotels trug. Dort war ein gepflegter weitläufiger Park, viel größer, als das Dach ihrem Ermessen nach sein konnte. Überall saßen Familien beisammen und picknickten. Eine breite, weiche mittelalte Frau erhob sich aus der Gruppe ihrer Kinder und zog Christiane vor sich auf die Decke, setzte sich vor sie in den Schneidersitz und begann, Christianes Haare zu kämmen und ihr schlafwandlerisch einen Zopf zu flechten, während sie auf Arabisch ständig irgendwem etwas zurief. Christiane versank in einem Nickerchen und ein paar Schafe liefen vorbei, die Wolle graubraun vom Smog und Sand.

Christiane bedankte sich, stand auf und fühlte sich nur noch einen Meter groß. Auf dem Weg zurück zum Fahrstuhl wuchs sie wieder auf ihre ein Meter siebzig heran, und dann öffnete sich der Fahrstuhl und ein paar geschniegelte Geschäftsleute stiegen aus, gingen ohne einen Gruß an ihr vorbei. Einer stieß sie grob an der Schulter. Als sie sich umdrehte, waren der Park und die Familien verschwunden, und auf der Dachterrasse erstreckte sich eine Bar-Lounge-Landschaft mit schneeweißen und goldenen Sitzecken. Opernmusik ertönte aus vier großen Boxen, und die Männer hatten bereits Platz genommen. Eine leicht bekleidete Frau mit stark blondiertem Haar brachte ihnen eine Wasserpfeife und Sushi. Drei standen auf, einer sah aus wie ein Chinese, einer indisch und einer wie Gerard Depardieu. Sie tranken deutsches Bier, und einer deutete in Richtung Osten über die Stadt, und Christiane vernahm ein lautes: »Fantastic!«

Christiane fasste sich ins Haar, der geflochtene Zopf war noch da, aber er fühlte sich an wie ausgedacht, so wie sie selbst, das Hotel, das Leben, die Welt und all ihre Untergänge. Die netten Schafe waren auch verschwunden und hatten keine Spuren hinterlassen. Sie kniete sich auf den Boden, suchte Spuren von Wolle, fuhr mit der Hand über das dunkle Parkett, immer wieder, bis die weißen Pumps der falschen Blondine neben ihren Händen auftauchten. Christiane blickte hoch, und die falsche Blondine sah von hier unten aus, als wäre sie in ihrem Alter. Mit ihren aufgespritzten Lippen sagte sie: »Can I help you, Madam?«

Christiane sah wieder zu Boden, strich über das Parkett und sagte: »Where are the sheep?«

Die Frau lachte: »Is that a secret code or something?«

Christiane stand auf, die Frau gab ihr ein Erfrischungstuch von dem Tablett, das sie auf den Fingern balancierte.

Christiane sagte: »Yes, it's a secret code.«

»For what?«

»The meaning of the code is: Do you think I am nuts?«

Die Blondine grinste und schüttelte den Kopf, und Christiane sah rüber zu den Männern, die sich Zigaretten ansteckten, und plötzlich merkte sie ihren Schmachter. Ihr waren heute früh die Zigaretten ausgegangen.

»Can I buy cigarettes here?«

»Sure, follow me to the bar, mysterious woman with hair of a child.« Sie drehte sich um und zwinkerte Christiane zu.

Christiane setzte sich auf einen der metallenen Barhocker und versuchte, das Namensschild auf der Bluse der falschen Blondine zu entziffern, als die sagte: »What are you looking for? Are you a lesbian?«

»What? No, no, I was just trying to read your name!«

»What a pity.« Sie zwinkerte Christiane wieder zu, und Christiane merkte, dass sie errötete.

»Please excuse, I did not want to embarrass you and this«, sie tippte auf das vermeintliche Namensschild, »this is a designer brooch and my name is Aliaa.«

»Oh. Okay. Ähm. So. Nice to meet you, I am Christiane.«

»Oh, sounds religious. Are you?«

»My parents where religious people, but I did not like them.«

»My parents were strong religious. I liked them, but they did not like me«, antwortete Aliaa, verschwand unterm Tresen und kam mit mehreren Schachteln Zigaretten verschiedener Sorten wieder hoch. »You can choose!«, sagte sie, strahlte und legte eine Schachtel ordentlich neben die andere.

Christiane kaufte drei Schachteln Marlboro und verabschiedete sich rasch. Als sie am Fahrstuhl wartete, rief Aliaa ihr zu: »You should open your hair!«

Christiane drehte sich nicht um und bestieg den Fahrstuhl aus violettem Glas, der alles in sich nächtlich färbte, und das kühlte ihr das Blut, und als der Fahrstuhl langsam nach unten glitt, dachte sie an Dr. Polanski und seine Fürsorge und an die Flechtkunst der Mutter und deren sieben glückliche Kinder im Park und an Aliaa mit den Zigaretten aus aller Welt. Sie alle wussten, was Glück war, und sie alle wussten über sie Bescheid, und deshalb konnte sie sie alle nie wieder sehen. Christiane musste sich aus dem Staub machen und durfte niemals zurückkehren, sich nicht einmal umdrehen und … Der Fahrstuhl beschleunigte plötzlich und raste in einem Rutsch bis nach unten durch, bis nach ganz unten. Die Tür öffnete sich mit einem Knall, Kälte schob sich ihr wie eine Wand entgegen aus einem düsteren Kellergewölbe.

Christiane drückte auf den Knopf, der die Tür zum Schließen bringen sollte, nichts tat sich, und sie hörte Schreie und dann ein Raunen und Keuchen, das sich näherte, als gäbe es Gänge, die unter dem Tahrir verliefen und die direkt auf sie zuführten, obwohl sie mit alledem doch überhaupt nichts zu tun gehabt hatte, was hier vor Jahren geschehen war, was sie nur im Fernsehen verfolgt hatte, wie nahezu alle anderen Deutschen auch, und es hatte sie nicht einmal sonderlich interessiert, nur ein wenig gerührt einmal zum Feierabend, weil auch der deutsche Nachrichtensprecher gerührt und aufgeregt geklungen hatte, als es am 11. Februar geschafft war, und Christiane fragte sich, woher sie das Datum des Sturzes von Mubarak kannte.

All die Stimmen waren nicht da draußen in der weitläufigen Kellerschlucht, sondern in ihrem Kopf, und die Verzweiflung der Toten, die keinen Ausweg fanden und sich fragten, wofür sie gestorben waren, lärmte in ihrem empfänglich wirren Hirn.

Die Toten gestatteten ihr nicht, sich abzuschotten, und Christiane fühlte in diesem Moment das unerhörteste Gefühl, was man den Toten gegenüber haben konnte: Neid. Neid darüber, dass sie gewusst hatten, wofür es sich zu leben und zu sterben lohnte. Besser, sie sahen nicht nach, was daraus geworden war, und Christiane gab sich all dem hin und spürte etwas auf sich zurasen und fragte sich, ob es in der Nähe eine U-Bahn-Station gebe. Sie hörte es auch plätschern, immer lauter, als würde jemand aufs Meer hinauskraulen, und sie spürte Luftzüge, und dann öffnete sich in einigen Metern Entfernung eine Tür, und ein Mann kam aus einem Kühlraum und hatte ein paar gehäutete Lämmer geschultert, und die Fahrstuhltür schloss sich mit einem Ruck und entließ Christiane nach einer schnellen Fahrt, von der sie ein wenig Druck auf den Ohren bekam, in die belebte Lobby.

Christiane stürzte aus dem Fahrstuhl, eine Gruppe junger Franzosen stand ihr im Weg, sie unterhielten sich laut und lachend und sahen sich etwas auf ihren Smartphones an, als Christiane stolperte und einem von ihnen auf den Fuß trat, da ihre Augen von der Dunkelheit noch ganz schlapp waren. In ihrer ersten Verwirrung sagte sie: »Oh, Verzeihung, bitte.«

Er schubste sie grob, sodass sie nun hinfiel, und sagte: »Fucking Nazi!«

Sie mussten ihn festhalten, und einer sagte: »Calme-toi, Nicolas. Calme-toi.«

Christiane entfernte sich zitternd von der Gruppe, öffnete ihren Zopf mit schnellen hektischen Bewegungen und lief immer weiter, bis sie zu der einzigen Sesselgruppe kam, die unbesetzt war, obwohl davor ein großer Flachbildschirm stand, auf dem ein Nachrichtensender stumm geschaltet vor sich hinlief und in Dauerschleife Bilder aus dem Krieg in Syrien zeigte.

Christiane versank in einen der Sessel, um sich vor dem Franzosen zu verstecken, der ihr Angst gemacht hatte und der noch immer laut mit seinen Freunden stritt.

Auf dem Fernsehbildschirm war nun der amerikanische Präsident hinter seinem Schreibtisch zu sehen, aber nicht der aktuelle, sondern einer, der längst außer Dienst war, und er war wieder jung und dynamisch und rauchte eine Zigarre.

Christiane nickte kurz ein, und als sie auf die Uhr sah, es war Punkt sechzehn Uhr, sah sie sich um und erblickte einen alten Mann in einem zu eng sitzenden graublauen Anzug im Sessel neben sich, der auf den Fernseher starrte. Seine Hand lag auf ihrer Lehne, und sie sah, dass der Ringfinger fehlte, der kleine Finger war irgendwann vor langer Zeit an den Mittelfinger genäht worden. Ohne sie anzusehen, sagte er: »Es ist im Sechs-Tage-Krieg passiert. Ich war Froschmann, die widerliche Bombe ging nicht los am Schiff, da bin ich zurückgeschwommen, und dann ist sie losgegangen. Seitdem habe ich zum Glück Feierabend vom Krieg. Frührente sagt ihr in Deutschland.«

»Wer sind Sie?« Er kam ihr bekannt vor, aber irgendetwas stimmte nicht.

»Ich bin Kamal, Kamal Ramadan. Und ich bin sehr, sehr traurig, wissen Sie das?«

»Weil Ihre Mutter gestorben ist?«, fragte Christiane.

Er sah sie fragend an und lächelte dann milde: »Sind Sie verrückt? Ich bin schon alt. Meine Mutter ist gestorben, als ich ein kleiner Junge war. Da war ich sehr, sehr traurig, sehr, sehr lange … Ich bin es noch immer!«

Christiane schloss die Augen und schüttelte den Kopf. Sie spürte seine warme Hand auf ihrer und er sagte:

»Alles okay, gnädige Frau?«

»Ich, ja, nein, ich habe einen Jungen getroffen und mich jetzt hier mit ihm verabredet, er hieß wie Sie und sah aus wie Sie.«

»Oh, vielen Dank, ich weiß, ich sehe aus wie fünfzig, höchstens! Alle sagen das, nicht nur meine Freunde!«

»Nein, nein, so meine ich das nicht, er war, also er war fast noch ein Kind, nein, er war ein Kind und er war Sie, ich glaube, ich bin jetzt wirklich verrückt geworden, ich befürchte das ja schon länger, wissen Sie.«

Er lachte, zuckte mit den Schultern und sagte: »Nein, Sie sind nicht verrückt, Sie sind eine normale typisch deutsche Frau, die immer alles gleich machen will wie gestern und vorgestern und übermorgen und jedes Wochenende, auch wenn es gar nicht möglich ist. Sie werden nicht verrückt, Sie verändern sich nur. Das ist alles, gnädige Frau.«

»Nein, nein, Sie verstehen nicht, ich habe Sie getroffen, als kleinen Jungen. Vorhin!«

»Na und?« Meine Mutter hat auch immer solche Sachen erzählt und sie war nicht verrückt, nur übersensibel!«

»Nein, nein, ich bin überhaupt nicht sensibel, ich bin überhaupt gar nicht sensibel, ich bin schrecklich.«

»Woher wissen Sie das?«

»Fragen Sie mal meinen Sohn!«

»Ach, die Kinder, die kennen uns nicht. Die kennen nur das, was sie von uns brauchen.«

»Aber Sie haben doch sehr an Ihrer Mutter gehangen, das haben Sie doch gesagt.«

»Oh ja, aber ich habe nicht gesagt, ich hätte sie gekannt. Nur über alles geliebt und bewundert, sie konnte in die Zukunft sehen und in die Vergangenheit.«

»Aber in unsere Vergangenheit können wir doch alle sehen!«

»Meine Mutter konnte aber in jede Vergangenheit sehen. Sie war sehr klug.«

»Ich weiß, das haben Sie mir ja geschrieben.«

»Ich?«

»Ja, warten Sie.«

Christiane wühlte in ihrer Tasche nach dem Zettel und fand nur die Pyramidenpostkarte mit dem Glitzerstaub. Die Rückseite war leer, und Christiane hielt sie Herrn Ramadan hin und fragte: »Kommt die Ihnen bekannt vor?«

»Ja, natürlich, gnädige Frau, es ist die einzige Ansichtskarte, die hier seit Jahrzehnten verkauft wird. In dem Metallständer auf dem Empfangstresen.«

»Ach.«

Christiane steckte die Karte wieder in die Tasche, holte ihre Zigaretten heraus und Herr Ramadan sagte: »Oh, wie schön, Marlboro, ich bin so traurig, dass ich nicht mehr rauchen darf. Wirklich traurig! Aber natürlich gibt es noch viel traurigere Dinge. Viel trauriger. Aber mit dem Rauchen ist Traurigkeit ein kleines bisschen besser zu ertragen.«

Er weinte kurz, Christiane gab ihm eine Packung Taschentücher, und als er sich die Nase geschneuzt hatte, sagte er: »Meine Frau ist vor kurzem gestorben, meine ägyptische Frau.«

»Haben Sie noch eine?«

»Nein, jetzt nicht mehr, aber ich hatte eine, sie war die große Liebe, es war in Deutschland, aber ich habe alles kaputtgemacht. 1977 habe ich alles kaputtgemacht. Die romantische Liebe. Darin war ich sehr schlecht.«

»Sie sprechen sehr gut Deutsch.«

»Ja, weil Deutsch für mich die Sprache der Liebe ist. Danke schön, gnädige Frau!«

»Woran ist Ihre Frau denn gestorben?«

»Ihr Herz ging kaputt. Ganz plötzlich. Sie war noch bei der Gymnastik und hatte morgens sehr gute Laune. So gut wie schon lange nicht. Das ist verrückt.«

»Aber das ist doch schön ... Ich meine zu sterben, wenn man nicht daran denkt, sondern gerade etwas ganz anderes im Sinn hat und glücklich ist.«

»Warum?«

»Weil ... dann ist das vielleicht ein guter Moment dafür.«

»So ein Quatsch. Ihr Deutschen seid komische Leute. Guter Moment?! Das Leben kann immer noch besser werden. Ich habe keine Lust zu sterben. In keinem Moment. Egal ob ich sehr glücklich oder sehr unglücklich bin.«

»Aber Sie sterben ja auch noch nicht.«

»Nein, heute noch nicht.

Ich habe immer gedacht, ich sterbe mit sechzig oder Anfang siebzig, spätestens, weil ich ein so gutes Leben hatte und dabei nie an meine Gesundheit gedacht habe. Ich habe so viel getrunken in meiner Zeit in Deutschland, auch viiieeel Alkohol und viele Marlboro geraucht. Und ich hatte immer sehr gutes Opium und Haschisch in Afrika, in Deutschland waren alle Rauschmittel immer nur ein bisschen gut und mit viel Scheiße aufgeblasen. Oh, im Kongo gab es das allerbeste. Das waren gute Zeiten. Hatten Sie auch solche Zeiten?«

Christiane lachte laut auf, schüttelte den Kopf, und er fuhr fort: »Und gegessen habe ich wie ein Verrückter, alles, was die Nerven lieben, und dann habe ich diesen großen, großen Bauch bekommen. Jetzt bin ich über achtzig. Ich habe erst vor etwa zehn Jahren angefangen, an meine Gesundheit zu denken, weil ich so überrascht war, dass ich noch leben!«

»Lebe«, korrigierte Christiane, und Herr Ramadan sagte: »Sind Sie Lehrerin?«

»Ja, für Kinder.«

»Ach so. Dann kennen Sie sich aus mit Kindern.«

»Nein, jetzt nicht mehr, ich weiß gar nichts mehr. Ich verstehe die meisten Menschen nicht, nun auch nicht mal mehr die kleinen.«

»Was ist mit Ihrem Sohn?«

»Ich kann nicht darüber sprechen, es ist zu schlimm. Mein Sohn, er …«

Er sah sie an und sagte: »Ist er krank?«

»Nein, zum Glück nicht. Er ist böse auf mich. Aber ziemlich böse, wissen Sie.«

»Warum?«, fragte Herr Ramadan.

»Ach, das ist eine lange Geschichte.«

»Macht nichts, ich habe Zeit, ich gehe jeden Tag spazieren, drei Stunden jeden Tag, das ist gesund. Meine Frau war auch gesund. Sie war gesund und fröhlich, und dann kam sie nicht mehr die Treppe hoch, fiel um und starb sofort im Krankenwagen. Alle sterben. Ich lebe. Weiß nicht warum. Mein Nachbar, ein junger Mann, ist aus dem Fenster gefallen. Keiner weiß wieso. Er hatte Probleme, war dreimal im Gefängnis die letzten Jahre. Ist immer stiller geworden. Früher war er sehr wach. Mein Schwiegersohn, der Mann von meiner älteste Tochter, ist auch gestorben, wegen seinem Herz, und mein Bruder hat Krebs gehabt … Äh, an den Eiern, bitte entschuldigen Sie, gnädige Frau.«

»Hoden, sagen Sie beim nächsten Mal bitte einfach Hoden. Es tut mir leid, dass Ihr Bruder gestorben ist!«

»Hoden? Komisches Wort dafür.«

»Ja, aber lassen Sie uns das jetzt bitte nicht weiter erörtern, es ist mir unangenehm.«

»Natürlich, gnädige Frau. Ohne Frage. Bitte verzeihen Sie.«.

»Schon gut. Sie sind sehr freundlich. Wohnen Sie hier im Hotel?«

»Nein, aber ich komme jeden Tag her.«

»Warum?«

»Weil das Hotel heißt wie meine Tochter, die in Deutschland lebt.«

Deshalb kommen Sie her?«

»Auch weil ich hier oft Deutsche treffe, ich liebe die Deutschen.«

»Wie kann man ein ganzes Volk lieben?«

»Das sage ich doch nur so. Sie sind eine skeptische Person. Das liebe ich auch.«

»Warum lieben Sie immer gleich alles?«

»Weil das Leben kurz ist.«

»Aber ich denke, Ihres ist nun schon viel länger als gedacht?!«

»Vielleicht weil ich immer alles gleich liebe.«

Christiane lächelte und sah zu ihm hin, aber er verzog keine Miene, lehnte den Kopf im Sessel zurück und schloss die Augen.

»Schlafen Sie jetzt ein?«, fragte sie, aber er antwortete nicht und begann sanft zu schnarchen. Da tippte sie ihm energisch auf die Schulter und sagte: »Wann haben Sie zuletzt mit Ihrer Tochter gesprochen?«

»Was? Oh, entschuldigen Sie bitte, gnädige Frau, ich war heute schon viel unterwegs. Was haben Sie gefragt?«

»Wann haben Sie zuletzt mit Ihrer Tochter gesprochen, Ihrer Tochter Jasmin!«

»Oh, ja, meine Jasmin. Sie hat oft angerufen, als meine Frau gestorben ist. Ich sage ihr jedes Mal, wenn ich mit ihr spreche, dass ich eine gute Seele habe. Damals war ich zu egoistisch.«

»Inwiefern?«

»Was?«

»Auf welche Weise egoistisch?«

»Ach so. Ich war immer weg, immer unterwegs in der Welt.«

»Warum?«

Er deutete auf den Fernseher, auf dem Bilder von zerbombten Straßen zu sehen waren und Menschen, die Verletzte oder Tote umhertrugen.

»Es fing an mit dem Krieg, und ich kam nie wieder zur Ruhe danach. Ohne Krieg. Ich konnte nie lange an einem Ort sein. Erst jetzt halte ich das aus. Aber ich halte es nur aus, ich mag es nicht besonders. Aber ich bin noch immer hier.«

Er hob seine Hand: »Aber den Krieg kann ich nicht vergessen. Nicht nur, weil meine Hand kaputt ist! Wissen Sie, ich habe alle meine Kinder immer wieder alleine gelassen, die dort, die hier. In Deutschland habe ich noch zwei Söhne, ich habe sie nie mehr gesehen, seit sie Kinder waren, und in Belgien habe ich auch einen Sohn. Antoine, ich habe ihn nur als Baby gesehen. Jetzt bleibe ich hier in Kairo bei meinen Kindern, ich brauche sie. Ich will noch ein Mal nach Deutschland. Noch ein Mal. Aber es ist zu teuer. Früher war es umsonst, wegen meinem Bruder, der hatte eine wichtige Position beim Militär. Aber jetzt ist er gestorben wegen sein … Bitte Entschuldigung, gnädige Frau, wegen seinen Hoden.«

Christiane seufzte, und er sagte: »Kommen Sie, wir gehen spazieren, hier drinnen ist zu dicke Luft, und Sie könnten mir erzählen, was in Ihrem Leben kaputt ist, und ich zeige Ihnen, was in Kairo kaputt ist. Die Regierung macht die Wände heil und schön, aber nur auf der Seite von den Straßen. Es kann sein, dass ein Haus umfällt, aber die schöne Wand an der Straße bleibt stehen und keiner merkt, dass das Haus umgefallen ist, da keiner mehr drin wohnt oder weil die Menschen begraben sind unter ihrem Haus. Das ist doch verrückt.«

»Nur die Fassaden werden erneuert?«

Er nickte.

Christiane stand auf und reichte ihm die Hand. Er schüttelte den Kopf und schaute sie böse an: »Ich bin ein alter Mann, aber ich bin noch immer ein Mann, gnädige Frau!«

»Bitte entschuldigen Sie.«

Er stützte sich ab, erhob sich langsam, stellte sich mit den Armen in den Hüften vor sie hin und grinste: »Ich war ein schöner Mann, aber das können Sie ja selber sehen. Alle deutschen Frauen waren verrückt nach mir! Alle!« Er lachte und zeigte sein perfektes weißes Gebiss, zeigte drauf und sagte: »Aus Hamburg! Hansestadt! Das letzte Mal, als ich da war, gutes Material. Sagt ihr Deutschen gern: Guuuuuutes Material. So hat das meine Schwiegermutti immer gesagt wenn wir im Alsterhaus waren, in der Stoffabteilung, kennst du das Alsterhaus?«

»Ja, ich komme ja aus Hamburg.«

Seine Augen füllten sich mit Tränen, und er sagte: »Hamburg ist die beste Stadt nach Kairo, Hamburg ist die beste Stadt, wenn man seine Ruhe will, und Kairo ist die beste Stadt, wenn man nicht alleine sein will.«

»Ich kann nicht alleine sein.«

»Waaas?«

»Ja.«

»Aber Sie sind die einsamste Frau, die ich jemals getroffen habe.«

»Woher wissen Sie das?«

»Ich weiß gar nichts. Aber Sie reisen doch alleine, gnädige Frau?«

»Ja.«

»Warum denn?«

»Weil … weil ich … Ja, es stimmt. Ich hatte immer nur mein Kind.«

»Schicksal, dass wir uns getroffen haben.«

»Was ist Schicksal?«

»Alles!«

Sie steckte sich eine Zigarette an, während sie die Lobby verließen, und sagte: »Ich glaube nicht an Schicksal, alles ist Zufall.«

»Entschuldigen Sie bitte, gnädige Frau, aber das ist sehr dumm«, sagte er und hielt ihr die Tür auf, und sie sah zu Boden und schritt hindurch.

WO DIE MENSCHEN SIND

Er lief eine Weile vor ihr her. Sie versuchte, sich auf ihre Schritte zu konzentrieren und niemanden anzurempeln. Die Leute liefen umeinander herum und zwischen den Autos umher, ein Mann schlängelte sich durch den Stau und klopfte an die Scheiben der Autos, um den Leuten ihren Müll abzunehmen. Christiane holte Herrn Ramadan ein und fragte ihn, ob der Mann dafür Geld von der Stadt bekomme, und er lachte und schüttelte den Kopf und sagte: »Nein, er liebt nur seine Stadt.«

»Lieben Sie Ihre Stadt auch?«

»Manchmal nein. Als ich zum ersten Mal in Deutschland war, habe ich nur gedacht, wo sind die Menschen?! So viel schöner Platz und alles so grün und frisch und keine Menschen, aber so viele Ampeln, damit nie was passieren kann, auch wenn keiner da ist. Die Ampeln werden rot und grün und wieder rot und grün und keiner benutzt sie. Manchmal fährt nicht mal ein Auto vorbei. Ich habe mich einmal an eine von den kleinen Kreuzungen gesetzt und gezählt, wie oft es grün und rot war ohne die Menschen, und es passierte neun Mal. Na gut, es war an einem Sonntag. Aber hier kann das nicht passieren, dass die Ampel die Arbeit macht wie für nichts und niemand und dabei Geld kostet. Die bunten Lichter funktionieren immer weiter, ohne dass sie jemand braucht. Hier in Kairo ist nichts für nichts, hier ist immer viel von allem gleichzeitig da, immer sind Menschen da.«

Christiane sah in einer Nebenstraße mehrere geparkte Panzer. Überall wurde etwas abgerissen. Jemand kam auf sie zu und hielt ihr Spielkarten vor das Gesicht und sagte: »Do you want to play with luck?«

Sie nickte, aber Herr Ramadan schimpfte mit dem Mann und schob Christiane vor sich her, und sie spürte kurz den Rhythmus der Stadt, und dann sah sie, wie jemand einen Hund trat, immer wieder. Niemanden schien das zu kümmern, und sie sagte zu Herrn Ramadan: »Warum macht er das? Und warum kümmert es niemanden?«

»Ach, ihr Deutschen. Wenn es den Menschen schlecht geht, dann geht es den Tieren noch schlechter, keiner hat etwas für sie übrig oder kann auf sie aufpassen. Das ist normal. Deutschland ist ein schönes Land für Hund und Katze, aber nicht für Schweine. Hier ist es gut für Schweine.« Er lachte und ging zu dem Mann und sagte ihm etwas, und der ließ von dem Hund ab und verschwand. Der Hund legte sich neben einen Haufen Müll an der Ecke einer Gasse und leckte seine Wunden, und Herr Ramadan sagte: »Ich hatte auch einen Hund in Hamburg, einen Bernhardiner, er hieß Destiny, ich habe immer gesagt Desti. Er war zu groß, aber alles musste groß sein für mich, als ich jung war. In Deutschland haben die Leute oft kleine Hunde für das Sofa, hier haben viele Leute nicht mal ein Sofa.«

Christiane nickte und fragte: »Was haben Sie im Januar 2011 gemacht?«

»Was haben Sie gemacht?«

»Nichts, ich kann mich nicht erinnern, nichts Besonderes.«

»Ich erzähle Ihnen später, was ich gemacht habe, aber erst zeige ich Ihnen den Bazar.«

»Ich möchte dort nicht hin.«

»Warum denn nicht? Wollen Sie keine Souvenirs kaufen?«

»Nein. Wem sollte ich sie mitbringen?«

»Sie haben Angst auf dem Bazar, vor Bomben oder Taschendieben. Wie viele Touristen, stimmt es?«

»Nein, ich habe keine Angst vor dem Tod.«

»Warum leben Sie dann noch?«

»Weil ich Angst vor dem Alleinesein habe!«

»Und woher wissen Sie, dass Sie nach dem Tod alleine sind?«

»Das weiß ich nicht, aber ich bin … ich bin immer davon ausgegangen.«

Er nickte und streckte ihr seine Hand hin: »Sagen wir du zueinander?«

»Ja, das scheint mir auch angemessen. Ich bin Christiane.«

»Angenehm. Kamal.«

Auf dem Weg zum Bazar brach die Dämmerung an, weil Herr Ramadan ständig jemanden traf, den er kannte, und sich ausschweifend unterhielt, und Christiane stand daneben und versuchte, den Rhythmus der Sprache zu verstehen. Jedes Mal kam es ihr vor, als würde er sich mit den anderen Männern streiten, aber zum Abschied umarmten sie sich stets freundschaftlich, und Herr Ramadan sagte dann immer, es sei ein guter Freund gewesen. Im Bekleidungsgeschäft seines ältesten Sohnes kehrten sie auf einen Tee ein, und Herr Ramadan erklärte seinem Sohn, dass Christiane aus Hamburg komme, und sie weinten kurz. Christiane saß verschüchtert daneben, hielt sich an ihrem Teeglas fest und vermutete, sie weinten über den Tod der Ehefrau und Mutter. Nichts schien daran ungewöhnlich, dass zwei erwachsene Männer miteinander in einem geöffneten Geschäft Tränen vergossen. Plötzlich begann ihr Kinn zu zucken, und Herr Ramadan bemerkte es und legte ihr die Hand auf die

Schulter und sagte, so sei es gut. Er wurde ihr Begleiter für die nächsten Tage.

Erst am nächsten Tag besuchten sie den Bazar, da es an diesem schon zu spät geworden war. Auf dem Weg dorthin gestand sie ihm, was sie aus Deutschland vertrieben hatte und dass sie sich nun vor anderen Deutschen fürchte und davor, erkannt zu werden – und das Alleinsein ebenso. Er beruhigte sie, behauptete, auf dem Bazar in der Altstadt sei es immer so voll, dass jeder in der Masse untergehen würde. Doch als sie auf dem Bazar ankamen, gab es keine Horden von Touristen, es waren lichte Gassen zwischen den bunten Ständen, sodass man jeden, der einem entgegenkam, in Ruhe mustern konnte. Es gab genug Ausländer dort, die aussahen wie Deutsche und vor denen es Christiane zutiefst graute. Und so blieb sie auf der Stelle stehen und bat Herrn Ramadan um sofortige Flucht. Er zog sie hinter sich her, bis sie zu einem kleinen schwarzen Zelt kamen, das sie übersehen hätte, wäre sie alleine dort gewesen. Er läutete eine Glocke, die neben dem Eingang an einer wuchtigen Kordel baumelte, und eine dürre, blasse Frau mit grauen Locken in einer weißen Latzhose und einem schlackerigen Hemd, bedruckt mit bunten Krokodilen, öffnete den Reißverschluss, schaute geduckt heraus, grüßte mürrisch, und Herr Ramadan sagte: »Das ist Karin aus Hannover.«

Christiane wich zurück, ließ seine Hand los und wollte auf und davon, da hielt er sie fest und sagte: »Sie ist schon so lange hier, da hattet ihr noch diesen Kohl, und sie liest nur Bücher!«

Karin lachte laut auf und sagte: »Nur noch Gedichte, genauer gesagt, alles andere ist Bockmist!«

Karin gab Christiane die Hand und bat sie herein, Herr Ramadan wartete draußen.

Ein kleiner, gelb beleuchteter Raum mit einem Deckchen in der Mitte, darauf lagen mehrere Notizblöcke. Es roch stark nach Melisse.

»Kann ich hier rauchen, bitte?«

»No, Lady, seit '93 nicht mehr, deshalb bin ich noch hier.« Sie klopfte Christiane fest auf die Schulter und fuhr fort: »Ist geil, ich weiß, aber lass es, wenn du an dir hängst.«

»Sind Sie irgend so eine Esoterikerin?«, fragte Christiane.

»Nein, nein, geh mir damit weg, ich war Verhaltenstherapeutin in Deutschland und hab mich hier jetzt selber weitergeschult. Ich also Karin, wie gesagt. Und du?«

»Christiane. Aber ich weiß nicht, was ich hier soll.«

»Je Frage nehme ich vierzig Pfund oder fünf Euro, inklusive Sandwich mit Bohnenpaste und Limonade kostet es sechzig Pfund oder sechs Euro, und ich hätte auch Arrak da, aber danach siehst du mir nicht aus.«

Christiane hatte Hunger, sie hatte das Hotelfrühstück verschlafen, da sie von dem langen Fußmarsch durch Kairo und dem Weinen, das in ihrem Hotelzimmer erneut eingesetzt hatte, wie erschlagen war.

»Könnte ich bitte nur das Sandwich bekommen? Fragen habe ich jetzt keine.«

Karin sah sie an und legte den Kopf schief: »No, Lady. Komm schon, du hast bestimmt Fragen, jeder hat Fragen, lass sie raus, das wird schon.«

Christiane legte sich die Hand auf den Bauch, und ihr Magen knurrte. »Oh, wie peinlich«, sagte sie leise.

»Es ist dir peinlich, wenn dein Magen knurrt? Aus welcher Zeit bist du denn gefallen, Lady?«

»Was meinen Sie, Karin?«

»Nichts, Lady, gar nichts, ich geb dir ein Sandwich.«

»Danke. Dann werde ich mir wohl eine Frage überlegen müssen.«

»Gut, sehr gut, Lady.«

Karin holte ein Sandwich und eine Sprite aus einer Kühlbox und gab beides Christiane. Christiane aß und Karin sagte: »Na, du hast ja Hunger. Willst du noch eins, ich habe auch welche mit Huhn, aber ich dachte, du bist Vegetarierin.«

»Falsch gedacht. Aber Huhn esse ich in der Tat niemals.«

»Wieso nicht?«

»Ich fürchte mich vor Vögeln, also ich verabscheue sie regelrecht.«

Karin sah sie interessiert an und fragte dann: »Tote Vögel?«

»Tot oder lebendig spielt keine Rolle.«

»Vor kleinen oder großen Vögeln?«

»Oh, die kleinsten sind die schlimmsten, die, die klein sind, zwitschern immer am lautesten, so kommt es mir jedenfalls vor. Tut mir gut, das Sandwich, tut mir sehr gut.«

»Das freut mich, Lady. Was ist mit Ihrer Frage? Bisher habe nur ich Fragen gestellt.«

»Na gut, ich verstehe, Sie wollen Ihre Arbeit anständig machen, ich verstehe. Fühlen Sie sich manchmal einsam, so den ganzen Tag allein in diesem Zelt, ohne Fenster? Wenn die Geschäfte schlecht laufen, meine ich?«

»Das ist deine Frage, Lady?«

»Ja. Nein, warten Sie, ähm Karin. Du. Ich habe eine Frage. Mich betreffend: Was kann man tun, wenn man sich zugleich einsam fühlt, aber die Menschen fürchtet?«

»Ab in die Wüste, da stellst du dich beidem, und wegen der Vögel, ab in den Park, es gibt einen sehr schönen in Kairo, den al-Azhar-Park, eine grüne Oase. Ohne den al-Azhar-Park würden wir hier ersticken, Lady.«

»Sind Sie auch Reiseleiterin?«

»Hab ich lange gemacht, lohnt sich aber nicht mehr, das macht achtzig Pfund, Lady.«

»Wieso achtzig Pfund? Ich habe doch nur eine Frage gestellt.«

»Aber ich habe dir zwei Tipps gegeben, und es würde mich wirklich sehr glücklich machen, wenn du sie nicht nur bezahlst, sondern auch beherzigst.«

Sie grinste, zwinkerte mit beiden Augen und zog dann einen Mundwinkel hoch, wie Billy Idol, in den Christiane einmal verliebt gewesen war und dessen Poster ihre Mutter im Kamin verbrannt hatte.

Christiane gab Karin hundert Pfund.

»Ich danke Ihnen, der Rest ist für Sie.«

Als Christiane das Zelt verließ, rief Karin ihr nach: »Wir sehen uns in der Wüste, ich leite da in zwei Wochen einen Survival Workshop! Ist fast geschenkt für eine von deiner Sorte, Lady!«

Herr Ramadan stand ein paar Meter weiter an einem Gewürzstand, hielt sich an einer Chiliranke fest und war wieder in ein Gespräch vertieft.

Christiane erzählte ihm, als sie auf dem Nachtmarkt Blätterteigpizza aßen, von Karins Vorschlägen. Er schlug vor, ihr am nächsten Tag den Park zu zeigen, und sie verabredeten sich für die Zeit nach dem Mittagessen.

Am frühen Abend des nächsten Tages bestellte Christiane sich im leeren Restaurant des Hotels gegrillte Auberginen und als zweiten Gang das Mandelhühnchen. Herrn Ramadans Einladung, zusammen mit seiner großen Familie zu speisen, hatte sie mehrfach höflich ausgeschlagen. Doch die feige Beleidigung seines Angebots hatte zur Folge, dass sie sich in der Pflicht sah, stattdessen etwas anderes zu tun, vor dem ihr graute. Sie dachte an Karin und hätte sie gern gefragt, wie sie ihren Ekel vor dem halben gegrillten Vogel überwinden konnte. Sie starrte auf ihren Teller und pulte vorsichtig an der krossen Haut, zog langsam ein Stück von dem weißen Fleisch ab, nahm das Messer zu Hilfe, um einen Fetzen Glibber zu entfernen.

Sie betrachtete das Stück aus der Nähe, das Licht des Lämpchens, das auf ihrem Tisch stand, schimmerte grünlich hindurch. Der Geruch war nicht übel, und doch legte sie die Haut zurück auf den Teller, schob die Gabel vorsichtig unter die paar Mandeln, die am Rande des Tellers lagen und das Tier vielleicht gar nicht berührt hatten, und steckte sie in den Mund. Mit angehaltener Luft begann Christiane vorsichtig zu kauen und stellte sich den Geschmack gebrannter Mandeln vor. Doch das Aroma des toten Vogels durchdrang ihre Fantasie, und mit großem Respekt spuckte sie das Huhnmandelmus auf ihren Teller und blickte auf und sah in diesem Moment, wie der strafende Blick von Mrs. Montgomery sie traf. Sie hatte zwei Tische weiter gegenüber Platz genommen, als Christiane der Hauptgang serviert worden war. Christiane dachte an ihre Mutter und an ihr eigenes Erbrochenes, das sie als Kind unter ihren mächtigen Blicken hatte essen müssen. Und sie sah Mrs. Montgomery in die Augen und sagte: »I hate you!«

Mrs. Montgomery zuckte mit den Schultern, lächelte und sagte: »I forgive you, if you eat the chicken. But I know, you're too weak.«

Christiane nahm Messer und Gabel, ballte die Fäuste drum herum, knallte sie dreimal auf den Tisch, begann dann hastig zu schlingen und sah Mrs. Montgomery dabei ununterbrochen direkt in die Augen, und solange sie nicht blinzelte, schmeckten die Bissen nach nichts, und bei jedem Fetzen, die sie zuletzt mit den Fingern von den Knochen riss, schwand der triumphale Ausdruck aus Mrs. Montgomerys Gesicht ein bisschen mehr, und zuletzt hatte sie die Züge eines verschüchterten Mädchens, und als Christiane das Gerippe des Vogels anhob und wieder auf den Teller fallen ließ, sagte Mrs. Montgomery mit strahlenden Augen: »The sun will shine tomorrow, my dear.«

»I know«, sagte Christiane, stand auf, griff in die Schale mit den Erfrischungstüchern und verließ mit einer Handvoll davon das Restaurant.

Die Verdauung setzte ein, und Christiane spürte eine Hitze in ihrem Inneren, die sich über den Magen auf den ganzen Organismus ausbreitete. Sie blieb mitten in der Lobby stehen und sah überall Linien und starke Kontraste und verstand die Anordnung der Gegenstände und fühlte eine tiefe Verbundenheit zu dem Genie von einem Innenarchitekten, der hier vor Jahrzehnten am Werk gewesen war. Alles war in ein glühendes Gelb getaucht, und Christiane wurde ohne einen Anflug von Furcht immer wärmer, und sie sah fremde Menschen in Zeitlupe vorübergehen und betrachtete sie mit großer Zärtlichkeit.

Als sie sich oben nackt in das Bett gelegt hatte und die Augen schloss, dachte sie, dies sei ein wunderschöner Anfang vom Ende, und ihr letzter Gedanke vor dem Einschlafen lautete: Ich fühl mich gut durch Huhn.

Und in dem darauffolgenden Traum vom vergangenen Tag amüsierte sie sich zum ersten Mal über sich selbst. Als sie sich sah, wie sie zusammen mit Herrn Ramadan vor dem Eingang des stattlichen Parks stand und sich vorstellte, welche Massen an exotischen Vögeln und vor allem Vögelchen sich dort wohl befanden, und dann ein Spatz vor ihr landete und herumtanzte, sie auslachte, da nahm sie Reißaus, lief blindlings los, wieder in die staubige schützende Stadt hinein, ignorierte die hupenden Autos, und Herr Ramadan konnte ihr kaum folgen, er atmete schwer und hielt die Hand auf die Brust. Nur seinetwegen blieb sie irgendwann zitternd stehen. Er näherte sich langsam und noch ganz außer Atem und fragte, was sonst nur sie fragte, er fragte, was sie nun glücklich machen würde, und sie antwortete, er solle sie zurück zu dem Taschentrickspieler führen, zu dem mit den Spielkarten, und sie gingen los und entdeckten ihn schon bald im Gewimmel um einen Teestand, nahe des Tahrir, und Herr Ramadan sprach mit ihm, und wieder schien es so, als würden sie streiten, und am Ende spielte Christiane mit ihm und zog jedes Mal die richtige Karte, aber sie gab dem Taschenspieler ihren Gewinn zurück. Doch er wollte ihn nicht haben und deutete auf Herrn Ramadan, und der zog die Schultern hoch und grinste.

Morgen, so gestand er ihr auf dem Weg zurück ins Hotel Jasmin, würde er in seine Geburtsstadt Mansura reisen, da er dort viele Verwandte habe, die darauf bestanden, sich eine Weile um ihn zu kümmern. Er sagte: »Ich kann auch nicht alleine sein, Christiane, ich war nie alleine. Aber ich will keine neue Frau. Meine Töchter kommen jeden Tag zu mir und putzen und machen mir was zu essen, aber sie haben auch Familie. Ich bin nur traurig, wenn ich alleine bin. In Mansura bin ich nie alleine. Niemals. Dann bin ich genervt, und wenn ich genervt bin, habe ich keine Zeit, um traurig zu sein«, und Christiane nickte.

Das große Hotel glitzerte in der Abendsonne und er nahm ihre Hände und sagte: »Wäre ich jung, ich würde dir zeigen, wie glücklich ein Mann eine Frau machen kann. Und wie unglücklich.«

Er drückte ihre Hände, und sie spürte die tiefe wuchtige Narbe und die verhärtete Haut drum herum. Sie strich ihm über die Schulter, dann über die Wange, und er fragte: »Treffen wir uns wieder, wenn ich zurück bin?«

Sie trat einen Schritt zurück, verschränkte die Arme und sagte: »Ich muss hier weg, diese Stadt weiß zu viel von mir.«

Er sah sie an und schüttelte ungläubig den Kopf: »Ich bin schon lange auf der Welt, aber das kann ich nicht verstehen.«

»Das macht nichts«, sagte Christiane, und zum ersten Mal war das die Wahrheit. Und dann, als er nichts sagte und aussah, als würde er gleich zu weinen beginnen, fragte sie: »Was würde dich glücklich machen, Kamal?«

Er hob den Kopf und sah über den Eingang des Hotels, über dem der Schriftzug leuchtete.

PLAY II

Mein Name ist Kamal Abdallah Ramadan und ich habe ein sehr krankes Herz. Ich hatte deswegen schon zwei Operationen. Die erste war sieben Stunden lang und fand am 25. Januar 2011 statt. Danach konnte mein Blut wieder fließen, und in Kairo war nichts mehr wie vorher. Jede Nacht vor dem Schlafengehen denke ich, ich wache nicht wieder auf, und ich versuche nicht einzuschlafen, doch dieser Versuch macht so müde. Ich schlafe immer ein. Am besten schlafe ich im Hotel Jasmin in einem von diesen großen Sesseln vor dem Fernseher, der immer an ist, aber immer ohne Ton. Dort habe ich Christiane getroffen, und dort haben Sie mich gefunden. Schlafend. Natürlich. Als Sie mir Ihre Hand vorsichtig auf die Schulter gelegt haben und ich Sie gesehen habe, wusste ich sofort, dass es um Christiane geht. Und Sie trugen diese Regenjacke, Frau Voss. Komisch. So hieß auch meine Frau, es war ihr Mädchenname. Wenn ich an Hamburg im Regen denke, denke ich an die Landungsbrücken. Dort war es ungemütlich, wenn es regnete und stürmte. Ungemütlich, aber wunderschön. So wie Kairo. Es regnet nicht oft in Kairo, aber wenn, dann beginnt die Stadt zu schwimmen, sie ist niemals vorbereitet auf starken Regen, das Wasser kann nirgendwohin, die Pfützen werden zu kleinen Meeren, und niemand hat einen Schirm, nicht mal die Deutschen.

Als ich das letzte Mal in Hamburg war, hat es wenig geregnet, es war schwül, und mein Herz war schon sehr schwach. Aber ich hatte noch keine Angst vor dem Tod.

Jetzt habe ich Angst, dass meine Tochter in Deutschland nicht weiß, dass ich eine gute Seele habe, und ich weiß nicht, wie man das beweisen kann. Es ist vielleicht zu spät. Sie sagt mir, alles sei gut, aber ich weiß genau, sie sagt es nur, weil ich krank bin, weil wir beide jedes Mal am Telefon denken, vielleicht ist es das letzte Gespräch. Ich habe Christiane gesagt, sie soll sich ändern und nach Hause fliegen und ihrem Sohn Interesse zeigen. Aber sie hat immer mit dem Kopf geschüttelt und gesagt, es sei zu spät, sie habe seine Liebe verspielt, und er würde nie wieder Kind sein, sie könnte es nur an dem Kind wiedergutmachen, nicht an dem Erwachsenen, an dem jungen Mann. Sie ist sehr klug und sehr stark. Sie kann verzichten. Ich nicht. Ich kann nicht sterben, bevor alle meine Kinder mir verzeihen.

Als ich Christiane vor dem Fernseher getroffen habe, da sah sie aus wie eine starke Person, und sie kam mir bekannt vor. Sie war mir sofort nah, das hat man drei-, viermal im Leben. Wir sind spazieren gegangen einige Tage und wir haben viel zusammen geschwiegen.

Kairo ist so laut. Christiane hat vor diesen Bildern vom Krieg geschlafen. Da hab ich gedacht, diese Frau ist anders, sie ist nicht scheinheilig. Ich sehe gerne Bilder vom Krieg, ich interessiere mich dafür, was passiert, immer, die ganze Zeit, weil ich nun schon so viele Jahre in Ägypten bin.

Als ich jung war, konnte ich nie lange an einem Ort sein, und ich war oft in Deutschland, zwanzig, dreißig Jahre immer wieder Deutschland. Aber nie für immer. Das weiß man. Viele Ägypter lieben die Deutschen. Nicht nur wegen den schlechten Sachen!

Für die deutschen Frauen ist es sehr wichtig, dass ein Mann treu ist. Ich kann das verstehen, nur konnte ich das nicht. Ich muss lachen, bitte entschuldigen Sie. Aber die Deutschen denken immer, es geht nur so, so oder so. Aber du bist nicht gut oder schlecht, weil du so, so oder so bist. Es ist nicht so einfach.

Christiane denkt, sie sei schlecht. Ich habe noch nie eine Frau getroffen, die sich selber so wenig mag. Dann habe ich versucht zu verstehen, warum sie denkt, sie sei schlecht. Es ist wegen ihrem Sohn. Roland.

Roland hat sie auch nie mehr besucht, so wie meine deutsche Tochter. Aber Roland wohnt in derselben Stadt. Kinder in Deutschland sind sehr streng mit ihren Eltern. Christiane wollte zuerst nicht über Roland sprechen. Dabei wollen deutsche Frauen immer über alles sprechen. Über alles! Immer viel sprechen. Manchmal ist es besser, nichts zu sagen.

Wir sind ein paar Tage spazieren gegangen, ohne viel zu sprechen und ohne stehen zu bleiben. Nur wenn sie einen Bücherstand gesehen hat, ist sie stehen geblieben und wollte gucken. Lange gucken. Wie ein Student. Viele Studenten sind tot. Diese Stadt trauert. Erst wollte ich nichts davon wissen nach meiner Operation, als ich langsam wieder denken konnte, aber ich habe einen Neffen, der sehr klug ist und studiert. Er hat mir Dinge erklärt, die für einen alten Mann nicht mehr wichtig sind. Jeder Tag ist ein bisschen Abschied von dem, was war, nicht von dem, was kommen wird. Mein Herz ist faul geworden.

Ich glaube, Christianes Herz war schon lange faul, und jetzt ist es aufgewacht. Aber ich kann nicht sagen, wohin das führt. Vielleicht ist es gut, vielleicht ist es schlecht. Es ist ihre Sache. Sie wollte von mir wissen, was glücklich macht, und ich habe gesagt, gnädige Frau, das kann ich dir nicht sagen, und irgendwann wollte sie nur noch wissen, was mich glücklich machen würde, und dann hat sie es gemacht. Sie hat mich glücklich gemacht. Bei mir war es einfach. Sie hat mir ihr Ticket geschenkt. Einen Flug nach Hamburg. Meine letzte Reise. Mir ist es egal, was mein Arzt sagt, ich fliege. Aber ich kann Ihnen deshalb sagen, dass Christiane noch hier ist. Irgendwo. Sie hatte keine Angst vor dem Tod, sie hatte Sehnsucht danach. Das habe ich nicht verstanden, sie ist doch gesund. Ich hatte immer Angst vor dem Tod. Als mein Herz zum ersten Mal großen Ärger gemacht hat, kam ich ins Militärkrankenhaus, und fast alle jungen gesunden Leute waren auf dem Tahrir. Ich weiß jetzt, Mubarak war nicht gut für die jungen Leute. Aber für mein Herz war Mubarak gut, ohne Militärkrankenhaus wäre ich tot. Ich habe viel für Ägypten getan, ich war im Kongo. Ich bin abgehauen durch die Wüste, als ich keine Lust mehr hatte, und als ich fast tot war, entdeckte ich mitten in der Wüste ein Bordell. Keiner glaubt diese Geschichte, aber das waren die schönsten Wochen in meinem Leben. Von dieser Zeit habe ich geträumt, bevor ich nach der Operation wieder aufgewacht bin. Meine Tochter in Deutschland wusste nichts von der Operation, und als ich wieder aufgewacht bin und mein Herz wieder für eine Weile heil war, gingen auch die Telefone wieder und dieses Internet. Aber dann ging mein Herz wieder kaputt, und ich kam wieder ins Krankenhaus, und Kairo war auch wieder kaputt. So kann es nicht immer weitergehen, irgendwann brauchen alle Ruhe. Der Tod ist aber ein bisschen zu viel Ruhe für meinen Geschmack. Doch wenn ich zu viel Angst habe, denke ich an meine Kinder und weiß, etwas bleibt übrig.

Christiane hat erzählt, dass sie Roland in einem Hotel am Hamburger Hauptbahnhof gemacht hat. Da habe ich auch meine deutsche Frau kennengelernt. Gisela. Schönste Frau der Welt, hab ich gedacht. Nur zu dünn. Jetzt ist sie nicht mehr dünn. Aber jetzt ist sie auch nicht mehr meine Frau. Sie hat gearbeitet für Beiersdorf, sie hat Nivea Creme gemacht. Das hat mich sehr beeindruckt. Sie war schön und mächtig. In Ägypten lieben alle alten Leute Nivea Creme. Weil Nivea Creme immer dieselbe bleibt.

Ich war nach Deutschland gekommen, weil ich diesen Traum hatte. Immer wieder, seit ich meine halbe Hand im Scheißkrieg verloren habe. Der Scheißkrieg war damit für immer vorbei für mich. Ich habe geträumt, ich muss nach Deutschland und da ein Mädchen machen, und ich habe Gisela gesehen im Boccaccio am Hauptbahnhof, und sie hat mich gesehen, und es war 1972, und wir haben den ganzen Abend getanzt, und weil Ägypter in München israelische Sportler ermordet hatten, habe ich gesagt, ich komme aus Venezuela. Für die Deutschen mit einer festen Anstellung war es sehr in Mode, etwas Neues dazuzulernen und die Volkshochschule zu besuchen. Es hieß Bildungsurlaub! Gisela hat Spanisch gelernt und war sehr stolz darüber, und ich konnte nur »Sí« sagen. Da musste ich ihr die Wahrheit auf Englisch beichten. Wahrheit ist sehr wichtig für deutsche Frauen. Aber weil ich ein sehr schöner und charmanter Mann war, hat sie mich drei Monate später trotzdem geheiratet. Hier in Kairo. Ohne es ihren Eltern zu sagen. Sie waren vielleicht ein bisschen Nazis.

Christiane hat mir erzählt, dass sie keinen Kontakt mehr zu ihren Eltern hat, traurig war sie allerdings nur wegen Roland, und sie hat noch mehr Marlboros geraucht, wenn sie über ihn gesprochen hat. Ich habe auch viele Marlboros in meinem Leben geraucht, und in Deutschland habe ich viel getrunken, weil die Deutschen so viel getrunken haben. Das nennt man bei euch Integration. Die Deutschen waren immer sehr, sehr glücklich, wenn ich mitgetrunken habe, dann haben sie angefangen, mir zu vertrauen. Hat Spaß gemacht, deutsches Vertrauen. Aber zu viel Spaß ist auch nicht gesund. Die Deutschen feiern immer. Ohne Grund. Vielleicht wegen dem Zweiten Weltkrieg, mussten viel nachholen, und dann konnten sie nicht mehr aufhören. Ich weiß es auch nicht. Wenn wir zu Besuch bei meiner Schwiegermutti waren, hat sie zum Liebesbeweis immer ihre Flasche Mariacron für mich aus dem Schrank in der Kammer geholt, und wir haben ein kleines Glas zusammen getrunken. Sie war eine gute Frau und sie diese Krankheit gekriegt, bei der man alles vergisst, und bevor sie gestorben ist, hat sie zu Gisela gesagt, Hitler war sehr schlecht. Zum ersten Mal hat sie das gesagt, dann war sie tot. Da war Gisela glücklich. Zum ersten und letzten Mal hatte sie Frieden mit Mama. Wahrheit mit Mama. Wahrheit ist sehr wichtig für Deutschland. Deswegen ist es jetzt ein gutes Land. Ägypten muss noch üben. Muss viel üben. Manchmal machen Menschen es erst richtig, wenn sie Angst vor dem Tod haben.

Christiane wollte immer über den Tod sprechen, sie hat gesagt, der Tod macht Ordnung in ihrem Kopf. Ich weiß nicht, wo Christiane jetzt ist. Mein jüngster Sohn hat ihr geholfen, ein Auto zu kaufen, einen Jeep, alt, aber ganz gut. Christiane hat diesen Jeep und viele Stangen Zigaretten gekauft, als ich in Mansura war. Als wir uns verabschiedet haben, hat sie gesagt, ich soll die Alster grüßen, und hat mir die Adresse von Roland gegeben, um ihn zu grüßen und in den Arm zu nehmen.

Ich war schon bei der Botschaft wegen dem Visum und hoffe, ich reise bald ab. Aber es ist schwierig für Ägypter, egal, was der Grund für eine Reise ist.

Vielleicht suchen Sie besser nicht nach Christiane. Ich glaube, dass Christiane sehr glücklich wäre, wenn niemand sie wiederfindet. Jeder hat das Recht zu verschwinden.

Ich bin aufgeregt, nach Deutschland zurückzukehren. Jedes Mal, wenn ich länger nicht da war, hat es sich verändert. Die Tomaten werden immer kleiner und kleiner, und ich will sie nicht essen, weil sie aussahen wie giftige Beeren für mich. Dabei sind die Touristen immer so glücklich über großes Gemüse, sie machen immer viele Fotos von den großen Tomaten und Melonen und Feigen und so weiter. Und das Fernsehen in Deutschland hat sich auch verändert. In den neunziger Jahren habe ich einen Neger im Fernseher gesehen. Er hat eine Sendung für junge Leute moderiert. Ich habe meine Tochter gefragt, wie das passiert ist, und sie war böse auf mich, weil ich Neger gesagt habe, dabei haben mich immer alle kleinen Kinder so genannt, weil ich braun bin und diese Haare habe, die Deutschen haben gesagt: Negerkrause. Und jetzt hat Deutschland eine Frau als Chef, und sie hat diese kurze Frisur, die alle Frauen haben in Deutschland ab einem bestimmten Alter. Unkomplizierte Frisur. Praktisch wie ein Kopftuch.

Ich weiß nicht, ob Frau Merkel ein guter Chef ist. Politiker sollten etwas für die Menschen tun, damit sie unkompliziert leben können jeden Tag. Essen, trinken, schlafen in einem Haus. Den Rest muss jeder selber machen, und wer andere kaputtmachen will, kommt ins Gefängnis. So einfach ist Politik. Mehr muss man nicht machen. In Deutschland kann man jeden Tag gut leben, wenn man sich nicht doof anstellt. Deshalb haben wir uns hier sehr gewundert, als in Deutschland so viele deutsche Leute auf den Straßen waren. Wie hier bei der Revolution, haben wir erst gedacht. Aber es war sehr komisch, weil sie auf der Straße gewesen sind gegen Menschen, denen es sehr, sehr schlecht geht. Weil sie Ausländer sind. Komisch diese Deutschen, haben komische Probleme, sie haben keinen Ausländer als Chef, aber kämpfen gegen die Ausländer. Hier machen Leute Protest nach oben, die komischen Deutschen machen Protest gegen Leute von ganz unten, die gar nichts haben, gar keine Macht und kein Bett und manchmal auch keine Schuhe und keine Hoffnung mehr. Komisch, diese Deutschen, die habe ich damals nicht kennengelernt und die will ich auch nicht kennenlernen, da esse ich lieber die komischen kleinen Tomaten.

Christiane ist auch ein bisschen komisch. Aber sie ist ein guter Mensch. Für mich. Nach ein paar Tagen kann natürlich jeder Mensch ein guter Mensch sein. Das ist einfach. Du musst mit einem Menschen eine Reise machen, um zu wissen, ob er gut oder schlecht ist.

Christiane hat gesagt, es sei ihre erste Reise, aber wo sie jetzt hingefahren ist, das ist bestimmt keine Urlaubsreise mehr. Sie hat gesagt, sie will nichts mehr ändern, sie sei zu schwach. Und dabei hat sie für mich sehr, sehr stark ausgesehen. Zum ersten Mal als sie das gesagt hat: Ich bin zu schwach, Kamal. Sie war über irgendetwas sehr sicher gewesen.

Ich muss nun zu meiner ältesten Tochter, wir essen gleich, die ganze Familie kommt. Wir sehen uns in Hamburg. Inschalla. Ma'a as-salama! Auf Wiedersehen!

IN THE DEATHCAR, WE ARE ALIVE

Welcher Tag war heute? Edgar Lehmstedt zählte nach. Er war zwei Tage nach Nikolaus aufgebrochen. Hatte noch den Abwasch gemacht, weil seine Frau wie immer darauf bestanden hatte. Stumm. Mit diesem Blick. Einer kocht, einer wäscht ab. Lebenslänglich. Sie hatte ihre Schlaftablette genommen und sich mit gefalteten Händen auf den Rücken gelegt, dann einmal gequiekt, dann war sie weggeratzt. Alles wie gehabt.

Lehmstedt hatte seine Tasche längst gepackt, es war nicht schwer, das zu verheimlichen, denn seine Frau beachtete ihn schon seit Jahren nicht mehr, und sie war noch niemals eifersüchtig gewesen. Er wusste, er konnte einfach so einen Flug buchen und verschwinden, ohne dass sie etwas bemerken würde. Lehmstedt wollte eigentlich in die Wüste Arizonas reisen, aber dafür hatte sein Erspartes bei weitem nicht gereicht. Es hatte gerade so für ein Pauschalangebot in ein Oasenhotel in Ägypten gereicht. Das Angebot war günstiger gewesen als ein One-Way-Ticket ohne Hotel. Na denn, hatte er gedacht, Hauptsache Wüste, und dann hatte er sich schon bald von seiner Reisegruppe abgesetzt. Es war ihnen vermutlich ebenso wenig aufgefallen wie seiner Frau.

Er hatte sich auf den Weg gemacht, mitten rein in die Wüste, und nun wusste er nicht mehr, wie viele Tage seitdem vergangen waren. Er war durstig, obwohl es nun im Dezember nicht so heiß war, wie er herbeigesehnt hatte. Er hatte nur noch ein Schlückchen in seiner alten Plastikflasche, und man musste ja nicht unbedingt schwitzen beim Sterben. Da war er bereit, Abstriche zu machen.

Welchen Tag hatten wir denn nun? Es könnte der sechzehnte sein, dachte Lehmstedt, kratzte sich am Bauch und nahm das letzte Schlückchen Wasser, weit weg von seiner leer stehenden Hütte in diesem Oasenhotel. Alle Mitreisenden waren Paare gewesen, niemand hatte ihm zugesagt, alle waren wie er und seine Frau, und niemand hatte geraucht, nur der Fahrer des Minibusses, der sie am Flughafen eingesammelt hatte, hatte am Steuer gequalmt, und alle hatten sich beschwert, nur Lehmstedt nicht, der hatte tief durchgeatmet. Und nun war das Wasser endlich leer, und er würde langsam austrocknen, siechen, und hätte womöglich noch eine schöne Erscheinung, bevor er starb und man ihn hier im Nirgendwo in mindestens tausend Jahren fand und sich fragen würde, was er wohl für einer gewesen war. Dem war er selber ja auch nicht auf die Spur gekommen, und je länger er dalag und auf die Dehydration wartete, die nicht eintrat, da es bloß warm war, fragte er sich, ob er sein Leben lang davon geträumt hatte, mit Faye Dunaway zu schlafen oder Faye Dunaway zu sein. Egal, bald würde er versanden.

Zum ersten Mal in seinem Leben hatte er überhaupt keine Angst, obwohl er zum ersten Mal in seinem Leben in Lebensgefahr war. Warum er überhaupt Polizist geworden war, erinnerte er nicht, es hatte irgendetwas mit Männlichkeit zu tun gehabt.

Lehmstedt setzte sich im Schneidersitz auf seine kleine Decke, die ein Beduinenkind ihm verkauft hatte, und wartete auf die Nacht. Wenn er bei diesen lauen Dezembertemperaturen schon nicht schnell verdurstete, dann würde er eben erfrieren. Zigaretten hatte er auch keine mehr, also würde es hoffentlich schnell gehen.

Bis auf die karierte Unterhose zog er sich aus, und nach einer kurzen Überlegung zog er die Unterhose auch noch aus. Wenn jetzt jemand käme, empfände er keine Scham, zum ersten Mal im Leben. Vielleicht würde man ihn als Nackedei sofort erschießen oder gefangen nehmen und dann vor laufenden Kameras enthaupten, da würde seine Frau aber Augen machen.

Plötzlich tauchte am Horizont etwas auf, das Lehmstedt als weißen Jeep identifizierte. Der Jeep näherte sich langsam und kam dann ein paar Meter vor ihm zum Stehen. Erst einmal tat sich gar nichts, und Lehmstedt verspürte Lust, sein Glied mit den Händen zu bedecken, und ärgerte sich darüber, dass er im Angesicht anderer wohl doch noch der Alte war. Im Kern.

Eine Erscheinung stieg aus dem Wagen, eine Frau in einem grünen Armeeanzug mit langem wehendem ausgeblichenem blonden Haar. Sie trug eine verspiegelte Sonnenbrille und kam mit ihren schweren Stiefeln auf ihn zu. Er war sicher, es war Faye Dunaway. Sie kam näher, blieb vor ihm stehen, blickte auf ihn herab, und er genoss es, und sie nahm ihre große verspiegelte Sonnenbrille ab und sagte: »Do you need help?«

»No, no, please go away, I just want to die.«

Sie zog eine Schachtel Zigaretten aus ihrer Brusttasche und fragte: »Zigarette?«

Eine deutsche Amazone, vielleicht begegnete er nun seinem zweiten Ich, seiner wahren Persönlichkeit. Mit zittriger Hand zog er eine Marlboro aus dem Päckchen. Sie zündete sie mit ihrem Sturmfeuerzeug an, und nachdem er lange daran gezogen hatte, sagte er: »Sie auch hier in der Wüste?«

Sie lachte, warf den Kopf nach hinten und sah aus wie eine

Göttin, und er fragte aufgeregt: »Darf ich fragen, wie Sie heißen?«

»Tarpenbek, Christiane Tarpenbek.«

Lehmstedt schüttelte den Kopf, zog sofort seine Unterhose an und sagte: »Das kann nicht sein, das ist unmöglich.«

»Warum?«

»Weil ich Ihretwegen hier bin. Sie sind mein Idol.«

»Bitte!?«

»Ja, Sie haben mich inspiriert.«

Sie setzte sich neben ihn und reichte ihm eine kleine Flasche Fanta, wandte ihm den Kopf zu und sah ihn an wie der weiseste Mensch auf Erden und sagte: »Wie ist Ihr Name?«

»Edgar Lehmstedt. Ich bin Polizist.«

»Hat mich jemand angezeigt?«

»Nein, jemand hat Sie gesucht, Ihr Sohn. R… Roland.«

Nun sah sie nicht mehr aus wie der weiseste Mensch der Welt, eher wie der traurigste.

»Er hat mich gesucht?«

»Er wollte, dass ich etwas unternehme, weil Sie ja verschwunden waren.«

»Hat er meinen Brief nicht erhalten?«

»Von einem Brief hat er nichts gesagt.«

Lehmstedt erwartete nun einen Ausbruch von Tränen, aber sie zog nur kräftig an ihrer Zigarette und sagte: »Er ist ein gutes Kind gewesen.«

»Waren wir das nicht alle, gute Kinder?«

»Eine Weile. Sicher.«

Sie machte ihre Zigarette aus und steckte sich die nächste an, und dann sagte sie:

»Seit ich hier bin, habe ich keine Angst mehr.«

»Wo waren Sie denn vorher?«

»Kairo. In diesem Hotel. Auf den Straßen. Ich traf einen alten Mann, der immer die Wahrheit gesagt und mich verstanden hat, ohne dass ich mich allzu sehr erklären musste. Er hat mich zu keinem Zeitpunkt verurteilt und er interessierte sich für mich und schenkte mir seine Nähe, ohne mir auch nur einen Moment zu nahe zu treten.«

»Und warum sind Sie nun hier?«

»Weil ich zum ersten Mal glücklich bin und es nicht aushalten konnte. Alles Versäumte baute sich plötzlich vor mir auf, alle verpassten Möglichkeiten, all die Fehler. Nun möchte ich verschwinden. Wenigstens darüber habe ich noch die Kontrolle.«

»Und warum sind Sie noch da?«

»Weiß ich nicht. Weil bald Weihnachten ist vielleicht. Noch einmal Weihnachten. Weihnachten geben sich alle Mühe. Weihnachten war sogar meine Mutter nett. Und am Nikolaustag, da hatte mein Sohn Geburtstag, das habe ich gefeiert. Mit einer Yogagruppe aus Dänemark. Sie dachten, sie müssten mich retten. Sie waren sehr nett, aber sie hatten keinen Alkohol. Roland trinkt doch so gerne Wodka.«

»An seinem Geburtstag, ja, da war Ihr Roland bei mir auf der Wache, Ihr Sohn, hat gar nicht gesagt, dass es sein Geburtstag ist, aber warum auch, das tat ja nichts zur Sache.«

»Haben Sie Kinder, Edgar?«

»Ich habe eine Tochter, aber sie beachtet mich nicht. Ich bin ihr vollkommen egal, sie ist so intelligent und so hübsch, ich verstehe das nicht, meine Frau und ich sind beide hässlich.«

Christiane lachte und fragte: »Vielleicht hat Ihre Frau mit einem anderen …?«

»Nein, nein, meine Tochter sieht mir sehr ähnlich, nur eben auf eine schöne Art, wie als würde man aus einer Karikatur das Original herauszaubern.«

»Feiern wir zusammen Weihnachten, Herr Lehmstedt?«

»Na gut, aber nicht mit den Yogaleuten.«

Christiane lachte wieder, sie war anders, als ihr Sohn sie beschrieben hatte, sie hatte nichts mit dieser Frau gemein, außer den Namen.

»Nein, nein, ich weiß eine andere Oase, kleiner, da leben nur fertige Leute, solche wie wir.«

»Und Silvester? Silvester ist mir lieber als Weihnachten.«

»Gut«, sagte Christiane, »das machen wir auch noch, und dann lassen wir es richtig krachen, aber jetzt ziehen Sie sich erst einmal Ihre Sachen wieder an, ich baue mein Zelt auf und mache ein Feuer.«

Christiane drehte sich um, damit Lehmstedt sich etwas überziehen konnte. Nach einer Weile rief er seltsam stolz: »Fertig!«

Erstaunt sah sie ihn an: »Was soll das, gehen wir auf einen Kindergeburtstag?«

Er trug einen verdreckten Spidermananzug.

»Warum haben Sie so etwas an?«

»Ich hatte einen Tagesausflug nach Kairo gemacht, und dort lief so ein Typ in diesem Anzug herum, und die Kinder liefen ihm nach, und alle liebten ihn, und da bin ich ihnen gefolgt, und später habe ich ihn alleine weiterverfolgt bis in die schmalsten Gassen und ihm den Anzug abgekauft. Er war nur ein bettelarmer Koch und wollte nicht viel dafür haben.«

»Haben Sie jetzt Superkräfte?«

»Nein, aber ich fühle mich ein bisschen super.«

»Nein, tun Sie nicht, Sie wollten gerade sterben.«

»Na eben drum.«

Christiane schwieg und fand ihn gar nicht mehr so dumm, diesen Polizisten. Sie hatte Polizisten ihr ganzes Leben für dumm gehalten und wusste nicht mehr warum, und einmal, da hatte sie das Roland gegenüber erwähnt, und es war ein guter Moment zwischen ihnen gewesen. Der kleinste gemeinsame Nenner.

»Ziehen Sie sich etwas anderes an, sonst steigen Sie nicht in meinen Wagen!«, sagte sie streng, wie zu einem ihrer Schüler, und zum ersten Mal seit Wochen vermisste sie die Arbeit, zum ersten Mal seit dem Ereignis, das sie vertrieben hatte, erinnerte sie sich an das gute Gefühl, Kinder unter ihrer Fuchtel zu haben. Und nun erlangte sie durch diesen vertrottelten Polizisten ein bisschen Kontrolle zurück, ein Gefühl von Glück, und Lehmstedt sagte triumphal wie ein Teenager: »Ich kann mich gar nicht umziehen, habe nichts anderes dabei!«

»Ist das so eine Art Uniform für Sie?«

»Ich weiß nicht, nein, meine Uniform hat immer überall geziept und gedrückt, hier drückt nichts, ich fühle mich wie in einer zweiten bequemeren Haut.«

Christiane schüttelte den Kopf, ging zum Wagen und holte aus ihrer Tasche die Galabija, die sie einer Nomadenfamilie abgekauft hatte und die sie eigentlich als Nachthemd trug.

Lehmstedt zog das traditionelle Gewand über das Spidermankostüm, und sie nickte und sagte: »Nun bieten Sie mir schon das Du an, Sie sind doch wohl der Ältere von uns zwei Hübschen.«

Er streckte ihr die Hand hin und sagte: »Edgar.«

»Christiane.«

»Ich habe meinen Vornamen immer gemocht, eigentlich ist es das Einzige an mir, das ich immer gemocht habe. Magst du deinen Vornamen, Christiane?«

»Solche Gedanken mache ich mir nicht, Edgar.«

»Ja, ich weiß, ich bin ein bisschen spinnert, war ich schon immer, ich glaube, eigentlich bin ich eine Künstlernatur, ich zeichne auch, am liebsten Kaktusse.«

»Kakteen.«

»Ich weiß, aber Kaktusse klingt doch irgendwie schöner.«

»Nein, überhaupt nicht, es klingt grauenvoll.«

Lehmstedt schwieg und half ihr das Zelt aufzubauen, und als es stand, sagte er: »Kennst du den Film *Die Wüste lebt* von Disney?«

»Ja, den habe ich früher oft während des Unterrichts gezeigt.«

»Dieser Film hat mein Leben verändert. Aber nur von innen.«

»Na denn.«

»Darf ich dich etwas fragen, Christiane?«

»Was denn?«

»Hast du das Mädchen beleidigt und nach Hause geschickt, so wie es in der Presse verbreitet wurde?«

Christiane schwieg, holte aus dem Auto eine Kühlbox und packte einen riesigen Schinken aus, schnitt davon mit ihrem Dschambija einige sehr dünne Scheiben ab und wickelte das Fladenbrot aus der Alufolie.

»Willst du nicht darüber reden?«

»Reden wir erst mal über etwas anderes, ja?«

»Okidoki. Ein Schinken! Wo hast du den her?«

»Den bekommt man in Kairo in einigen Supermärkten. So wie alles, ich habe auch Nutella, willst du lieber Nutella, Edgar?«

»Ja, ich hätte gerne Nutella. Man soll ja auch eigentlich kein gepökeltes Fleisch essen, und Schwein ist sowieso nicht gut. Wegen Krebs. Sagt meine Frau.«

Christiane zog die Augenbrauen hoch und steckte sich eine Zigarette an, biss in ihr Sandwich, und Edgar lächelte und tat es ihr gleich. Mit vollem Mund sagte Christiane:

»Vermisst du deine Frau, Edgar?«

»Ja, aber schon seit zehn Jahren.«

Sie aßen schweigend weiter und legten sich bald darauf schlafen. Kurz vor dem Einschlafen sagte Edgar: »Magst du Sex?«

»Lass das, Edgar!«

»Nein, nein, bitte versteh das nicht falsch, ich mag ihn auch nicht, ich mochte ihn nie.«

»Ich auch nicht, also ich hatte nur, na ja, ich hasse es, Dinge zu tun, die ich nicht gut kann.«

Die Nacht war ruhig, ein paar Tiere raschelten um das Zelt herum, und Christiane schlief schlecht, was sie nicht weiter irritierte. Die Gegenwart eines anderen Menschen hatte sie noch nie entspannen können. Aber heute würde sie es hinbekommen, einmal neben einem anderen Menschen zur Ruhe zu kommen.

GUTEN RUTSCH

Bald war es achtzehn Uhr. Deutscher Zeit. Edgar und Christiane hatten ihre Sachen zusammengepackt und fuhren nun schweigend entlang der felsigen Straße, passierten die letzte Farm, und die Sterne schimmerten kein bisschen heller, als Christiane in einer scharfen Kurve von der Straße abbog und immer weiter fuhr in die Richtung, vor der man sie etliche Male gewarnt hatte. Feindliches Gebiet sei das, nicht einmal die besessensten Archäologen würden sich dort noch hintrauen, und vor ein paar Monaten wurden alle Mitarbeiter einer aus Deutschland finanzierten bewässerten Demeteranlage ermordet, ebenso eine Gruppe Motorradfahrer aus Brasilien.

Christiane und Edgar fuhren immer weiter, und Edgar lehnte sich aus dem Fenster, um Silvesterraketen in den Himmel zu feuern. Dann wechselten sie sich am Steuer ab, und Christiane tat es ihm gleich. Sie zündeten polnische Böller, und als ihnen nach Stunden fast der Sprit ausgegangen war, der Arrak leer, nur noch Wunderkerzen, Knallfrösche und drei Zigaretten übrig und noch immer niemand ihnen auf den Fersen war, da stoppte Christiane den Wagen, schaltete das Licht ein und zog aus dem Handschuhfach eine Karte hervor, und Edgar schimpfte: »Mach das blöde Licht aus, das ist so ja gar nicht mehr festlich.«

»Warte doch, Edgar, gedulde dich, wir müssen zurück auf die Straße.«

Edgar schnaufte laut und sagte: »Aber wieso denn, machst du jetzt einen Rückzieher, dann lass mich aber hier raus, ich will raus!«

Christiane legte ihm die Hand auf das Knie und tätschelte es sanft. »Beruhig dich, ich mache keinen Rückzieher, ich bewahre uns vor dem Schlimmsten, wir haben fast keinen Sprit mehr und fast keine Zigaretten, aber ich habe eine Idee.«

»Gut, ich vertraue dir.«

Sie blickte von der Karte auf: »Das hat noch nie jemand zu mir gesagt.«

Er legte den Kopf auf ihre Schulter und Christiane sagte: »Und das kannst du auch, denn ich weiß jetzt, wo es langgeht.«

Christiane wendete den Wagen, und sie fuhren noch etwa eine halbe Stunde. Edgar stellte keine Fragen, er zündete eine Wunderkerze nach der anderen an, dann die letzte, als grelle Lichter vor ihnen auftauchten und eine Schranke, daneben verliefen Mauern.

»Was ist das?«, fragte Edgar.

»Ein Militärcheckpoint.«

»Und nun?«

Christiane nahm zwei Zigaretten aus der Schachtel, zündete beide an und gab ihm eine. Als sie fertig geraucht hatten, zündete sie die letzte an und sagte: »So, mein Lieber, die rauchen wir zusammen.«

»Und dann ist Ende im Gelände.«

»Nicht so salopp jetzt, Edgar, wir sind hier nicht zu Hause.«

Sie gab ihm den letzten Zug, warf den Stummel aus dem Fenster und sagte: »Dann wären wir wohl so weit.«

Christiane fuhr langsam an die Schranke heran. Der Sand

knarrte laut unter den schweren Reifen, Soldaten rannten auf sie zu, schrien auf Arabisch, es wurden immer mehr, und sie hielten ihre Maschinengewehre in die Luft, und Christiane drückte aufs Gas und preschte durch die Schranke.

Mein Name ist Christiane Tarpenbek, und Sie wissen ja bereits einiges über mich. Ich stehe überhaupt nicht gerne im Mittelpunkt. Mein Leben lang habe ich versucht, das zu vermeiden. Und dann das hier! Was für ein Desaster. Zum Glück bin ich endlich tot.

Es geht mir gut. Es gefällt mir hier. Es ist weder warm noch kalt. Es ist mild. Ein Wort, das meine Großmutter häufig benutzte. Ich kann sie nirgends sehen, ich kann kaum etwas sehen. Alles ist ein wenig verhangen.

Wollen Sie wissen, wie sich sterben anfühlt? Ich kann natürlich nur für mich sprechen. Es tut mir leid, wenn ich Sie enttäusche, aber es hat sich bloß angefühlt, wie sich das Knie aufzuschlagen. Als Kind, wenn man noch jeden Schmerz zum ersten Mal erlebt. Ich verstehe nicht, warum ich so lange auf das bisschen Sterben warten musste. Ich denke, die Person an den Tasten wusste von Anfang an, dass es so kommen soll. Warum musste ich so lange durchhalten und mich vorführen lassen? Ungerecht. Ich kenne die Person an den Tasten gar nicht, und sie weiß alles von mir, aber jetzt kann ich sie sehen, sie steckt sich eine Zigarette an, dabei kann sie sich denken, dass es hier keine Zigaretten gibt. Zumindest sehe ich niemanden, den ich um eine Zigarette bitten könnte. Habe ich überhaupt einen Schmachter? Nein, habe ich nicht. Nun. Dann bin ich wohl wirklich tot.

Ägypten war ein guter Ort zum Sterben. Das ist nicht politisch gemeint, eher historisch. Sie wissen schon. Aber dass ich da extra hin musste, nur weil die Person an den Tasten zu feige ist, sich persönlich von ihrem Vater zu verabschieden. Na gut. Ein wenig Verständnis bringe ich auf und gebe zu, ich habe mich auch nicht vernünftig von Roland verabschiedet. Hätten Roland und ich uns ausgesöhnt, wäre es ein anderes Buch. Vermutlich wäre ich noch am Leben. Ein unerträglicher Gedanke. Also herzlichen Dank an dieser Stelle. Wenigstens in diesem Punkt herrschte Einigkeit. Aber sonst haben die Person an den Tasten und ich nicht viel gemeinsam. Falls das jemanden interessiert. Und sie weiß mitnichten alles über mich. Das bildet sie sich bloß ein. Vielleicht wollte ich gar nicht sterben … Doch, zugegeben, ich wollte es, und die Art, wie es passiert ist, war fantastisch.

Lerke hat immer gesagt, ihre Leserschaft verdiene ein Happy End. Ich bin froh, dass ich die los bin. Sie hat gesagt, die Figuren erwachen immer aufs Neue zum Leben, wenn ein Buch gelesen wird. Jedes Mal aufs Neue. Das wäre ja furchtbar für mich. Aber was weiß Lerke schon. Die schreibt ja bloß Bücher.

Ich muss jetzt los, machen Sie es gut. So lange es dauert. Falls Sie Roland treffen, sagen Sie ihm, ich bin kein Unmensch. Sofern Sie das so sehen.

Ihre Christiane Tarpenbek

Besonderen Dank an:

Lars Schultze-Kossack, Nadja Kossack, Natalie Buchholz, Tom Kraushaar, Michael Zöllner, Katharina Wilts, Massoma Otto, Roberta Sant'Anna, Roland Sazinger und den gesamten Tropen / Klett-Cotta Verlag.

Irmgard, Nils, Debo, Melli, Phili, Sandra, Nanni, Lari, Geli, Vanessa, Jessica, Julia, Sven, Vivi, Jani, Bine, Timo, Micha, Agnes, Thorsten, Elke, Vincent, Shkelqim, Sergi, Özlem, Speedy, Kay, Sandra, Marit, Ole, Lotte, Fatih, Werner, Renate, Vesna, Brigitte, Claudia, Fluppi, Sabine, Anja, Susanne, Hildegard und Tuba.